Gerd Fischer

Ebbelwoijunkie

Der neunte Fall für Kommissar Rauscher

Krimi

mainbook main crime

Mein besonderer Dank gilt Elisabeth Schick und Mia Beck.

Lektorat: Mia Beck
Layout: Anne Fuß
Titelbild: © Lukas Hüttner
ISBN 978-3-946413-91-2

„Es war im Gemalten Haus,
wo ich meine Liebe
zu Frankfurt wiederfand.“

Martin Mosebach, Schriftsteller

Prolog

Er hasste diese Stadt. Auf der einen Seite des Mains die Wolkenkratzer, in denen das Bankergeschmeiß residierte wie einst Kaiser und Könige. Und die überdimensionierte Skyline, die kein einziger Frankfurter mochte. Auf der anderen Seite diese provinzielle Muffigkeit und kleinkarierte Spießigkeit in den Wirtschaften, in denen man Wein trank, der kein Wein war. Wein aus Äpfeln! Paaah! Eine Schande! Und keine kleine!

Aber genau deshalb war er heute in der Stadt. Er hatte einen wichtigen Termin. Vielleicht stand er unmittelbar vor dem wichtigsten Coup seines Lebens. Und er würde unnachgiebig verhandeln, um in die Geschichte einzugehen: als derjenige, der in Frankfurt die Uhren neu justiert hatte.

Apropos: Seine zeigte bereits kurz nach 18 Uhr an. Er war spät dran und musste sich beeilen. Sein Gesprächspartner im Römer würde es nicht schätzen, wenn er unpünktlich käme.

Vorm Marriott-Hotel ließ er seinen Blick schweifen. Schräg gegenüber lagen der Messeturm und die Festhalle, daneben das Kongresszentrum und das Maritim. In diesem Moment lenkte ihn ein Fahrzeug ab, das vorpreschte, einem anderen Wagen die Vorfahrt nahm. Unmittelbar vor ihm bremste es scharf ab und kam zum Stehen. Das Taxi war vorgefahren. Endlich.

Der Fahrer des anderen Taxis verschaffte seinem Unmut über das Vordrängeln durch wildes Gehupe kurz Luft, fuhr dann jedoch weiter.

Der Mann stieg hinten ein. „Zum Römer“, wies er den Taxifahrer an. „Aber ein bisschen dalli, ja?“

„Ihnen kann's wohl nicht schnell genug gehen", sagte der Fahrer, blickte sich aber nicht zu seinem Fahrgast um, sondern startete stattdessen den Wagen und fuhr los.

„Wenn Sie wüssten, was auf dem Spiel steht, würden Sie nicht so ein dummes Zeug von sich geben." Der Mann schüttelte den Kopf und schaute aus dem Fenster. Lange hatte er auf diese Stunde warten müssen. Wie viel Arbeit hatte er in diesen Moment investiert, wie viele Gespräche geführt, wie viele Diskussionen durchstehen müssen? Oh ja, vor allem endlose, langatmige, nutzlose, nervenaufreibende, einfach sinnlose Diskussionen. Aber jetzt war Schluss damit! Jetzt stand er kurz vor seinem vielleicht größten Triumph.

Das Taxi ließ den Festhallenkreisel links liegen und fuhr Richtung Hauptbahnhof. Es herrschte nur mäßiger Verkehr, doch der Fahrer blieb bei seiner gemächlichen Geschwindigkeit, obwohl die Straße frei war.

„Tempo! Tempo!", rief der Mann von hinten. Seine Ungeduld war nicht zu überhören.

„Immer mit der Ruhe", erwiderte der Taxifahrer gelassen, „wir sind früh genug am Ende Ihrer Reise."

„Werden Sie jetzt poetisch, oder was?" Die Stimme des Mannes versagte, während der Taxifahrer in die Mainzer Landstraße einbog. „Halt! Stopp! Das war die falsche Richtung. Sie hätten zum Römer links abbiegen müssen. Aber Sie sind rechts gefahren, Sie Nichtsnutz!"

„Keine Angst, Schlaumeier", antwortete der Fahrer in aller Seelenruhe. „Ich kenne dein Ziel. Und ich weiß auch, wie du heißt, Hans-Georg Schumann." Er grinste hämisch.

„Äh ..." Der Fahrgast wirkte konsterniert. So vieles prasselte in diesem Moment auf ihn ein, das er so schnell nicht entwirren konnte. Die falsche Fahrtrichtung. Der ignorante Taxifahrer. Und woher zum Teufel kannte der Kerl seinen Namen?

„Ich weiß noch viel mehr von dir!“, tönte es von vorne hinter dem Lenkrad.

„Äh ... also ich weiß nicht, was das soll ... Will es auch gar nicht wissen, dafür ist meine Mission viel zu wichtig ... Aber ... Sie halten jetzt sofort an! Ich will auf der Stelle aussteigen!“ Er trommelte mit den Füßen auf den Boden des Fahrzeugs.

„Sie können es wohl kaum erwarten, hahaha!“ Der Fahrer ließ sich in keiner Weise beirren und fuhr seelenruhig weiter. Er schien ein stoisches Gemüt zu haben, denn er blieb die Coolness in Person.

„Sie! Jetzt hören Sie mal gut zu! ... Also ... das ist ... das ist eine Unverfrorenheit. Ich verpasse meinen Termin. Ich protestiere aufs Schärfste! Ich werde Sie haftbar machen! Sie werden Ihres Lebens nicht mehr froh!“ Die Stakkato-Sätze brüllte er dem Fahrer ins Genick. Zeitgleich zückte er sein Handy und wollte gerade etwas tippen, als der Taxifahrer nach hinten fasste und es ihm mit einem gezielten Griff entriss. Das ging so schnell, dass Hans-Georg Schumann ihn nur perplex anstarren konnte.

„Hey, Sie können doch nicht ...“

„Halt’s Maul, aufgeblasener Arsch!“, hörte er die Stimme von vorne. Ein feistes Lachen folgte. „Du verpasst schon nix. Alles ist vorbereitet. Und wer seines Lebens nicht mehr froh wird, werden wir noch sehen.“

„Aber ... aber ... wohin ... äh ...?“

„Du wirst gleich sehen, wo es hingeht“, fiel ihm der Fahrer ins Wort. „Und das wird dir nicht gefallen. Hahahaha!“

Kapitel 1

Schreib's auf den Deckel!

1

Sonntag

Kommissar Andreas Rauscher saß zum ersten Mal in seinem Leben bei einem Heilpraktiker und hörte sich an, was der Herr Doktor zu sagen hatte. Schon der dritte oder vierte Satz aus dem Munde des Mannes ließ ihn aufhorchen: „Ich habe mich auf Ebbelwoi spezialisiert."

Ich auch, dachte Rauscher. Er war ernsthaft beeindruckt, blieb aber noch eine Weile stumm, bis er sich nicht mehr zurückhalten konnte: „Hört sich prickelnd an."

„Ist es auch. Reines Naturprodukt. Enthält nur gute Inhaltsstoffe. Im Grunde ist es Medizin auf pflanzlicher Basis."

„Dann können Sie mich sicher heilen. Mir schwebt eine Ebbelwoi-Kur vor."

„Warum brauchen Sie die denn, wenn ich fragen darf?"

„Mein Pflichtbewusstsein! Es ist zu groß!"

„Oh, sicher, ja, das ist eine fiese, fiese Erkrankung, die Sie langsam auffressen wird. Moment! Dagegen hab ich was Spezielles ..." Der Doktor nahm seinen Verschreibungszettel. „Ich verordne Ihnen zunächst sechs Wochen ..."

In diesem Moment klingelte es. Rauscher schreckte aus dem Schlaf und fuhr hoch. Er war verwirrt und wusste einen Augenblick nicht, wo er sich befand. In seinem Bett! Was war denn das gerade gewesen? Ein Albtraum? Wohl eher ein ganz angenehmer Traum. Leider war er an der spannendsten Stelle unterbrochen worden. Was hätte ihm der Heilpraktiker wohl verordnet? Er würde es nie erfahren. Träume, die sich wie eine TV-Serie fortsetzten, gab es nicht.

Rauscher strich sich übers Gesicht und die schwarzen kurzen Haare, um halbwegs wach zu werden. Jana räkelte sich neben ihm, auch sie schien aufgewacht zu sein. Seine neue Liebe, Kommissarin in Königstein, mit der er seit einigen Monaten zusammen war, genau genommen seit dem Abgerippt-Fall. Und das Beste: Die Eintracht war ihre alte Liebe. Genau wie bei ihm. Das verband sie und so hatten sie auch vor einigen Wochen gemeinsam den Fall des toten Eintracht-Fans lösen können.

Jana drehte sich auf die Seite und schlief weiter. Als Rauscher den Anruf annahm, blökte Krauses Stimme aus dem Handy.

„Endlich gehst du ran! Ausgeschlafen?"

„Sag mal, spinnst du? Es ist sieben Uhr, es ist Sonntag, es ist viel zu frü..."

„Auch sonntags wird gemordet!", unterbrach ihn der Kollege aus seinem Team bei der Frankfurter Mordkommission.

„Scheiße! Sag nur ..."

„Schwing deinen Hintern hierher."

„Wohin denn?"

„Bulle & Bär."

„Du meinst ... etwa vor der Börse ...?"

„Genau. Komm dorthin, ich warte auf dich, ne!"

„Sag mal, willst du mir einen Bären aufbinden?"

„Nee, ich will dich auf die Hörner nehmen!“ Er lachte laut.

„Jan, jetzt reicht’s aber. Erklär mir das, und zwar sofort!“

„Wenn du hier bist“, hörte Rauscher Krauses Stimme noch. Danach ein Klicken. Die Leitung war tot.

2

Nebel zog über dem Main hoch, kroch übers Ufer und schwappte hinein in die Hochhausschluchten Richtung Bahnhofsviertel, die Kaiserstraße hoch bis zum Rossmarkt, an der Hauptwache vorbei und selbst noch in die Schillerstraße hinein. Das Gebäude der Alten Börse lag in einer dumpfen, dicken Suppe.

Rauscher kämpfte sich durch den Nebel. Er sah die Hand vor Augen nicht, war immer noch müde und gähnte. Ein paar Schritte weiter tauchten im wabernden Nebel der Bulle und der Bär auf, die bronzenen Wahrzeichen des Frankfurter Börsenplatzes. Laut Krause sollte hier der Tatort zu sein. Einige Kollegen waren gerade dabei, das Gelände mit weiß-roten Absperrbändern zu sichern. Andere hatten schon begonnen, Spuren aufzunehmen. Rauscher zückte seinen Dienstausweis und wurde durchgewunken.

Es war in den letzten Tagen frisch geworden. Der Atem bildete kleine Wölkchen vor seinem Mund. Rauscher zog den Kragen seines langen Mantels höher und den Kopf ein, als könne ihn das vor der Kälte schützen. Zum Glück hatte er einen dicken Pulli angezogen. Doch es half alles nichts, denn was er einen Moment später sah, ließ ihm das Blut in den Adern gefrieren.

Im Nebel tauchte eine schemenhafte Gestalt auf, die aufrecht auf dem Rücken des Bären saß und aussah wie ein Reiter der Apokalypse.

Ihr Gesicht glänzte wie eine Maske aus Blut. Die verkrusteten Stellen wirkten schwarz.

Als Rauscher zwei Schritte zur Seite trat, erkannte er, warum die Person in dieser aufrechten Haltung verharrte. Kopf und Oberkörper der Gestalt waren mit Draht an einem Holzkreuz befestigt, das hinter ihrem Rücken aufragte.

Es war ein Mann. Er trug ein ehemals weißes Hemd, das nun rot schillerte. Die Krawatte war gelockert und umgedreht worden. Nun hing sie schlaff über das Kreuz auf den Rücken herunter. Das Anzugoberteil und die Hose des Mannes waren zerfetzt. Aus der Distanz sah es nach einem feinen Zwirn aus.

Rauscher war im Laufe der Jahre an Tatorten unempfindlicher geworden, aber bei diesem Anblick bekam er eine enorme Gänsehaut.

Was zur Hölle war hier geschehen?

Irgendwie schien die Welt um ihn herum zu kreisen. Oder war ihm einfach nur schwindelig? Nein, ihm war, als würde das Universum erzittern.

Er wünschte sich zurück in seinen Traum, in die Obhut seines Heilpraktikers, um endlich die lang ersehnte Ebbelwoi-Kur zu beginnen.

Stattdessen holte ihn die nüchterne Realität in Gestalt von Jan Krause ein. Der gertenschlanke, glatzköpfige Kollege trat auf ihn zu. Zu dessen Figur fiel Rauscher nur ein Wort ein, das er schon des Öfteren im Zusammenhang mit Magersucht-Models vernommen hatte: Hungerhaken. Krause war in den letzten Wochen tatsächlich noch dünner geworden. Oder kam das Rauscher nur so vor, weil er selbst einiges an Masse zugelegt hatte? Er musste seine Ebbelwoi-Diät, die er sich vor einiger Zeit fest vorgenommen hatte, dringend in die Tat umsetzen. Und mit Krause musste er reden. Wenn das so weiterging, war er bald nicht mehr vorhanden.

„Moin, der Herr ...“, sagte Krause. „Schaut übel aus, ne?“

Das war eine von Krauses üblichen Floskeln, auf die er keine Antwort erwartete. Rauscher wäre auch nicht in der Lage dazu gewesen. Zu sehr nahm ihn immer noch dieses Bild mit.

Während sich die beiden Kommissare unterhielten, bewegte sich ein Fotograf der Spurensicherung wie ein dunkler Tänzer durch den Nebel. Er versuchte aus verschiedenen Positionen, den Reiter auf dem Bären aufzunehmen, was angesichts der Lichtverhältnisse kein einfaches Unterfangen war.

„Ich vermute“, plapperte Krause los, weil von Rauscher nichts kam, „der Täter will uns damit etwas sagen.“

„Das sehe ich auch“, platzte Rauscher nun heraus, weil er sich nicht länger zurückhalten konnte. „Aber die Frage ist: was zum Teufel?“

„Keine Ahnung. Ich frage mich schon die ganze Zeit, welches kranke Hirn sich so was ausdenkt, ne?“

„Vielleicht ein Verrückter? Oder es waren Drogen im Spiel?“

„Oder beides?“, bemerkte Krause.

„Und wieso hat er ihn auf den Bären gesetzt und nicht auf den Bullen?“ Rauscher sprach wie zu sich selbst.

„Gute Frage. Die beiden niedlichen Tierchen symbolisieren doch das Auf und Ab an der Börse, oder so was in der Art?“

„Richtig. Aber was genau? Wäre vielleicht interessant zu erfahren.“

„Müssen wir recherchieren. Und ich weiß auch schon, wer das macht.“ Krause grinste.

„Da wird sich Kollege Thaler freuen.“

„Sein Lieblingsjob.“

Rauscher blickte sich um. „Immerhin ist es heute windstill. Vielleicht sind nicht alle Spuren vom Winde verweht worden.“

„Wolfgang Andres ist schon dran. Zwei Sachen hat die Spurensicherung schon gefunden. Schau mal hier!" Krause hielt Rauscher einen durchsichtigen Beweisbeutel vor die Nase, in dem eine gebrauchte Spritze eingetütet war. „Die lag zwischen Bulle und Bär. Vielleicht vom Täter?"

„Ein Junkie? Kann ich mir nicht vorstellen. Raubmorde sehen anders aus. Der hier ist inszeniert. Warum sollte sich ein Junkie die Mühe machen, den Toten da rauf zu hieven und ihm ein Holzkreuz an den Rücken zu pflocken?"

„Ich rede ja nicht von einem Junkie. Aber die Spritze könnte trotzdem vom Täter stammen. Vielleicht hat er dem Opfer was gespritzt ..."

Rauscher geriet ins Grübeln. „Kann sein. Und was habt ihr sonst noch gefunden?"

Wieder hielt Krause einen Beweisbeutel hoch. Rauscher erkannte ein Seil. „Könnte die Tatwaffe sein. Am Hals des Opfers befinden sich Schürfwunden. Er könnte stranguliert worden sein. Das lag genau unter dem Bären."

„Aha ... Und das lässt der Täter einfach so hier rumliegen? Hat er auch noch seinen Personalausweis dazugelegt, damit wir ihn auf jeden Fall finden müssen?"

„Äh, nee! Also ... eine vernünftige Erklärung hab ich auch nicht dafür. Aber es scheint so zu sein, ne!"

Rauscher drehte sich um und versuchte, sich einen Gesamteindruck vom Börsenplatz zu verschaffen, was gar nicht so einfach war, denn er lag noch mindestens zu zwei Dritteln im Nebel. Rechts erkannte er schemenhaft das alte Gebäude der Frankfurter Börse mit den markanten Rundbögen. Die alten Bilder vom Parketthandel und den Aktienhändlern schwirrten ihm durch den Kopf. Sie waren längst durch Computer und Algorithmen ersetzt worden. Vor ihm lag die Börsenstraße und dahinter das Börsen-Parkhaus, aber das war heute gar nicht zu erkennen. Hinter ihm befand sich die Schillerstraße und links ein hohes Gebäude, von dem er nicht wusste, was sich in seinem Inneren verbarg.

In diesem Moment kam Karsten Quast durch den Nebel gewatet. Dem Gerichtsmediziner konnte man ansehen, dass er nicht gerade begeistert von dem frühen sonntäglichen Einsatz war. Er ging schnurstracks und ohne Begrüßung auf das Opfer zu.

„Seid ihr hier soweit?“, fragte er Wolfgang Andres, den Leiter der Spurensicherung, der neben ihm auftauchte.

„Ja, mit Fotografieren sind wir durch. Du kannst sofort loslegen, wenn wir die Leiche da runtergeholt haben.“

„Okay. Dann mal los!“ Einige Mitarbeiter der Spurensicherung kamen näher und machten sich an der Leiche zu schaffen. Behutsam und möglichst ohne Spuren zu verwischen, versuchten sie den Mann vom Bären auf den Boden zu bugsieren.

Krause und Rauscher wandten sich ab und ließen sie ihre Arbeit machen.

„Wissen wir schon, um wen es sich handelt?“, wollte Rauscher wissen.

„Ja, das Portemonnaie mit dem Ausweis steckte in seiner Hosentasche. Dr. Hans-Georg Schumann.“

Rauscher sah ihn erwartungsvoll an.

„Klingelt’s da nicht bei dir?“, fragte Krause nach.

„Nö, sollte es?“

„Und ob! Politiker. Genaugenommen EU-Politiker. Einer von den hohen Tieren in Brüssel. Deutscher Abgeordneter aus Berlin, wenn ich mich nicht täusche, ne!“

„Was du alles weißt.“

„Siehste mal, ne!“

„Wir müssen rausfinden, warum er in der Stadt war, wie lange schon und mit wem er sich getroffen hat.“

„Ich kümmere mich drum.“

„Danke.“

Rauscher wandte sich an den Gerichtsmediziner.

„Kannst du schon was zur Todesursache sagen?“

„Um mit Sicherheit etwas sagen zu können, muss ich ihn erst auf dem Tisch haben. Aber er wurde definitiv stranguliert. Ob er daran gestorben ist, weiß ich noch nicht.“

„Und zum Todeszeitpunkt?“

„Noch nicht lange her, vor vier bis fünf Stunden, schätze ich. Demnach läge der Eintritt des Todes zwischen zwei und drei Uhr heute Nacht.“

„Noch was?“

„Ja, ich habe das hier an seinem Hals entdeckt.“

Quast deutete mit der Fingerspitze auf einen Bereich unterhalb der rechten Wange in der Nähe der Halsschlagader.

Da Rauscher nichts erkennen konnte, trat er näher heran und beugte sich vor.

„Meinst du die Strangulierungsmale?“

„Nein.“

„Und was ist da noch? Ich sehe nichts.“

„Eine Einstichstelle.“

„Aha. Kann die von einer Spritze stammen?“

„Sieht danach aus.“

„Okay. Andres hat eine gefunden. Dann müssen wir herausfinden, was ihm gespritzt wurde.“

„Werde ich prüfen.“

„Danke.“

Rauscher ging zu Krause zurück.

„Schöne Scheiße, was?“

„Kannst du laut sagen. Es ist Sonntagmorgen kurz vor neun, es ist so neblig wie in den letzten zwanzig Jahren nicht mehr und es ist schweinekalt. Soll ich weitermachen?" Rauscher zog den Hals ein und hob die Schultern.

„Nö!"

„Ich will aber. Also: Wir haben eine Leiche auf einem Bären, die mit dem Kreuz ans Kreuz gebunden wurde. Und wir haben einen Irren, der da draußen irgendwo rumläuft und uns irgendwas damit sagen will. Womit haben wir das alles verdient?"

„Es kommt übrigens noch schlimmer ... zumindest für dich. Markowsky will dich nämlich sehen. Am besten noch heute. Hat er mir vorhin mitgeteilt. Soll ich dir ausrichten."

„Der Chef? ... Der kann mich mal! Wir müssen uns um den Fall kümmern. Wenn du ihm über den Weg läufst, richte ihm aus, dass morgen auch noch ein Tag ist."

„Okay, okay, werde ich tun ... Wie gehen wir weiter vor?"

„Teil zwei oder drei Kollegen ein, die die umliegenden Gebäude abklappern. Vielleicht gibt es dort Wohnungen. Wir müssen die Anwohner befragen, ob sie etwas beobachtet haben. Vielleicht können sie ein Auto beschreiben oder haben eine verdächtige Person gesehen?"

„Glaubst du wirklich, dass uns das weiterbringt? Die Tat war mitten in der Nacht. Und bei dem Nebel ... Ich fress einen Besen, wenn dabei was rauskommt."

„Trotzdem! Gehört zu unserem Job. Vielleicht war der Nebel vor ein paar Stunden noch nicht so dicht. Immerhin besteht ein Quäntchen Hoffnung ... Wir müssen es zumindest versuchen."

„Okay! Was noch?"

„Wir müssen prüfen, ob es in den letzten Jahren im Rhein-Main-Gebiet Mordopfer gab, die ähnlich aufgebahrt wurden."

„Ich erinnere mich nur an diesen Engelsmann, also den Engelmacher oder wie ihn die Journaille genannt hat."

„Stimmt, der Fall der Kollegin Lamprecht. Aber die Opfer hatten kein Kreuz, sondern Engelsflügel auf dem Rücken."

„Trotzdem waren sie aufgebahrt ... Aber gut, die weitere Recherche kann Ingo übernehmen."

Rauscher nickte. „Gute Idee."

„Und? Kannst du schon sagen, was du von der Sache hier hältst?", fragte Krause nach.

„Weißt du, jeder Fall hat drei Seiten", sagte Rauscher. Krause schaute ihn fragend an. Deshalb vollendete Rauscher seinen Gedanken: „Eine, die du siehst. Eine, die ich sehe. Und eine, die wir beide nicht sehen. Noch nicht jedenfalls."

3

Im Büro fand Rauscher auf seinem Schreibtisch eine Notiz des Chefs vor. Markowsky verlangte ein Gespräch mit ihm. Oh weia! Das verhieß nichts Gutes. Und nach Geplauder war ihm gerade gar nicht. Seit dem zermürbenden Eintracht-Fall hatte es noch keine Aussprache gegeben. Er verschob seine trüben Gedanken auf später und nahm sich vor, Markowskys Notiz erst einmal zu ignorieren.

Es war inzwischen kurz nach 9.30 Uhr. Das Präsidium war nahezu verwaist. Rauscher pflanzte sich auf seinen Schreibtischsessel und schrieb Jana eine WhatsApp. Vielleicht war sie schon wach. Wobei: eher nicht. Sie liebte es, lange zu schlafen, wenn sie es denn mal konnte.

Aus einem gemütlichen Sonntagsfrühstück würde nichts werden. Er seufzte, schüttelte jedoch die Gedanken ab und wandte sich wieder dem Fall zu. Bisher waren die Hinweise ausgesprochen mager. Name: Hans-Georg Schumann. Beruf: EU-Politiker. Er gab beides im Netz in eine Suchmaschine ein und war bass erstaunt. Über 400.000 Treffer.

„Schau mal einer an“, sagte er zu sich selbst. Er klickte auf ‚Bilder‘ und betrachtete sich die obersten der Reihe nach. Der Mann kam ihm auf Anhieb bekannt vor, aber so richtig konnte er sich nicht erinnern, in welchem Zusammenhang er ihm schon mal begegnet war.

In der Hoffnung, es würde ihm einfallen, erhob er sich und trabte in die kleine Team-Küche der Mordkommission. Dort schenkte er sich einen Kaffee ein, den er ganz in Ruhe trank. Er dachte intensiv nach, aber es wollte ihm nicht einfallen, woher er den Politiker kannte.

Er schenkte sich nach und lief mit der Tasse zurück ins Büro. Kaum hatte er sich hingesetzt, stand schon Kollege Krause vor ihm. In seinem Schlepptau hatte er Ingo Thaler, der Recherchefreak des Teams. Er war so ziemlich der genaue Gegenpart des hochaufgeschossenen Kollegen: klein, lockig, brauner Teint noch vom letzten Sonnenurlaub und eher mollig. Dick war Thaler zwar nicht, aber er haderte ab und zu mit seinen Pfunden. Darin war er Rauscher nicht unähnlich. Das war aber auch die einzige Gemeinsamkeit. Während Rauscher am liebsten draußen ermittelte, saß Thaler gerne am Schreibtisch und recherchierte. Fürs Team war er somit unendlich wertvoll, denn er kniete sich in die kompliziertesten Fälle hinein und hatte einen phänomenalen Spürsinn, wenn wichtige Infos zu besorgen waren. Draußen, die Front, war hingegen nicht sein Revier. Zurzeit trug Thaler die dunklen Haare wieder einmal etwas länger bis über den Nacken, als wollte er sich damit von den kahlköpfigen und stiernackigen Kollegen bewusst absetzen.

„Guten Morgen“, sagte er und trat an Rauschers Schreibtisch.

„Schlechter hätte er nicht anfangen können“, kommentierte Rauscher. „Habt ihr schon was?“

„Und ob!“, begann Krause. „Ich habe in Schumanns Brüsseler Büro angerufen. Dort war eine Sekretärin dran, Frau Thies, die mir sofort etwas hektisch vorkam. Sie vermissen Schumann bereits seit gestern Abend. Die Sekretärin hat mich an seinen Assistenten verwiesen, der wohl gestern Abend schon in Frankfurt gelandet ist. Er wollte sich auf die Suche nach seinem Chef machen, nachdem er gehört hat, dass dieser verschwunden ist. Er heißt Lennart Friedrichs."

„Und was hat dieser Friedrichs gesagt?"

„Schumann hätte gestern Abend um 18.30 Uhr eigentlich ein Arbeitstreffen im Römer gehabt."

„Eigentlich?"

„Ja, dort ist er nämlich nie aufgetaucht. Seitdem war er auch nicht erreichbar. Die Römerleute haben bei Friedrichs nachgefragt, doch der wusste von nichts. Seitdem gab es kein Lebenszeichen von Schumann."

„Wir wissen, warum ..."

„Genau."

„Mit wem wollte sich Schumann im Römer treffen?"

„Mit der ganz hohen Riege. Der hessische Innenminister, der Justizminister, unser geschätzter Oberbürgermeister Feldmann himself und natürlich das Fußvolk, Staatssekretäre et cetera."

„Hört sich immens wichtig an. Worum ging es?"

„Das wollte mir Friedrichs am Telefon nicht sagen."

„Verdammt! Das müssen wir rausfinden."

„Ist mir längst klar. Ich lasse ihn gerade vom Steigenberger Airport Hotel abholen und direkt hierher bringen. Außerdem versuche ich, an einen der beteiligten Politiker ranzukommen. Was nicht einfach sein dürfte, aber vielleicht erwische ich einen der Staatssekretäre."

„Bestens. So, auf die Berichte von Andres und Quast müssen wir sicher noch warten. Was können wir noch tun?"

„Ich bin gerade dabei", schaltete sich Thaler ein, „Schumanns Wege am gestrigen Tag zu recherchieren und zu rekonstruieren. Er war im

Marriott an der Festhalle untergebracht. Dort steigt er immer ab, wenn er in Frankfurt weilt. Mehr wissen wir noch nicht."

„Prima. Klemm dich dahinter! Wir müssen herausfinden, wann seine Spur verloren ging, ob er sich tagsüber mit weiteren Personen getroffen oder was er sonst getrieben hat."

„Vielleicht hatte er ja ein Date?"

„Wie kommst du denn darauf?"

„Nur so."

„Hast du einen Hinweis?"

„Nein, nein."

„Dann ist es also reine Spekulation?"

„Ja, ja."

„Gut. Aber vielleicht hat ihn jemand am Nachmittag mit jemand anderem gesehen oder es gibt irgendwo Videoaufzeichnungen, vorm Hotel oder so? Alles, was wir in die Finger kriegen, kann hilfreich sein."

„Wird gemacht", sagte Thaler. „Übrigens gab es in den letzten Jahren keinen ähnlich gelagerten Ritualmord."

„Wie hast du das denn so schnell herausgefunden?", wunderte sich Rauscher.

„Wenn man die richtigen Schlagworte im System eingibt, ist das ein Kinderspiel."

„Und welche hast du eingegeben?"

„Aufbahrung, Holzkreuz, Spritze und Strangulierung. Null Treffer."

„Klingt plausibel."

„Das Symbol Bulle und Bär hab ich mir auch angeschaut. Wenn die Kurse steigen, nennt man das Bullenmarkt oder bullish, wenn sie fallen Bärenmarkt oder bearish. Und das Wichtigste: Es wechselt. Also es gibt Phasen, da regieren die Bullen, in anderen herrschen die Bären vor."

„Alles schon mal gehört", kommentierte Krause. „Aber was will uns der Künstler, äh also der Täter, damit sagen?", stellte er die entscheidende Frage.

„Dass es von nun an bergab geht?", mutmaßte Thaler.

„Wenn wir das rausfinden, sind wir vielleicht schon einen Schritt weiter", bilanzierte Rauscher.

„Dann grübelt mal schön. Ich setz mich ab und berichte später mehr."

„Danke, Ingo!" Thaler verließ das Büro.

Auch Krause verabschiedete sich. „Alles klar. Ich melde mich, sobald ich was Handfestes hab."

„In Ordnung."

Rauscher blieb allein zurück. Er ließ sich in seinen Schreibtischsessel sinken und genoss die Stille. Musste etwas herunterkommen. In sich gehen. Zu sich selbst finden, um weitermachen zu können. Warum in aller Herrgottsnamen tötete jemand einen Mann, noch dazu einen EU-Politiker, und setzte ihn dann vor der Börse auf den Bären?

Rauscher kam nicht mehr dazu, über diese Frage nachzugrübeln, denn sein Handy unterbrach ihn. Jana hatte ihm geantwortet: Welcher Idiot vermiest uns unseren Sonntagmorgen?

Er musste schmunzeln. Bevor sie noch öfter hin und her schreiben würden, rief er sie lieber an.

„Du Armer", sagte sie, bevor er sich melden konnte.

„Geht schon! Irgendwas kommt immer dazwischen bei uns beiden", formulierte er seine Gefühlslage und stöhnte.

„Nicht den Kopf hängen lassen. Was hältst du davon, als Entschädigung ein leichtes Mittagessen im Gemalten Haus einzunehmen?"

„Brillante Idee! Wo zauberst du die nur immer her?"

„Hast du denn Zeit?"

„Nehm ich mir, definitiv. Wann?"

„Äh, ich lieg hier noch im Schlafanzug ..."

„Hahaha, seit wann trägst du Schlafanzüge?"

„Hab ich nur so daher gesagt, aber Frau muss noch unter die Dusche und so weiter ... Sagen wir um halb eins?"

„Abgemacht. Wenn ich zu spät bin, du weißt ja, was ich trinke ..."

„Geht klar."

„Bis dann." Mit einem Lächeln auf den Lippen klickte er das Gespräch weg.

4

Mittagspause im Gemalten Haus. Gab es etwas Schöneres? Na klar: jeden Tag Mittagspause im Gemalten Haus. Für Rauscher die Erfüllung. Alles, was sein Herz begehrte, und wenn dann auch noch Jana mit von der Partie war, war das einfach traumhaft.

Als Rauscher die gute Stube der Apfelweinwirtschaft mit den bemalten Wänden, den Holztischen und der leicht sauren Note in der Luft betrat, bekam er noch die letzten Wortfetzen eines Gespräches zweier Stammgäste mit.

„Ein Mordsstöffche dies Jahr, gell. So eins hadde mer lang ned."

„Wenn üwwerhaupt!", stimmte sein Gesprächspartner zu. „Des schmeckt pomfortionös, oder wie die Sachse saache."

Rauscher ließ seinen Blick schweifen, doch Jana war noch nirgends zu sehen. Er grüßte Axel, seinen Stammkellner, und setzte sich an einen der wenigen freien Tische.

Es dauerte keine Minute, bis Axel ein Geripptes aus seinem Schoppenträger nahm, vor ihn hinstellte und sagte: „Schaffst du nix heut?"

„Doch. Aber ein, zwei Schoppen gehn immer." Es lag zwar sicher noch ein Haufen Arbeit vor ihm, aber wenn er schon mal zu dieser Tageszeit hier war, würde er sich auch was gönnen können.

Rauscher nippte am goldgelben Elixier und peilte über den Rand des Glases die Eingangstür an, in der just in diesem Moment Jana erschien.

Er setzte ab und stand auf. Als sie an seinen Tisch kam, umarmte er sie. Ein Kuss wie ein Donnerschlag folgte. Er ärgerte sich noch mehr, heute malochen zu müssen.

Jana zog ihre Softshell-Jacke aus und hängte sie über die Stuhllehne. Sie trug ein enganliegendes Sweatshirt und Jeans. Ihr schmales Gesicht mit den hohen Wangenknochen und dem breiten Mund sah wunderschön aus. Auch der raspelkurze Haarschnitt stand ihr sehr gut. Sie lächelte ihn an und sah gut erholt aus. Rauscher war sehr froh darüber. Nachdem sie in den Fußball-Fall verstrickt und gerade so eben mit heiler Haut davongekommen war, hatte sie sich geschont. Sie war eine Weile krankgeschrieben gewesen und hatte danach einen langsamen Einstieg in den Dienst hinbekommen. In dieser Phase hatten sie viel Zeit füreinander gehabt und Jana hatte oft bei Rauscher übernachtet. Seitdem konnte er sich sogar vorstellen, mit ihr zusammenzuziehen. Irgendwann einmal.

„Na“, sagte sie und setzte sich. „So einen hätt ich auch gern.“ Sie deutete aufs Gerippte und wollte gerade nach Axel Ausschau halten, als dieser bereits mit dem Stöffche hinter ihr stand und das Glas vor ihr auf dem Tisch platzierte.

Sie stießen an.

Rauscher war überaus froh, dass seine Eltern Jana inzwischen voll akzeptierten, nachdem es anfänglich nicht danach ausgesehen hatte. Zu Beginn der Beziehung mit Jana hatten sie wohl immer noch die leise Hoffnung gehegt, zwischen Elke, der Mutter seines Sohnes Max, und ihm würde alles wieder Friede, Freude, Eierkuchen werden. Aber Rauscher war zu sehr Realist, um daran zu glauben. Es herrschte nach wie vor Eiszeit mit Elke, er sah Mäxchen zu seinem größten Bedauern fast nie und es war ihm schleierhaft, wie das alles weitergehen sollte. Zudem hatten ihn die Gefühle für Jana wie eine große Welle überflutet und er hatte sich in die Königsteiner Kommissarin verliebt. Umso erstaunlicher war das erste Zusammentreffen mit Jana und seinen Eltern verlaufen. Vor einigen Wochen hatten seine Mutter Gabriele und sein Vater Karl-Heinz eines Sonntagnachmittags ihn und Jana zum Kaffeetrinken eingeladen. Die zwei, drei Stunden bei Torte und selbstgebackenem Apfelkuchen waren sehr angenehm verlaufen. Seine Eltern waren neugierig gewesen, hatten Jana viele Fragen gestellt, vor allem zu ihrer Polizeikarriere, sie dadurch etwas kennengelernt und sich beim Thema ‚Beziehung zu Elke' vornehm zurückgehalten. Sie waren sichtlich bemüht, die Akte Elke ruhen zu lassen und sich an die neue Situation zu gewöhnen.

Was auch gelang. Rauscher war es, als hätten sie Jana bereits nach diesem ersten Zusammentreffen ins Herz geschlossen. Und auch Jana, die kleinere Vorbehalte aufgrund der Vorgeschichte mit Elke gehegt hatte, fand seine Eltern sehr liebenswert und fühlte sich gut aufgenommen in die Familie. „Die sind ja knuffig", hatte sie auf dem Heimweg zu ihm gesagt. Dass das so schnell gegangen war, überraschte Rauscher etwas, gleichzeitig freute es ihn sehr. Eine Baustelle weniger, dachte er, als sie wieder in Bockenheim angekommen waren.

Jana erkundigte sich nach dem Fall und nach dem Opfer. Rauscher erzählte ihr von der Auffindesituation der Leiche.

„Du meinst, auf dem Bären?"

„Ja, wie aufgebahrt."

„Vielleicht ein Ritualmord?"

„Auf jeden Fall ist er bewusst so drapiert worden. Fragt sich nur, von wem."

„Oder jemand will euch hinters Licht führen."

„Eine falsche Fährte? Nee, nee. Der Tote wurde uns vorgeführt. Der Täter stellt die Leiche zur Schau."

„Du meinst, nach dem Motto: Seht her, was ich vollbracht habe!"

„So wirkt es zumindest. Es hat sicher Mühe gekostet, sie da hochzukriegen. Ist auch nicht ganz ungefährlich, denn ihn hätte ja jemand dabei beobachten können. Wobei der Nebel heute Nacht ... Das war der ideale Sichtschutz."

„Wer ist denn der Tote?"

„Hans-Georg Schumann, EU-Politiker."

„Nein!", rief Jana.

Rauscher war erstaunt. Sie schien ihn zu kennen. „Hast du schon mal von ihm gehört?"

„Und ob! Bekannt als Hardliner, wenns um die Verschärfung von Gesetzen geht."

„Wie meinst du das?"

„Alles, was der angepackt hat, wurde genauer geregelt. So ein richtiger Kontrolletti. Hier eine neue Verordnung, da ein neues Gesetz. Sag bloß, du hast das mit dem Ebbelwoi nicht mitgekriegt?"

„Nö. Sollte ich?"

„Das stand wochenlang in jeder Zeitung. EU will Apfelwein das Wort ‚Wein' im Namen aberkennen, weil er aus Äpfeln statt aus Trauben hergestellt wird." Den letzten Satz sprach sie aus, als läse sie eine Zeitungsüberschrift.

„Nee, oder?"

„Doch. Schumann war der Initiator des Gesetzes und Hauptantreiber der Kampagne."

„Das gibt's doch nicht."

„Doch, doch."

Auf diesen Schock hin trank Rauscher sein Geripptes leer und orderte zwei neue.

„Das ist aber noch nicht alles“, ergänzte Jana. „Da war noch was. Ist noch nicht so lange her. Es ging um den Bembel ...“

„Wie jetzt?“

„Ich glaube, die wollten den Bembel als Schankgefäß abschaffen.“

„Davon hab ich auch noch nie was gehört.“

„Oder du wolltest es nicht mitkriegen.“ Sie grinste.

„Kann sein. Weißt du, worum es genau ging?“

„Es gibt eine EU-Verordnung für Schankgefäße ...“

„Bei der EU gibt es für alles eine Verordnung, wahrscheinlich auch fürs Brotschmieren.“

„Jetzt übertreibst du aber ...“

„Ach, ist doch wahr! Erzähl weiter ...“

„Würde ich ja gern, also unterbrich mich nicht ständig. Es gibt eine Mess- und Eichverordnung, wonach Ausschankgefäße einen innen liegenden Maßstrich haben müssen ...“

„Ist nicht wahr!“

„Doch. Aber bei Ton- oder Steinkrügen lässt sich das technisch gar nicht realisieren. Es ging also darum, ob Ebbelwoi künftig nur noch aus durchsichtigen Gefäßen ausgeschenkt werden darf.“

„Das wäre das Aus für den Bembel gewesen!“

„Eben. Aber das hat auch die Bundesregierung erkannt und eine Änderung dieser Richtlinie für Bembel abgelehnt.“

„Glück gehabt. Scheint doch noch ein paar vernünftige Leute da oben zu geben. Prost!“

Sie stießen wieder an.

„Und welche Rolle hat unser Freund Schumann dabei gespielt?“

„Ganz genau kann ich es dir nicht sagen, aber er hat diese beiden Gesetze vehement vorangetrieben. Ich habe einmal ein Interview mit ihm gehört – puhhh, ich kann dir sagen! Total verbohrt. So ein

Prinzipienreiter, der keine Gnade kennt, wenn er sich was in den Kopf gesetzt hat, und auch nicht einmal den gesunden Menschenverstand einschaltet."

„Ich fürchte, bei so einem ist da nicht viel zu holen."

„War, meinst du, war. Immerhin weilt er nicht mehr unter uns."

Und das ist auch gut so, hätte Rauscher am liebsten geäußert, hielt sich aber zurück.

„Was denkst du jetzt?", hakte Jana nach.

„Nichts!"

„Ach, nee! Ich sehe dir doch an, dass da irgendwas im Kopf rumschwirrt."

„Na ja ..."

„Du denkst, dass der Täter genau den Richtigen erwischt hat ..."

„Quatsch!", fuhr er ihr über den Mund.

„Und ob, gib's zu!"

„Na ja ... Falls so was tatsächlich das Mordmotiv war, könnte ich es nachvollziehen."

„Du kannst was?"

„Ist doch wahr! Vielleicht haben wir es mit einem Täter zu tun, der unseren heißgeliebten Ebbelwoi verteidigen wollte." Er schlug mit der offenen Handfläche auf den Tisch.

„Aber dafür einen Mord begehen?", setzte Jana nach.

„Dafür würde ich sogar mehrere begehen."

Jana starrte ihn bass erstaunt an und schüttelte kurz darauf den Kopf. „Du meinst das ernst, gell?"

„Sicher." Er lächelte. Aus den Augenwinkeln sah er, dass sich am Nachbartisch eine Frau soeben einen Löffel Grüne Soße mit Ei einverleibte.

„Hast du Hunger?", fragte er Jana.

„Klar doch. Ich freu mich schon auf irgendwelche Schweinereien."

Rauscher wurde wieder von der Frau am Nachbartisch abgelenkt, die nun das Gesicht bitter verzog.

„Die muss ich zurückgehen lassen", äußerte die Dame unwirsch und spuckte die Grüne Soße zurück auf den Teller.

Rauscher stockte. Was war denn da los?

„Herr Ober", rief sie nach Axel, der keine fünf Sekunden später an ihrem Tisch stand. „Die Soße ist kalt."

Rauscher glaubte, sich verhört zu haben.

Inzwischen war auch Jana auf die Szene aufmerksam geworden. Beide sahen die Frau an, als habe gerade eine Außerirdische gesprochen. Gleichzeitig grölten sie dann los und prusteten etwas unappetitlich über den Tisch. Auch Axel konnte ein Lachen nicht mehr unterdrücken; es gipfelte in einem Lachkonzert. Während die Frau nicht wusste, wie ihr geschah, und pikiert in die Runde blickte, machte Axel gute Miene zum bösen Spiel. Er nahm den Teller vom Tisch. „Soll ich sie heiß machen lassen?"

„Ich bitte darum!"

„Gerne!"

Axel drehte sich um, zwinkerte mit dem rechten Auge und ging in Richtung Theke. Als er an Rauschers Tisch vorbeikam, sagte er hinter vorgehaltener Hand: „Aus Hannover!"

Mehr brauchte er auch nicht zu sagen.

5

Etwa eine Stunde später lief Rauscher den Gang des Präsidiums entlang und kam an Krauses offener Bürotür vorbei. Er streckte den Kopf hinein.

Der Kollege bemerkte ihn sofort. „Gut, dass du da bist ..." Mit einer Geste deutete er Rauscher an, näherzutreten.

Rauscher blieb vor Krauses Schreibtisch stehen und blickte ihn missmutig an.

„Was hat dir denn die Laune verhagelt?"

„Ach, dieser Schumann ...", winkte Rauscher ab. „Der geht mir wirklich gegen den Strich." Während der Fahrt zurück ins Präsidium hatte Rauscher an nichts anderes mehr denken können als an diesen Schumann und seine Mission. Ein anderer Begriff war ihm für dessen politische Schandtaten nicht eingefallen.

„Du sprichst über ein Mordopfer, schon vergessen?"

„Ich war's nicht!"

„Du weißt also schon Bescheid über ihn?"

„Leider. Er hasst Ebbelwoi, er hasst Frankfurt und er hasst es, wenn etwas nicht in seinem Sinne geregelt ist und er es nicht kontrollieren kann", schnauzte Rauscher in hasserfülltem Tonfall.

„Kann mir gut vorstellen, dass du ihn nicht ausstehen kannst, ne! Spielt aber keine Rolle mehr, der Typ ist über den Jordan ..."

„Recht hast du, trotzdem: Wo einer ist, sind viele. Es gibt bestimmt noch mehr von der Sorte."

„Aber nicht von seinem Kaliber. Er war ein ganz besonders harter Knochen."

„Woher weißt du das?"

„Ich habe mit einigen Leuten gesprochen. Während du dich im Gemalten Haus verlustiert hast, war sein Assistent Friedrichs hier bei mir. Er hat ein wenig aus dem Nähkästchen geplaudert und ihn als Hardliner alter Schule bezeichnet, der genau wusste, was er wollte. Seine Ziele hat er unnachgiebig und sehr penetrant verfolgt. Kompromisse waren ihm verhasst. Laut Friedrichs gab es niemanden, der die Regulierungsmachenschaften bei der EU so erfolgreich vorangetrieben hat wie seinen Chef. Und da ging es beileibe nicht nur um Ebbelwoi ..."

„Sondern?"

„Ich wollte damit sagen, er hat noch andere Sachen verbrochen. Irrwitzige Verordnungen, wie sie sich nur ein EU-Bürokrat ausdenken kann. Zum Beispiel den Krümmungsgrad von Gurken, den Durchmesser von Äpfeln, die Größe einer Pizza Napoletana, das Fassungsvermögen von Kondomen und so weiter."

„Nicht dein Ernst?"

„Wenn ich es dir sage!"

„Der Kerl hat also einiges auf dem Kerbholz."

„Das und noch viel mehr. Die denken sich immer was Neues aus, diese Sesselfurzer in Brüssel. Das nennt man Regulierungswut. Das Wort stammt übrigens nicht von mir, das hat ihm sogar sein Assistent bescheinigt. Vordergründig geht es dabei um mehr Schutz und Sicherheit für die Bürger. Dabei nehmen sie ihnen in Wahrheit nur immer mehr Freiheiten und führen völlig sinnlose Zwänge ein."

„Hat der Assistent noch etwas ausgesagt?"

Krause überlegte eine Weile. „Nichts offensichtlich Wichtiges, aber er hat schon die Witwe informiert. Schumann hinterlässt eine Frau, Corinna Schumann, und eine dreiundzwanzigjährige Tochter, Nicole Schumann."

„Wohnt die Witwe in Brüssel?"

„Ja."

„Hat sie Schumann am Samstag nach Frankfurt begleitet?"

„Nein."

„Und was ist eigentlich mit der Tochter?"

„Was meinst du?"

„Wo wohnt sie? Was macht sie?"

„Wissen wir noch nicht."

„Dann sollten wir es herausfinden. Und auch, ob sie eventuell in Frankfurt war."

„Okay, ich klemm mich dahinter. Aber das Beste hab ich dir noch gar nicht erzählt."

„Vom Assistenten?"

„Nein, von Schumann. Der Grund, warum er gestern in Frankfurt war. Ich habe nämlich auch mit den beiden Staatssekretären unserer geschätzten Herren Innenminister und Justizminister gesprochen. Und die haben mir verraten, worum es bei dem konspirativen Arbeitstreffen im Römer gehen sollte, zu dem Schumann nicht erschienen ist beziehungsweise nicht mehr erscheinen konnte. Das errätst du nie!"

„Komm schon, mach's nicht so spannend!"

„Du musst dich aber setzen, sonst befürchte ich, dass du umkippst."

„Krause!", rief Rauscher ärgerlich und schlug mit der Hand auf dessen Schreibtischplatte.

„Ist ja schon gut. Also ... auf deine Verantwortung."

„Schieß los!"

„In Ordnung. Beide Staatssekretäre haben bestätigt, dass es um die baldige Umsetzung eines neuen EU-Gesetzes gehen sollte, das sich unser Opfer ausgedacht hat."

„Was ist das für ein Gesetz?", fragte Rauscher ungeduldig nach.

„Gemach, gemach. Wir haben ja eben schon über Schumanns Antipathie gegen Wein aus Äpfeln gesprochen. Jetzt hat er was ganz Perfides geplant ..."

Krauses Gerede um den heißen Brei herum nervte Rauscher zunehmend. Zudem spürte er ein leichtes Unwohlsein in seinem Inneren aufkommen. Er reagierte inzwischen allergisch auf jedwede Namensnennung des ehemaligen EU-Politikers.

„Komm schon, komm schon! Wir haben nicht ewig Zeit."

„Du kannst es ja gar nicht abwarten. Also gut, die Kurzform: Schumann hatte einen neuen Gesetzesentwurf im Gepäck, für den er in Brüssel heftig getrommelt und dementsprechend viele Befürworter gewonnen hat. Es geht darin um den Verzehr von Apfelwein."

„Nein!"

„Wenn ich es dir sage. Kommt aber noch besser. Es gibt wohl offensichtlich eine neue Studie eines Berliner Professors, der den hohen Säureanteil im Apfelwein nicht nur kritisiert, sondern als gesundheitsgefährdend einstuft."

„Nee!" Rauscher wäre fast durch die Decke gesprungen.

„Doch. Also hatte sich Schumann auf die Fahnen geschrieben, dagegen vorzugehen, indem er ein Gesetz initiiert hat, das den Verzehr von Apfelwein auf ein Glas oder – um es offiziell auszudrücken – auf 200 ml pro Tag begrenzen lassen will."

„Der hat doch einen Dachschaden!", rief Rauscher empört aus.

„Hatte!", bestätigte Krause. „Denn es könnte sein, dass ihn genau dieses Detail unter die Erde gebracht hat."

„Wie kommst du darauf?"

„Du erinnerst dich an die Spritze vom Fundort?"

„Klar!"

„Quast hat darin Spuren von Apfelwein gefunden. Kein Zweifel."

„In der Spritze?"

„Exakt!"

„Und wie erklärst du dir das?"

„Ich weiß, dass dir jetzt das Herz bluten wird. Aber es sieht verdammt danach aus, als ob es irgendeinen Zusammenhang mit Schumanns Gesetzesentwurf gegen Apfelwein gibt. Vielleicht hat ihn der Täter genau aus diesem Grund getötet."

„Das kann ich einfach nicht glauben!“ Rauscher atmete tief ein, aber der innere Druck wollte nicht nachlassen. Er kam sich vor wie kurz vorm Platzen. Auch nach weiterer Sauerstoffzufuhr wollte sich keine Befreiung in der Herz- und Magengegend einstellen. Der Sachverhalt war ihm zutiefst aufs Gemüt geschlagen.

„Können wir an diese Studie rankommen?“, fragte Rauscher.

„Klar, aber bist du dir sicher, dass du sie auch lesen willst?“ Krause schmunzelte.

„Nö, aber Thaler könnte sie sich mal vorknöpfen.“

„Wenn ein EU-Politiker sie als Grundlage für ein neues Gesetz nimmt, ist sie bestimmt hieb- und stichfest.“

„So so. Trotzdem!“

„Gut. Ich sage Ingo Bescheid.“

In dieser Sekunde spürte Rauscher in seinem Nacken einen kalten Hauch. Eine sonore Stimme ertönte hinter ihm: „Herr Rauscher, dass man Sie auch mal hier antrifft!“

Markowsky, Leiter der Mordkommission und seit einigen Wochen so etwas wie sein Intimfeind, war in Krauses Büro eingetreten.

„Mitkommen! Ich muss mit Ihnen reden.“ Er winkte Rauscher zu sich. „Über den aktuellen Bulle & Bär-Fall unterhalten wir uns unmittelbar im Anschluss.“

Es war Markowskys herablassender Tonfall, der Rauscher sofort signalisierte, dass die Kacke gehörig am Dampfen war. Er wusste genau, dass es keine gute Idee war, in seinem jetzigen Gemütszustand dem Chef gegenüber zu sitzen, die Verfehlungen der Vergangenheit zu erörtern und die Grundzüge einer künftigen Zusammenarbeit neu zu justieren. Gerade wollte er die Hand heben, dankend ablehnen und dies mit der starken Arbeitsbelastung begründen, als Markowsky sich noch einmal umdrehte.

„Keine Widerrede. Das dulde ich nicht mehr. Ab heute ticken hier die Uhren wieder, wie ich es für richtig halte. Haben Sie das verstanden?"

Rauscher schloss für einen Moment die Augen. Er fühlte sich wie ein Vulkan kurz vor der Eruption. Erneut atmete er tief ein. Markowskys Aufplustern war ihm ein Dorn im Auge, aber in dieser prekären Situation musste er diplomatisch vorgehen, sonst würde er einen Sturm entfachen, den er nicht mehr kontrollieren konnte. Deshalb entschied er sich, stumm zu nicken und folgte dem Chef in dessen Büro.

Er war schon viele Male in diesem Büro gewesen, das trotz seiner Größe auf ihn immer beengend wirkte. Aber noch nie hatte er sich so beschissen gefühlt.

Kaum saßen sie sich an dem rechteckigen Schreibtisch gegenüber, ging es wie von Rauscher befürchtet los. „Der Eintracht-Fall liegt mir leider noch schwer im Magen. Insbesondere die Rolle, die Ihre ... FREUNDIN ... Frau Kern darin eingenommen hat." Das Wort ‚Freundin' hätte Markowsky nicht extra betonen müssen. An seiner Mimik konnte Rauscher bestens ablesen, wie es um seine Gefühlslage beschaffen war.

„Herr Markowsky, damit wir uns von Anfang an nicht falsch verstehen ...", begann Rauscher diplomatisch und versuchte, seine Worte genauestens abzuwägen, bevor ihm etwas rausrutschte, was er später bereuen würde. „Sie wissen, dass ich es nicht mag, wenn Sie sich in meine Privatangelegenheiten einmischen."

Der Chef blieb stumm.

„Sie wissen auch, dass es zwischen mir und meiner Ex nicht funktioniert hat. Und wenn ihr Vater, der natürlich als ehemaliger Polizeipräsident von Hamburg seine Kontakte bis nach Frankfurt und zu Ihnen spielen lässt, meint, er könne Sie gegen mich aufhetzen oder Sie auf mich ansetzen, um alles, was ich tue, beobachten zu lassen, und wenn Sie ihm brav Bericht erstatten, weil Sie Konsequenzen aus den oberen Etagen befürchten, denn sogar bis dorthin reichen seine Krakenarme ... Dann hat er sich geschnitten. Dann tut es mir leid, denn auf solche Spielchen lasse ich mich definitiv nicht ein. Niemals!"

„Rauscher, Ihre Fantasie war schon immer recht ausgeprägt, aber was Sie sich da zusammenreimen, ist, gelinde gesagt, eine Zumutung. Für mich, für Herrn Erb, für Elke, für die Frankfurter Kripo und für Ihr Team, das ebenso unter Ihren ... Marotten ... leidet."

„Wovon reden Sie denn überhaupt?" Rauscher zwang sich dazu, ruhig zu bleiben, was ihm bisher einigermaßen gelungen war.

„Ich rede davon, dass gegen Frau Kern eine Dienstaufsichtsbeschwerde vorliegt aufgrund ihrer Dienstvergehen im Eintracht-Fall."

„Das muss sich erst noch rausstellen, ob ...", unterbrach Rauscher.

„Soweit ich informiert bin ...", fiel Markowsky ihm sofort wieder ins Wort, „sieht es für Frau Kern nicht gut aus. Ein Disziplinarverfahren wird eingeleitet, sobald sie endgültig gesundgeschrieben ist. Die Folgen sind Ihnen sicher bekannt."

„Das ist doch die Höhe!", begehrte Rauscher auf.

Doch Markowsky holte ihn sofort wieder auf den Boden der Tatsachen zurück. „Mäßigen Sie sich, Rauscher!" Er schlug mit der Handfläche auf die Schreibtischplatte. „Und nun zu Ihnen: Die kleinste Verfehlung, und ich bin leider gezwungen ..."

„Sie wollen mich doch nur abservieren!"

„Ich will, dass Sie Ihren Job ordnungsgemäß machen. Ich will, dass Sie Ihr Privatleben in die richtige Spur bringen, damit hier Ruhe einkehren kann. Ich will, dass Sie sich und Ihre Emotionen, womit ich auch Ihre Aufmüpfigkeit und Ihr ungebührliches Verhalten meine, in den Griff bekommen. Wenn all das geschieht, haben wir beide keinerlei Probleme mehr miteinander. Wenn nicht, werden Sie mit den Konsequenzen leben müssen. Ich habe Ihre Eskapaden satt ... so satt!“ Er legte eine Kunstpause ein. „Und ich bin fest entschlossen, dem Einhalt zu gebieten!“

„Paaaah!“, rief Rauscher aus, weil er in diesem Augenblick keine bessere Erwiderung fand. Am liebsten hätte er hier und jetzt den Bettel hingeworfen. Aber was dann? Wie sollte es weitergehen? Er schloss die Augen, aber das nützte nichts, denn wie automatisch zogen vor seinem geistigen Auge die letzten Wochen und Monate vorbei. Janas Alleingang und seine Unbeherrschtheiten waren nicht rückgängig zu machen.

„Sie kennen mich, Rauscher. Ich stehe zu meinem Wort. Ich werde handeln, wenn Sie mir noch so eine Steilvorlage bieten. Denken Sie immer daran! Richten Sie sich danach! Und jetzt ...“

Rauscher öffnete die Augen, denn jemand klopfte wie wild an die Tür, die sich keine Sekunde später öffnete. Beide reckten die Hälse, um den Eindringling ins Visier zu nehmen. Ingo Thaler kam mit mehreren Zetteln in der Hand herein. In seinem Schlepptau tauchte Krause auf.

Thaler schnickte mit der linken Hand gegen die Papiere. „Leute, schaut euch diese Ausdrucke hier an. Es geht los. Der Bulle & Bär-Fall ist so gut wie gelöst!“

6

Zwei Minuten später standen sie im Halbkreis vor einer Stellwand, an die Ingo Thaler drei Aufnahmen gepinnt hatte. Rauscher, Krause und Markowsky beäugten die Fotos, die offensichtlich von einer Überwachungskamera stammten.

Thaler trat vor und deutete mit der Hand auf das erste Bild. „Zum Glück wird der Platz vorm Marriott gefilmt.“

„Danke, Überwachungsstaat“, sagte Krause in ironischem Tonfall.

„Die Videobänder werden eine Woche lang aufbewahrt“, fuhr Thaler fort. „Und danach gelöscht. Da wir die ungefähre Uhrzeit kennen, zu der Schumann zu seinem Termin im Römer losgefahren sein muss, konnten wir die Suche zeitlich eingrenzen. Voilà!“ Er zeigte auf ein Bild, auf dem ein Mann in ein Taxi stieg. „Das war exakt um 18.07 Uhr. Schumann steigt in ein Taxi.“

Rauschers Kopf fuhr nach vorne. Er betrachtete die Aufnahme aus ganz kurzer Distanz. „Ist es sicher, dass es sich um Schumann handelt?“

„Hundert Prozent.“ Thaler strahlte über das ganze Gesicht und deutete auf das rechts daneben hängende Foto. „Hier haben wir eine Vergrößerung der Windschutzscheibe. Der Fahrer ist recht gut zu erkennen. Es handelt sich um einen etwa fünfzigjährigen Mann.“ Schließlich kam Thaler auf das letzte Foto zu sprechen. „Und hier haben wir in Großaufnahme das Kennzeichen des Wagens. Er gehört zu einem kleinen Taxibetrieb in Frankfurt-Nied namens Handschuh. Die Adresse hab ich euch aufgeschrieben.“

Rauscher blickte skeptisch auf die Bilder. „Aha. Gute Arbeit, Ingo. Aber wie um Himmels willen kommst du darauf, dass der Fall quasi gelöst ist?“

„Erschließt sich mir auch nicht“, schloss sich Krause Rauschers Zweifel an.

„Ganz einfach. Ich habe bereits mit dem Taxiladen telefoniert. Die Telefondame hat mir bereitwillig Auskunft gegeben.“

„Und was genau hat sie erzählt?“, wollte Rauscher wissen.

„Das Taxi gehört einem Hans Wöhr, der seit über zwanzig Jahren für den Taxibetrieb fährt. Niemand sonst benutzt den Wagen.“

„Na und? Was willst du uns damit sagen? Dieser Wöhr hat Schumann irgendwo hingefahren, danach sieht es tatsächlich aus. Aber selbst wenn er uns die Adresse nennen kann und wir wissen, wohin sich Schumann hat fahren lassen, heißt das noch lange nicht, dass derjenige auch unser gesuchter Täter ist."

„Moment, Moment!", schaltete sich Thaler wieder ein. „Als ich der Dame am Telefon den Tag und die Uhrzeit nannte, wurde sie hellhörig und meinte, dass just zu dieser Zeit das Taxi abhanden gekommen ist."

„Abhanden gekommen, was soll das denn heißen?" Rauscher runzelte die Stirn.

„Das Taxi war verschwunden. Hans Wöhr hätte an dem Tag ab 17 Uhr Dienst gehabt und wäre die ganze Nacht gefahren. Aber das konnte er nicht, da sein Wagen weg war. Entwendet, wie sich die Dame ausdrückte."

„Und wo war er, verflixt noch mal?", fragte Markowsky, der inzwischen sehr aufmerksam Thalers Ausführungen lauschte.

„Die Dame am Telefon sagte, dass das schon öfter vorgekommen ist und dass immer Karl Wöhr, Hans Wöhrs Bruder, dahinter steckt. Er leiht sich manchmal den Wagen aus, um eine Besorgung oder eine Spritztour zu machen. Und er ist der Einzige, der Zugang zum Autoschlüssel hatte, denn beide wohnen zusammen mit ihren Familien in einem Haus in Nied. Quasi um die Ecke des Taxibetriebes."

„Also handelt es sich bei dem Typen auf diesem Foto, der hinter der Windschutzscheibe vorm Marriott zu sehen ist, eindeutig um Karl Wöhr?", fragte Rauscher.

„Das steht zweifelsfrei fest, denn er hat den Wagen nachts wieder Hans Wöhr übergeben, der ihm sogleich einen Einlauf verpasst hat."

„Und was hat Karl Wöhr dazu gesagt?"

„Er hätte eine dringende Erledigung machen müssen und nicht gewusst, dass sein Bruder die Samstagnachtschicht hatte."

Rauscher dachte eine Weile nach. „Deiner Theorie nach hat sich also Karl Wöhr das Taxi geschnappt, Schumann damit abgeholt, ihn getötet und anschließend auf den Bären gefesselt?"

„Genau. Denn seht her ..." Thaler nahm einen neuen Ausdruck in die Hand und heftete ihn direkt neben das zweite Bild. „Die Telefondame konnte mir glücklicherweise ein Bild von Karl Wöhr mailen. Eine Familienaufnahme von Hans und Karl Wöhr mit ihren Gattinnen, die sie auf dem Rechner hatte. Es ist eindeutig. Der Mann hinterm Lenkrad des Taxis kann nur Karl Wöhr sein."

„Obwohl er dort eigentlich nichts zu suchen hatte", bestätigte Markowsky Thalers Theorie.

Thaler strahlte wie ein Honigkuchenpferd über seinen Erfolg.

„Frage:", übernahm Krause. „Warum sollte sich Karl Wöhr das Taxi unerlaubt ausleihen und damit Schumann von seinem Hotel abholen? Bestimmt nicht, um mit ihm eine Spazierfahrt zu machen."

„Du meinst, er hatte den Plan, ihn abzuholen und zu töten?", fragte Rauscher.

„Alles andere ergibt keinen Sinn." Wie um seine Aussage selbst zu bestätigen, nickte Krause mehrfach.

„Allerdings ist mir nicht klar", sagte Rauscher, „woher Karl Wöhr wusste, dass Schumann vorm Marriott steht und auf ein Taxi wartet."

Thalers Miene verdunkelte sich. „Tja, weiß ich leider auch noch nicht. Schätze, wir sollten ihn fragen. Er wird es uns sicher erzählen."

Markowsky wandte sich ab. „Ich informiere Staatsanwalt Konetzke", hörten sie die Stimme des Chefs, der bereits zum Telefonhörer gegriffen hatte. „Wir brauchen einen Haftbefehl. Und zwar sofort!"

7

Zwei Beamte führten Karl Wöhr in den Vernehmungsraum, nahmen ihm die Handschellen ab und setzten ihn auf einen Stuhl. Rauscher wartete bereits auf ihn. An seiner Seite saß Jan Krause.

Wöhr war 56 Jahre alt und hatte eine Halbglatze mit Haarring. Sein dicker Bauch blähte das graue Hemd auf, das er anhatte, und quoll über dem Ledergürtel hervor. Seine Beine steckten in braunen Cordhosen, die Füße in Halbschuhen. Der Mann machte den Eindruck, als hätte er im vorigen Jahrhundert zuletzt einen Klamottenladen von innen gesehen.

Eine Stunde zuvor war Wöhr bei seiner Verhaftung in dem Haus, in dem er zusammen mit seiner Frau Elisabeth, seinem Bruder Hans und dessen Frau Ilse wohnte, die Ruhe in Person geblieben. Er hatte keinerlei Widerstand geleistet.

„Hallo, Herr Wöhr", begrüßte ihn Rauscher.

„Guten Tag." Der Mann blickte die beiden Kommissare an und wirkte etwas schüchtern.

„Sind Sie verwandt mit Lia Wöhr?"

„Meinen Sie die Frau Wirtin aus dem Blauen Bock?"

„Ja, klar."

„Schön, wär's! Leider nein."

„Möchten Sie einen Kaffee oder ein Wasser?"

„Haben Sie auch Ebbelwoi?"

„Nein."

„Dann einen Schluck Wasser."

Rauscher nahm ein Glas von der Mitte des Tisches, schenkte ein und stellte es vor Wöhr. Er klärte den Verhafteten über seine Rechte auf und schloss mit einer Frage: „Sind Sie sicher, dass Sie keinen Rechtsbeistand wünschen?"

„Ja."

„Gut, wie Sie möchten. Also: Sie werden beschuldigt, Hans-Georg Schumann entführt, ermordet und die Leiche auf den Bären vor der Börse gebunden zu haben. Was sagen Sie dazu?"

„Ich möchte ein Geständnis ablegen."

Rauscher hob die Augenbrauen. „Legen Sie los!"

„Ich habe den Schumann entführt, das ist richtig, ich habe ihm einen Denkzettel verpasst, auch das ist wahr, aber ich habe ihn nicht getötet. Es stimmt nicht, was Sie sich da ausgedacht haben."

Rauscher war verblüfft. Er hatte mit einem umfassenden Schuldeingeständnis gerechnet. „Okay, dann fangen wir mal von vorne an. Sie hatten offensichtlich einen Plan mit Schumann. Ist das richtig?"

„Ja. Und genau den habe ich umgesetzt."

„Wie lief der ab?"

„Also, ich brauchte ja das Taxi, also hab ich es mir ... ausgeliehen. Kam schon zwei- oder dreimal vor. Und dann hab ich den Schumann vorm Hotel abgeholt."

„Woher wussten Sie, dass Schumann dort stehen würde?"

„Sie müssen wissen, ich hasse Schumann schon seit vielen Jahren. Damals wollte er unseren Ebbelwoi umtaufen, der Depp, weil es angeblich kein Wein ist. Dann die Aktion mit dem durchsichtigen Schankgefäß. Der hat doch nicht mehr alle Bembel im Oberstübchen, der Verbrecher! Ich beobachte ihn seitdem genau. So ziemlich jeden Schritt, den er macht. Als dann letzte Woche durchgesickert ist, dass am Samstagabend eine Unterredung zum neuen Gesetz im Römer stattfinden wird ..."

„Was meinen Sie mit durchgesickert?"

„Ich verfolge alles, was von der EU in der Hinsicht kommt. Und in den Römer hab ich auch Kontakte, wenn es um so heikle Sachen geht."

„Gut. Weiter!"

„Also hab ich mich mit dem Taxi vorm Marriott postiert."

„Wieso dort?"

„Das ist Schumanns Lieblingshotel. Wie gesagt, ich weiß immer, wo er sich aufhält. Wenn er in Frankfurt ist, steigt er immer dort ab.

Auch diesmal. Da ich die Uhrzeit nicht genau wusste, wartete ich, bis er rauskam, dann drängelte ich mich mit dem Wagen vor ein anderes Taxi und hielt direkt vor seinen Füßen. Er musste sozusagen einsteigen. Hahahaha!“ Wöhr lachte herzhaft.

„Wohin sind Sie mit ihm gefahren?“

„Nach Nied. Ich hab ihn in den Ebbelwoikeller meines Opas geschleppt, weil ich ihm mal den schönsten Ort der Welt zeigen wollte. Der liegt in einem Hinterhof auf einem ehemaligen Bauernhof, ziemlich abgeschirmt. Man kann mit dem Wagen genau davor parken. Wissen Sie, da unten bin ich am liebsten. Meine kleine Oase. Ein Paradies! Da war ich als Kind schon und hab zugesehen, wenn im Frühherbst gekeltert wurde. Ich konnte es immer kaum erwarten, bis die ersten Tropfen des süßen Mosts aus der Kelter gekommen sind. Die Flaschen haben wir immer aus dem Kühlschrank stibitzt. Nach einigen Tagen war es dann Rauscher und hat auf der Zunge gebitzelt.“

Rauscher musste schmunzeln, aber er versuchte, es weitgehend zu unterdrücken.

„Mein Opa hat fast immer tausend Liter Ebbelwoi gekeltert, von denen er die meisten selbst getrunken hat. Das war bei ihm Tradition. Bis er dann vor knapp zwei Jahren gestorben ist. Seitdem habe ich das übernommen, aber mir will es noch nicht so gut gelingen. Man kann es zwar trinken, mein Stöffche, aber das von meinem Opa ist einfach unerreicht.“ Er schnalzte mit der Zunge.

„Wie ging es dann mit Schumann weiter?“

„Mit Kabelbindern hab ich ihm die Hände auf den Rücken gefesselt. Dann hab ich ihn auf einen Stuhl gepflanzt und mit einem Seil an der Rückenlehne festgeschnürt. Er hat zwar anfangs etwas gemuckt, aber ich konnte ihn locker im Zaum halten, den Hänfling. Ich wollte die Gelegenheit nutzen, um mit ihm über seine beschissenen Gesetzesvorhaben zu reden. Ich wollte ihn fragen, warum er das alles hier zerstören will. Mutwillig. Aber das hat nichts gebracht. Er hat gar nicht zugehört. Er hat immer nur von seinem Termin schwadroniert und dass er ihn verpassen wird und so weiter. Also hab ich ihm Angst gemacht."

„Mit der Spritze?"

„Genau. Ich wollte ihm einen Denkzettel verpassen, den er so schnell nicht vergisst. Also hab ich ihm erzählt, dass da ein tödliches Gift drin ist und dass er noch dreißig Minuten zu leben hat, sobald ich es injiziere. Was ich dann auch gemacht hab. Ihm sind fast die Augen rausgefallen, weil er es nicht glauben konnte, und er fing an zu zittern. Und zu jammern. Ach, es war ... wunderbar!"

„Und warum Ebbelwoi?"

„Mehr oder weniger Zufall. Ich hatte mir vorher ein Geripptes eingeschenkt. Und als ich die Spritze füllen wollte, stand es gerade auf dem Tisch. Da hab ich die Spritze reingehalten und sie mit dem Ebbelwoi aufgezogen. Außerdem, hab ich gedacht, die Farbe, die sieht doch ziemlich authentisch aus, oder nicht? Er hat es für Gift gehalten. Also, ich hatte irgendwie Spaß daran, ihm das Stöffche zu spritzen. Dann hatte er wenigstens mal was Anständiges in sich, das Arschloch. Ach, eine herrliche Lektion!"

Rauscher spürte, wie Karl Wöhr die Stunden mit Schumann im Keller noch einmal durchlebte und sich sichtlich wohl dabei fühlte.

„Schumann fing an zu schwitzen", erzählte Wöhr weiter. „Er hat sich eingebildet, gleich sterben zu müssen. Da hat er sich scheinbar so reingesteigert, dass er irgendwann hyperventiliert hat und zusammengebrochen ist. Aktion gelungen, hab ich mir gesagt. Der hat sein Fett weggekriegt, gell!"

„Was haben Sie dann mit ihm gemacht?"

„Irgendwann hatte ich seine Anwesenheit satt. Der Typ und sei Gelaber haben mich ganz krank gemacht. Ich konnte seine Visage nicht mehr sehn. Er hat mich runtergezogen, weil mir irgendwann klar geworden ist: Selbst wenn Schumann sich bessert, kommt bald der nächste Idiot, der vielleicht noch schlimmeres Zeug verzapft. Also hab ich beschlossen, ihn loszuwerden. Auch weil er immer mehr schlapp gemacht hat auf dem Stuhl. Zum Schluss hat er nur noch da gehangen wie ein nasser Sack. Also hab ich ihm den Mund mit Klebeband zugeklebt, damit er nicht schreien konnte, hab ihn wieder zurück ins Taxi geschleppt und bin losgefahren."

„Wohin genau?"

„In den Niedwald, der liegt direkt an der Nidda. Da ist spätabends kein Mensch mehr. Am Selzerbrunnen hab ich ihn rausgeschmissen und liegen lassen. Ich dachte, dass er sich schon irgendwie berappeln wird."

„Wann genau war das?"

„So um Mitternacht rum. Auf die Uhr hab ich nicht geschaut."

„Sie behaupten also, Sie haben Schumann mitten in der Nacht im Niedwald am Selzerbrunnen abgeladen?"

„Ja."

„Und was hat Schumann dann gemacht?"

„Keine Ahnung. Als ich weggefahren bin, habe ich einen letzten Blick in den Rückspiegel geworfen. Aber es war ja dunkel, ich konnte kaum was sehen. Schumann hat auf dem Boden gesessen und mit dem Rücken am Brunnen gelehnt. Vielleicht hat er immer noch an die Giftgeschichte geglaubt und sich deshalb schlecht gefühlt."

„Als Sie von dort weggefahren sind, haben Sie da jemanden bemerkt?"

„Wie meinen Sie das?"

„Ist Ihnen da draußen ein parkendes Auto aufgefallen oder hat Sie vielleicht ein Auto verfolgt?"

„Nicht, dass ich wüsste. Jedenfalls ist mir nichts aufgefallen."

„Auch kein Spaziergänger, jemand, der mit seinem Hund Gassi gegangen ist?"

„Nachts verirrt sich da niemand hin. Da ist es ziemlich dunkel. Genau deshalb hab ich die Stelle ja ausgesucht. Ich habe weder auf dem Hin- noch auf dem Rückweg jemanden bemerkt."

„Gut. Dann erklären Sie uns bitte, wieso wir Hans-Georg Schumann am folgenden Morgen vor der Börse auf dem Bären sitzend aufgefunden haben. Und zwar tot! Toter geht's nicht. Zudem in einer Stellung, die man als Aufbahrung bezeichnen könnte."

„Kann ich nicht."

„Was können Sie nicht?"

„Erklären, wie der da hingekommen ist. Als ich ihn zuletzt gesehen hab, saß er vorm Selzerbrunnen und war etwas ... belämmert."

„Dann können Sie vielleicht sagen, wie die Spritze, die Sie ihm mit Ebbelwoi verabreicht haben, an den Fundort gekommen ist? Sie lag nämlich auf dem Pflaster zwischen Bulle und Bär."

„Kann ich."

Rauscher runzelte die Stirn. Damit hatte er nicht gerechnet.

„Jedenfalls kann ich es mir denken. Die Spritze hab ich Schumann in die Jackentasche gesteckt. Sozusagen als Souvenir, als kleine Erinnerung, man könnte es auch Mahnmal nennen. Damit er nie mehr vergisst, was ihm in Frankfurt passiert ist. Auf dass er nie wieder einen Fuß in unsere Stadt setzt! So hab ich mir das gedacht. Also muss derjenige, der ihn da draufgepflanzt hat, die Spritze entdeckt und sich gedacht haben: Ha! Damit kann ich schön den Verdacht von mir auf einen anderen lenken, gell! So muss es gewesen sein."

„Wenn ich noch mal zusammenfassen darf: Sie behaupten, zwar Schumann entführt und für einige Stunden gefangen gehalten, ihn dann jedoch wieder laufen gelassen und nichts mit dem Mord an ihm zu tun zu haben? Ist das korrekt?“

„So kann man es sagen. Ja.“

Rauscher schaute Krause an, der bislang das Verhör mit stoisch-hanseatischer Ruhe verfolgt hatte. Ein Kopfnicken Krauses deutete an, dass er sich draußen mit Rauscher unterhalten wollte.

Beide erhoben sich. „Sie entschuldigen uns für einen Moment“, sagte Rauscher zu Wöhr. „Wir besprechen uns kurz und sind gleich wieder bei Ihnen.“

Sie verließen den Raum und ließen den Verdächtigen und die beiden Beamten zurück.

Draußen trafen sie auf Thaler, der die ganze Zeit über zugehört hatte. Sie stellten sich vor die Scheibe, durch die sie Wöhr beobachten konnten, ohne dass er sie sehen konnte.

„Was hältst du von ihm?“, fragte Krause.

„Ich glaube ihm“, antwortete Rauscher in einem ruhigen, nachdenklichen Tonfall. „Oder anders gesagt: Ich spüre, dass er Schumann nicht getötet hat. Da muss was anderes dahinterstecken.“

„Aber die Fakten sprechen eine andere Sprache“, schaltete sich Thaler ein. „Immerhin gibt es jede Menge Indizien, die ihn klar belasten.“

„Indizien vielleicht, aber keine Beweise“, beharrte Rauscher.

„Du willst es nicht wahrhaben“, sagte Krause, „dass Wöhr – ein Apfelweinliebhaber – den EU-Politiker und Apfelweinfeind Schumann getötet hat. So läuft der Hase, hab ich recht?“

„Quatsch mit Soße! Ich traue Wöhr den Mord einfach nicht zu. Das ist alles.“ Rauscher war etwas lauter geworden.

„Was ist mit der Spritze? Darauf gibt es Fingerabdrücke von nur einer Person. Nämlich von Wöhr. Das Video vorm Marriott zeigt ihn eindeutig als Fahrer des Taxis.“

„Das bestreitet er ja auch gar nicht."

„Wöhr hatte ein glasklares Motiv. Er hat es nicht einmal bestritten, sondern uns sogar ausführlich geschildert!"

„Schon. Aber ich bin überzeugt davon, dass er ihn weder töten wollte noch getötet hat. Das passt einfach nicht zu diesem Mann."

„Wunschdenken!", kommentierte Krause. „Sorry, aber in der Hinsicht bist du verbohrt und lässt kein noch so gutes Argument gelten. Wir müssen Markowsky einweihen. Letztlich muss er die Entscheidung treffen, wie wir mit Wöhr weitermachen sollen."

„Markowsky, Markowsky!", echauffierte sich Rauscher. „Wir sind ein Team. Schon vergessen? Wir drei müssen erst mal auf einen Nenner kommen und eine Sprachregelung finden, wie wir das Markowsky verkaufen."

„Eigentlich hast du recht. Aber so, wie sich mir die Lage darstellt, werden wir dazu gar nicht kommen. Wie ich dich kenne, wirst du keinen Millimeter von deinem Standpunkt abrücken und ihn mit Klauen verteidigen."

„Klar, weil ich recht habe!"

„Siehst du, genau das meine ich."

„Immer wieder diese Leier." Rauscher stemmte die Hände in die Hüften. „Ich kann sie nicht mehr hören."

„Und genau deswegen schalte ich jetzt Markowsky ein."

Krause wandte sich ab, um den Raum zu verlassen, als sich Rauscher noch einmal zu Wort meldete. „Wenn du jetzt zu Markowsky gehst ..."

Krause stoppte und hakte nach: „Na, was ist dann?"

„Dann war's das mit dem Team. Und das weißt du genau." Seine Stimme hallte von den Wänden wider. Er versuchte, seine Emotionen hinunterzuschlucken, spürte jedoch, dass ihm das misslingen würde.

Offensichtlich hatte auch der Chef die Unterredung mitbekommen, denn keine Sekunde später betrat Markowsky das Büro. „Was geht denn hier vor sich, meine Herren?"

Stille. Keiner wusste, wie er beginnen sollte. Stattdessen nahm der Chef das Heft in die Hand. „Für Streit haben wir jetzt keine Zeit. Bitte bringen Sie mich auf den neuesten Stand. Was hat Wöhr ausgesagt?"

Krause berappelte sich als Erster. „Er hat die Entführung gestanden, ebenso die Aktion mit der Spritze. Er weigert sich jedoch zuzugeben, dass er auch den Mord begangen hat. Angeblich hat er Schumann um Mitternacht im Niedwald abgesetzt und ist weggefahren."

„Aha", sagte Markowsky und wirkte dabei einigermaßen erstaunt. „Glaubhaft?"

Bevor Krause erneut etwas sagen konnte, preschte Rauscher vor. „Absolut!"

Das ließ sich Krause nicht bieten. „Andi vergisst dabei aber, dass sämtliche Indizien klar gegen Wöhr sprechen."

„Ich vergesse es keineswegs, aber ich habe mehr eine Art ... Gesamtsicht ... auf den Fall."

„Gesamtsicht?", hakte Markowsky nach. Offensichtlich schien er sehr interessiert an Rauschers Meinung zu sein.

„Ja. Betrachten Sie sich doch mal diesen Mann!" Rauscher deutete auf die Glasscheibe vor ihnen. „Er wirkt harmlos ..."

„Wohl kaum, sonst hätte er Schumann nicht entführt", widersprach Krause.

„Darf ich bitte aussprechen?" Rauscher bemühte sich um Contenance. Ihm schwoll aber immer mehr der Kamm angesichts Krauses Verhaltens.

Der Kollege nickte. „Klar, nur zu!"

„Okay. Also, ich sehe das so: Wöhr wollte Schumann einen Denkzettel verpassen, was er auch durchgezogen hat. Als es brenzlig wurde, hat er aufgehört, wie von Anfang an geplant. Dann muss – aus welchem Grund auch immer – eine Art Trittbrettfahrer auf den Plan getreten sein, der das vollendet hat, was niemals Wöhrs Ziel gewesen ist."

„Und wie um alles in der Welt kommen Sie auf diese Trittbrettfahrer-Theorie? Gibt es irgendwelche Hinweise, Belege, Indizien, die diese Mutmaßung stützen würden?"

„Momentan noch nicht", sagte Rauscher und schob ein kleinlautes „Leider" nach.

„Aha", bemerkte Markowsky. Für einen Moment wirkte er hin- und hergerissen.

„Rauscher lässt sich nur von seinen Gefühlen leiten", schaltete sich Krause wieder ein. „So sehe ich das. Es geht um Apfelwein, und das ist eine Herzensangelegenheit für ihn. Da wird der Kopf ausgeschaltet und Bauch und Herz übernehmen die Regie. Das führt aber zu nichts. Jedenfalls nicht zu gesicherten Erkenntnissen."

„Und wenn du noch so dagegen wetterst", platzte Rauscher heraus. „Ich halte an meiner Darstellung fest, weil ich weiß, dass es so war." Ihm war bewusst, dass er sich mit dieser Argumentation auf dünnes Eis begab. Dabei konnte man ganz leicht einbrechen und sich eine Lungenentzündung holen. Aber er empfand den Umgang mit Wöhr als himmelschreiende Ungerechtigkeit. Einer musste ihm zur Seite stehen. Und dieser eine war er.

Markowsky wandte sich an Ingo Thaler. „Kommen wir zurück zu den Fakten. Gibt es irgendetwas, das Karl Wöhr entlasten würde?"

Thaler schüttelte den Kopf. „Kein Zeugen, zumindest bisher, und die Überwachungskameras auf dem Börsenplatz fallen auch aus, darauf ist nur dichter weißer Nebel erkennbar. Sonst nichts."

„Gibt es irgendeinen Hinweis, dass Schumann in der Samstagnacht, nachdem ihn Wöhr im Niedwald zurückgelassen hat, mit einem zweiten Mann zusammengekommen ist?"

„Nein!“

„Gibt es sonst noch irgendetwas, das nicht auf Wöhr, sondern auf einen anderen Mörder hinweist?“

„Ebenfalls ein klares Nein.“

Markowsky hielt inne und ließ sich das Gehörte durch den Kopf gehen.

„Also gut. Wöhr wird morgen früh dem Haftrichter vorgeführt, der aufgrund der Indizienlage mit hoher Wahrscheinlichkeit einer Untersuchungshaft zustimmen wird. Dann wird Anklage erhoben. Für die Entführung, Gefangennahme und Nötigung von Schumann wird sich Wöhr ohnehin vor Gericht verantworten müssen. Es geht lediglich um die Frage, ob die Anklage auch auf Mord lauten wird …“

„Wird sie nicht“, brüllte Rauscher, „denn ich werde den richtigen Täter finden!“

„Herr Rauscher, die Indizienlage … Wir können uns keinen anderen Täter backen, wenn weit und breit niemand anderes zu sehen ist.“

„Warum ermitteln wir nicht einfach weiter in die von mir aufgezeigte Richtung?“

„Wieso sollten wir das tun? Der Fall ist eindeutig. Wöhr hat ja sogar sein Motiv ausführlich geschildert.“

Während sich Rauscher bislang noch im Zaum gehalten hatte, brach es nun endgültig aus ihm heraus. „Ihr seid alle verbohrt! Ja, ihr, nicht ich. Ihr wollt es nicht anders sehen, euch fehlt das kriminalistische Gespür. Ihr mit euren beschissenen Fakten, Fakten, Fakten!“

„Rauscher!“, rief Markowsky verärgert aus. „Passen Sie auf, was Sie sagen.“

„Ihr könnt mich mal, ihr Kleingeister. Ihr seid Dilettanten. Euer Horizont reicht gerade mal bis zu der Wand da drüben, aber niemals über den berühmten Tellerrand. Das ist sowas von erbärmlich!“

Markowskys Kinnlade klappte herunter.

Thaler rang um Fassung.

Krause schüttelte desillusioniert den Kopf. „Was ist denn bloß in dich gefahren? Du kannst dich doch nicht allen Argumenten verschließen?“

„Und ob!“ Rauscher wollte den Raum verlassen, doch Krause stellte sich ihm in den Weg.

„Andreas“, rief er und packte ihn an der Schulter. „Mir dir kann man ja nicht einmal mehr halbwegs vernünftig diskutieren. Es wird Zeit, dass du wieder zur Vernunft kommst.“

„Ich war nie vernünftiger. Und jetzt lass mich gefälligst durch! Ich halt’s hier in dem Puff nicht länger aus.“

Als Krause keine Anstalten machte, aus dem Weg zu gehen, schubste ihn Rauscher so unsanft zur Seite, dass der Kollege gegen die gespiegelte Scheibe krachte.

Krause hatte Mühe, nicht zu Boden zu gehen. Er hielt sich die Schulter und den Oberarm und fluchte: „Ey, was fällt dir ein?“

„Jetzt reicht es!“, brüllte Markowsky. Seine Stimme war wie eine Erlösung. Doch allen Beteiligten war längst klar, dass Rauscher eben eine Grenze überschritten hatte und es keinen Weg zurück gab.

„Sie sind nicht mehr zurechnungsfähig“, schrie Markowsky. „Sie wissen einfach nicht, wann es reicht, oder?“

Eigentlich war das keine Frage. Rauscher antwortete trotzdem: „Will ich auch gar nicht.“ Und es kam überaus rotzig rüber.

„Und Sie meinen, immer das letzte Wort haben zu müssen. Da haben Sie sich aber geschnitten! Diesmal haben Sie sich zu weit aus dem Fenster gelehnt! Hiermit suspendiere ich Sie für drei Monate vom Dienst und leite ein Disziplinarverfahren gegen Sie ein wegen tätlichen Angriffs auf einen Kollegen. Was danach mit Ihnen geschieht, wird sich zeigen. Ich kann für nichts garantieren. Bitte geben Sie mir Ihre Dienstwaffe und Ihren Dienstausweis. Ihr Zugang zum System wird vorübergehend gesperrt. Bis auf Weiteres übernimmt Herr Krause Ihren Job als Leiter der Mordkommission. Basta!"

8

Einige Minuten später betrat Rauscher völlig konsterniert sein Büro, schlug die Tür voller Wut hinter sich zu und nahm auf seinem Schreibtischsessel Platz.

Der Fall ist gelöst!

Er schüttelte den Kopf. Die machten es sich zu einfach. Das konnte nicht sein. Aber er musste sich wohl oder übel damit abfinden. Jedenfalls vorerst. Er sprang auf und verharrte eine Weile reglos vorm Fenster. Doch er nahm überhaupt nichts wahr, blickte nur in eine stumpfe, spiegelnde Leere.

Was hatte ihn gerade geritten?

Wieso reagierte er immer so ... emotional?

So war er wohl. Er musste sich eingestehen, dass ihm der verbale Schlagabtausch und der Angriff auf Krause bereits leidtaten. Sonst jedoch nichts. Nichtsdestotrotz hatte ihn Markowskys knallharte Reaktion überrascht. Vielleicht, dachte er, wäre das jetzt die beste Gelegenheit, einen Schlussstrich zu ziehen. Er könnte den Fall Fall sein lassen und sich endlich um Mäxchen kümmern, den er vor vielen Wochen zum letzten Mal zu Gesicht bekommen hatte. Noch immer hatte er keinen vernünftigen Draht zu seiner Exfreundin Elke gefunden, die mit dem gemeinsamen Sohn nun schon seit anderthalb Jahren in Hamburg wohnte. Eine weitere Gefühlsbaustelle, die brach lag. Es wäre sowieso an der Zeit, sagte er sich, mit Elke über die intriganten Verbindungen ihres Vaters zu Klaus Markowsky und zur Frankfurter Kripo zu sprechen.

Das konnte so nicht weitergehen. Vielleicht sollte er einfach die Koffer packen und für einige Wochen nach Hamburg gehen? Aber was würde Jana dazu sagen? Was würde mit Karl Wöhr geschehen? Wie würde Elke sein plötzliches Auftauchen aufnehmen? Die Wahrscheinlichkeit, dass es auf diese Weise zum endgültigen Bruch kommen würde, war nicht gering.

Rauscher musste über all diese ungeklärten Dinge in seinem Leben in Ruhe nachdenken. Er wandte sich um. Aus den Augenwinkeln entdeckte er zwei Mappen auf seinem Schreibtisch. Ausdrucke des Obduktionsberichts und des Berichts der Spurensicherung. Er öffnete seinen Laptop und schaute in seinem Mailprogramm nach, ob er die beiden Dokumente schon per Mail bekommen hatte. Ja. Er leitete sie vorsichtshalber an seine private Mailadresse weiter. Was konnte er noch gebrauchen? Nichts, entschied er spontan. Private Dinge hatte er so gut wie keine im Büro. Er zog eine Jacke über. Drei Minuten später verließ er sein Büro und kurz darauf das Präsidium, als sei der Leibhaftige hinter ihm her.

Der Fall ist gelöst! Der Fall ist gelöst! Der Fall ist gelöst!

Zwei Stunden später stand Rauscher an der Theke des Gemalten Hauses und musste sich bereits mit einer Hand festhalten, sonst wäre er umgefallen. Wie ein Mantra schlugen die vier Worte immer wieder in seinem Kopf auf und pochten kräftig am Hypothalamus.

Ringsherum auf den Bänken vor den holzgetäfelten Wänden saßen sie, die berüchtigten Schoppenpetzer der Gegend. Dazwischen Touristen aus aller Welt, insbesondere aus Asien. Zierliche Japaner und Chinesen saßen vor unüberschaubaren Schlachtplatten-Tellern. Wohlgemerkt: Statt sich für die berühmten Wandgemälde des historischen Frankfurts zu interessieren, widmeten sie sich ausschließlich dem begehrten Mahl. Kein Milligramm Fleisch würde am Ende übrig bleiben; das war eine

Tatsache, die Rauscher immer wieder aufs Neue faszinierte. Die Zeremonie konnte stundenlang andauern, bis auch die letzte Fleischfaser vertilgt war. Manchmal leckten die Touristen sogar noch den Teller ab.

Rauscher nippte erneut am Stöffche und bekam von dem Treiben nicht mehr viel mit. Er wollte das Gerippte schon abstellen, entschied sich dann aber dagegen und leerte es in einem Zug.

Ahhh!

Zum Glück brauchte er nicht nachzubestellen, denn sofort füllte ihm der Schankmeister aus dem Bembel, der im Faulenzer stand, nach.

Am Arsch gelöst!

„Mach mir noch drei Mispel un...d ... drei Kurze!“, rief er dem Schankwirt zu, der ihn aus betrübten Augen ansah.

„Rauscher“, antwortete dieser, „du hast genuch! Hock dich lieber hie, sonst fällst de mer um.“

„Wann ich genug hab, un wann nisch, das weiß ich immer noch selbst am besten ... un das brauch ich mir von dir ned anhörn.“ Rauscher schwankte beachtlich, ohne hinzufallen.

Er hatte seine Medizin seit zwei Stunden im Stehen eingenommen, aber der Herzschmerz hatte nicht nachgelassen.

Der Schankwirt schüttelte den Kopf, wusste aber zu genau, dass er Rauscher nicht davon abhalten konnte, sich vollends zu vernichten. So stellte er ihm die gewünschten Getränke vor die Nase.

Anschließend ging er in die Küche, um Nachschub an Gläsern zu besorgen. Als er wieder zurück an die Theke kam, blickte er sich verwundert um. Rauscher war verschwunden. Auch ein Blick auf den Boden lief ins Leere. Der Kommissar war nirgends mehr zu sehen.

Kopfschüttelnd widmete sich der Wirt den frischgespülten Gläsern und füllte sie mit dem begehrten goldgelben Stöffche.

9

Seit dem Mittagessen hatte Jana Kern nichts von Rauscher gehört, aber sie erwischte sich dabei, dass sie immer wieder an ihren Herzbuben denken musste. Noch vor einigen Monaten war es in keiner Weise absehbar gewesen, dass es erstens zwischen ihnen funken und zweitens auch noch so gut laufen würde. Umso mehr freute sie sich über die Situation. Obwohl sie beide im Job stark eingespannt waren, fanden sie immer wieder Zeit für sich. Manchmal kam leider etwas dazwischen. Das war zwar ärgerlich, aber Jana war zu sehr Realistin, als dass sie sich über solche Banalitäten aufregen würde. Während sie noch in Gedanken schwelgte, war es früher Abend geworden. Ihr Handy klingelte. Sie ging ran und traute ihren Ohren nicht.

„Hier spricht Polizeiobermeister Hantschke vom K11. Spreche ich mit Jana Kern?"

„Ja, was gibt's denn?"

„Man hat uns hier auf der Dienststelle verständigt, dass man Herrn Rauscher aufgefunden hat. Und da dachten wir, es wäre am besten, Sie zu informieren."

„Aufgefunden?", schrak sie hoch und wurde laut dabei. „Was ... was ist mit ihm?"

„Er liegt rechts unterhalb der Untermainbrücke auf einer Parkbank. Hat wohl zu tief ins Gerippte geschaut, der Herr Rauscher."

„Äh ... ach so, na dann."

„Jemand hat seinen Perso gefunden und die Kripo angerufen."

„Okay, bin schon unterwegs und ... danke für die Info."

„Gerne!"

Sie klickte rasch das Gespräch weg, sprang in eine Jeans und Turnschuhe, warf sich eine Jacke über und winkte keine zwei Minuten nach dem Anruf einem Taxi. Ein junger Fahrer saß am Steuer und fragte, wohin es gehen solle. Jana erklärte es. „Und Sie können ruhig ordentlich Gas geben. Ich bin von der Polizei." Sie zückte lächelnd ihren Dienstausweis.

„Ich dachte immer, dafür gäb's das Blaulicht."

„Nicht denken, fahren!", rief Jana von hinten.

Auf der Fahrt an den Main fragte sie sich immer wieder, was vorgefallen sein könnte. Rauscher war doch mit laufenden Ermittlungen beschäftigt gewesen ... Die Sache stank zum Himmel, aber bevor sie nicht mit Rauscher gesprochen hatte, wollte sie weder Krause noch Thaler kontaktieren, was sie normalerweise sofort getan hätte.

Am Sonntagabend hielt sich der Verkehr in Grenzen, sodass sie knappe zehn Minuten später die Untermainbrücke von der Frankfurter Seite aus überquerten. Jana spähte auf die Sachsenhäuser Uferseite, hielt Ausschau nach Rauscher und meinte, jemanden auf einer Parkbank zu erblicken.

„Können Sie hier irgendwo parken?"

„Hier nicht, aber da vorne rechts vorm Filmmuseum."

„Gut, aber bitte nicht so weit weg, ich muss jemanden einladen."

„Geht klar, die Uhr tickt." Er grinste.

Sie stieg aus und sprintete die Treppe zum Main runter. Tatsächlich, ihre Augen hatten sie nicht getäuscht. Dort lag Rauscher. Flacher ging's kaum. Sie näherte sich. Als sie sein Gesicht erkennen konnte, wusste sie nur zu gut, was die Stunde geschlagen hatte. Zu tief ins Glas geschaut war maßlos untertrieben. Dafür gab es nur ein Wort: Komasaufen.

Es musste etwas Unvorhergesehenes vorgefallen sein. Und zwar in den letzten Stunden.

Warum hatte er sie nicht informiert?

Seine Augen waren zu Schlitzen verengt, als sie vor ihn trat.

„Du ... du bisssst die Einzige, die sssssu mir hält. Du ..."

Herrjemine! In diesem Zustand hatte sie ihn noch nie gesehen. Zum Glück!

„Andreas, das gibt's doch nicht!"

Sie ging näher an ihn heran und griff unter seine Arme, um ihn hochzubekommen. Was gar keine einfache Übung war.

„Diese ... hicks ... Arschlöscher könne...n ... misch ma ... kreussssweise ... könn die misch ma ..."

Sie packte ihn fest und zerrte seinen Oberkörper hoch, sodass sie ihn aufrecht zum Sitzen bekam. Dann versuchte sie, seinen Arm um ihren Hals und über ihre Schulter zu hieven, damit sie ihn vorne wieder fassen konnte, doch auch dies stellte sich als schwieriges Unterfangen heraus.

„Komm, Andreas. Du musst schon etwas mithelfen, sonst krieg ich dich hier nie weg."

„Gibt's noch was ssss su trinken?"

„Hier ist es kalt, du holst dir ne Lungenentzündung, wenn du noch länger hier liegen bleibst."

„Is...ch..ab Durst!"

„Du hast genug intus!" In diesem Moment schwappte eine Atemwelle an ihre Nase. Spirituosen pur, schätzte sie. „Puhhh! Was hast du denn gesoffen? Das ist ja ..."

„Ssssswei, drrrrei Ge...spritzte ..."

„Klaro!" Jana konnte sich dieses Gestammel nicht weiter anhören, holte kräftig Schwung und brachte ihn auf die Beine. Irgendwie schaffte er es, einen Fuß vor den anderen zu setzen. Mit ihrer Unterstützung dauerte es nur knappe fünf Minuten, bis sie zusammen die oberste Treppenstufe erreicht hatten, wo der Taxifahrer gerade angekommen war.

„Ich dachte, ich schau mal nach."

„Nicht denken, helfen!", keuchte Jana. „Packen Sie mit an, allein krieg ich ihn nicht bis zum Wagen." Sie schwitzte und ihr taten die Arme weh.

„Okay, okay. Moment!" Er eilte auf die andere Seite, griff um Rauschers Hüfte und hob ihn an, was das Gehen enorm erleichterte. Zu zweit verfrachteten sie ihn auf den Rücksitz. Jana nahm neben ihm Platz.

„Wenn er mir alles vollkotzt, schicke ich Ihnen die Reinigungskosten plus eine Rechnung über meinen Verdienstausfall."

„Ja, ja, ist ja schon gut. Sehen Sie zu, dass wir so schnell wie möglich nach Bockenheim kommen."

Die Fahrt verlief ohne weitere Zwischenfälle. Jana schnaufte durch. Rauscher war wie weggetreten. Immer wenn Jana ihn anblickte, fing sie automatisch an, den Kopf zu schütteln.

Zwanzig Minuten später lag Rauscher im Bett. Sie hatte dem Taxifahrer 20 Euro Trinkgeld gegeben, weil er ihr geholfen hatte, Rauscher bis in seine Altbauwohnung und ins Schlafzimmer zu bugsieren.

Sie zog ihm die Schuhe und die Jacke aus, stellte einen Eimer bereit, schloss die Tür nur halb und ließ ihn allein ausnüchtern. Das würde dauern. Vor morgen würde er nicht aufwachen. Und dann wäre sicher nichts mit ihm anzufangen.

Tolles Wochenende gehabt, dachte sie.

10

1 Tag später, Montag

Es war gegen 15 Uhr, als Jana Kern vom Dienst aus Königstein zurückkam und die Bockenheimer Altbauwohnung aufschloss.

„Hallo, Andreas? Hallo!“, rief sie, als sie den Flur betrat.

Morgens, als sie losgefahren war, hatte Rauscher noch im Koma gelegen. Tagsüber hatte sie ihn in Ruhe gelassen und auch keine WhatsApp geschickt, obwohl sie schon arg neugierig war, wie es ihm nach dem Erwachen ergangen war.

Sie war nach dem Fußball-Fall wieder langsam in den Dienst eingestiegen. Jeden Tag vier Stunden und nur Innendienst, mehr nicht, hatte der Arzt verordnet. Was kein Problem darstellte, denn sie hatte zurzeit ohnehin nicht viel zu tun, außer ein paar Akten zu polieren und Berichte nachzuschreiben. Es lag kein akuter Fall vor. Auch mal ganz schön. Das kam nicht so häufig vor. Von daher hatte sie jede Menge Zeit, über Rauschers Absturz nachzudenken. Sie war mehr als gespannt auf seine Erklärung, zumal er ihr am späten Vormittag nur eine schmale WhatsApp gesendet hatte mit dem Text: Morsche. Äh, ich gehe mal davon aus, dass du arbeiten bist. Also bis später. Sie hatte bewusst nicht geantwortet.

„Hallo, bist du da?“, rief sie im Flur, als sie ihre Schuhe auszog.

Gerade als sie glaubte, er sei schon wieder ausgebüxt, hörte sie die Klospülung. Dann öffnete sich die Badezimmertür. Rauscher schlurfte heraus. Er trug eine Jogginghose und ein altes T-Shirt. Seine Haare standen ab und er machte insgesamt einen etwas zerrupften Eindruck.

Als er sie erblickte, fing er an zu lächeln, stoppte, änderte seine Richtung und kam auf sie zu.

Sie sah ihn aus großen Augen an.

Er nahm sie in den Arm. „Danke! Ich nehme an, dass du mich gerettet hast, oder?"

„Da liegst du richtig."

„Puhhh! War hart!"

„Sonst nichts?"

„Wie meinst du das?"

Sie seufzte. „Na ja, du könntest mir schon mal erklären, was überhaupt passiert ist."

„Ach, du weißt noch gar nichts? Ich dachte, du hast vielleicht mit Krause geredet ..."

„Wenn ihr Männer anfangt zu denken ..." Sie löste sich aus seinen Armen und stemmte die Hände in die Seiten. „Sprich einfach mit mir! Was war gestern los, verdammt?"

Das letzte Wort ließ Rauscher aufhorchen. Er erkannte sogleich Janas Gemütslage. Ob sie sich nur Sorgen gemacht hatte oder ernsthaft sauer war, wusste er noch nicht, wollte aber schleunigst für Aufklärung sorgen.

„Klar", sagte er, „kein Problem", schnappte sie an der Hand und ging mit ihr ins Wohnzimmer. Sie setzten sich und er begann vom gestrigen Tag zu erzählen. Den Leichenfund frühmorgens auf dem Bären vor der Börse erwähnte er nur kurz, darüber hatten sie ja beim Mittagessen schon gesprochen, ebenso das drohende EU-Apfelwein-Begrenzungsgesetz. Etwas ausführlicher schilderte er Wöhrs Verhör und Anklage, den Streit mit Krause, Markowskys Machtwort, seine Suspendierung sowie seinen Absturz im Gemalten Haus und den letzten Schnaps, an den er sich nur noch vage erinnern konnte. Er ließ nichts aus.

„Und heute bin ich hier aufgewacht."

Jana hatte ihn reden lassen und keine Zwischenfragen gestellt. Sie war ziemlich platt. Als er geendet hatte, lehnte sie sich zurück an die Couchlehne und atmete tief durch.

„Heiliger Strohsack! Schätze mal, du hattest ne Alkoholvergiftung."

„Quatsch!"

„Hört sich aber so an ... Und du bist wirklich suspendiert?"

„Drei Monate. Was danach passiert, steht in den Sternen. Markowsky ist richtig abgegangen."

„Glaubst du, du kannst das wieder hinbiegen?"

„Keine Chance. Er meint es ernst. Das wusste ich sofort."

„Gehst du dagegen vor?"

„Wüsste nicht, wie."

„Und was machst du jetzt?"

„Ganz einfach: Ich löse den Fall."

„Aber sie haben doch einen Täter."

„Genau: einen. Aber nicht den richtigen!"

„Wie kannst du dir da so sicher sein?"

„Bauchgefühl, Instinkt ... was weiß ich. Schau mal. Dieser Schumann, unser Opfer. Er ist ein Wadenbeißer, ein Pit-Bull, der es darauf angelegt hat, sich mit allen anzulegen. Tausend Leute allein in Brüssel sind nicht gut auf ihn zu sprechen. Er war einfach ein Arsch. Immer erst mal in die Vollen, und wenn dann Widerstand aufgekommen ist, ist er Millimeter für Millimeter von seiner ursprünglichen Position abgerückt. Auf diese Weise konnte er mehr umsetzen als alle anderen zusammen. Scheint seine Masche gewesen zu sein."

„Und woher weißt du das alles?"

„Von der Sekretärin in seinem Brüsseler Büro. Ich habe vorhin mit ihr telefoniert. Sehr auskunftsfreudig, die Dame. Sie hat bereitwillig ausgepackt. Hat wohl auch unter seiner Herrschsucht gelitten. Fast jeden Tag musste sie am Telefon wütende Leute abwimmeln, die ihren Chef sprechen wollten."

„Was?" Jana sah ihn scharf an. „Hast du etwa schon weiter ermittelt?"

„Klar. Hatte ja sonst nichts zu tun."

„Aber du bist doch suspendiert!"

„Mir doch egal. Ich werde nicht eher ruhen, bis ich Schumanns wirklichen Mörder gefunden und Karl Wöhr von den Mordvorwürfen reingewaschen habe ... Hilfst du mir dabei?"

Die Frage stand im Raum. Zwischen ihnen. Er hoffte innigst, dass sie sich für ihn und ein gemeinsames Vorgehen entscheiden würde.

„Und wie stellst du dir das vor?", fragte Jana nach. „Ich muss doch jeden Tag für vier Stunden nach Königstein aufs Revier."

Rauscher zögerte. „Wahrscheinlich nicht mehr lange."

„Wie meinst du das?" Sie hing gebannt an seinen Lippen. „Du weißt doch was, was ich nicht weiß. Sag schon! Los jetzt!"

„Es gibt noch eine Neuigkeit. Eine sehr unerfreuliche ..." Wieder legte er eine Pause ein, weil er sich bewusst war, dass die folgende Nachricht sehr hart für Jana sein würde.

„Was denn?" In ihren Augen tauchte ein Anflug von Furcht auf.

„Sie leiten ein Disziplinarverfahren gegen dich ein. Hat mir Markowsky unter der Hand gesteckt. Er wollte mich damit anscheinend disziplinieren. Der Schuss ist allerdings nach hinten losgegangen."

„Was sagst du da? Ein Diszi?" Sie hob die Hand vor den Mund.

„Leider! Und es soll wohl nicht gut aussehen für dich. Markowsky wird sich nicht für dich einsetzen, hat er mir auch schon mitgeteilt."

Jana ließ sich rückwärts auf die Couch plumpsen und verbarg das Gesicht in beiden Händen. Rauscher rückte an sie heran, nahm sie wieder in den Arm und streichelte ihr über den Kopf. Als sie die Hände wieder herunternahm, schälte sich eine Träne aus ihrem rechten Auge.

Es tat ihm weh, sie so niedergeschlagen zu sehen.

11

Dienstag

Als Jana am nächsten Tag gegen Mittag – früher als geplant – vom Dienst aus Königstein kam, bemerkte Rauscher an ihrer Miene, dass etwas nicht stimmte. Er ahnte, worum es ging.

Er bereitete sich gerade ein Omelett mit Pilzen und Zwiebeln zu, stellte die Pfanne aber von der Herdplatte, weil sich Jana in seine Arme sinken ließ.

„Freigestellt!“, presste sie traurig hervor. „Man könnte auch suspendiert sagen. Solange das Diszi läuft. Hab’s heute schriftlich gekriegt. Mein Oberchef in Königstein war not amused.“ Bei den letzten beiden Wörtern zeichnete sie Anführungszeichen in die Luft.

„Jetzt sind wir schon zu zweit!“, versuchte Rauscher die Situation mit ein klein wenig Humor zu retten. Allerdings kannte er Jana inzwischen gut genug, um zu wissen, dass das in diesem Fall nicht ziehen würde. Sie hing an ihrem Job. Er war ihr eminent wichtig.

„Und wie geht’s jetzt weiter?“, schob er nach.

„Morgen hab ich eine Anhörung bei der Dienstaufsicht.“

„Und was sagt dir dein Gefühl?“

„Du hast schon bessere Fragen gestellt!“ Sie seufzte tief und lange. „Also, eines ist offensichtlich: Für die sieht es so aus, als hätte ich mich über Markowskys unzweideutige Anweisung hinweggesetzt und mit euch im Eintracht-Fall ermittelt. Also wissen wir beide, wie der Hase laufen wird ...“

Er drückte sie fest an sich. „Wir stehen das gemeinsam durch. Wann bekommst du das Ergebnis des Verfahrens?“

„In knapp drei Wochen.“

„Mach dir keine Sorgen! Das kriegen wir schon hin ... Willst du mitessen?"

„Oh ja!"

„Prima, dann mache ich etwas mehr."

„Viel mehr", fügte sie hinzu, grinste schelmisch und verließ die Küche. Sie hatte schon wieder den Schalk im Nacken. Das freute ihn sehr, weil er nicht sicher gewesen war, wie sie diese Situation verkraften würde.

Zehn Minuten später stand das Essen auf dem Esszimmertisch und beide ließen es sich schmecken.

„Nicht übel!", kommentierte Jana und griff ordentlich zu. Es gab Baguette zu den Eiern, und Rauscher hatte sogar einen Rote-Beete-Salat gezaubert, was ihm in der Zeit vor Jana nicht einmal im Traum eingefallen wäre.

„Nicht übel? Aha!" Er lächelte.

„Na ja, halt ausbaufähig ... Ich könnte auch sagen: Du entwickelst dich." Sie grinste wenig damenhaft.

„Schön zu hören."

Jana schien sich von ihrer Misere ablenken zu wollen und besann sich plötzlich wieder auf den Schumann-Fall.

„Bist du schon weitergekommen?", fragte sie interessiert.

„Womit?"

„Mit dem toten Reiter ..."

„Noch nicht dazu gekommen."

„Aber du bist schon noch felsenfest davon überzeugt, dass Karl Wöhr nicht der Mörder ist?"

„Absolut. Glaubst du denn ernsthaft, dass er in der Lage wäre, jemanden so zuzurichten, ihn zu töten und die Leiche ganz bewusst in der Öffentlichkeit auszustellen?"

„Zumindest kann ich es mir vorstellen."

„Ich aber nicht."

„Ob ich es ihm auch zutrauen würde, nach dem, was du erzählt hast, steht auf einem anderen Blatt."

„Wöhr ist ein eher unbedarfter Typ, der durch Schumanns Ansinnen schwer getroffen wurde – wie ich übrigens auch. Und nach Lage der Dinge verfolgt er seine Ziele sehr zielstrebig. Aber das heißt noch lange nicht, dass er deshalb dafür töten würde."

„Bleibt halt die Tatsache, dass er Gewalt gegen Schumann angewendet hat. Das ist zweifelsfrei erwiesen. Er hat ihn gegen seinen Willen entführt und ihm die Spritze mit dem Apfelwein in den Hals gejagt. Oder etwa nicht?"

„So hat er es ausgesagt, ja."

„Siehst du! Wie weit ist da noch der Schritt bis zu einem Mord?"

„Dazwischen liegen Welten."

„Das behauptest du, weil du es nicht wahrhaben willst."

„Ich kann es nicht belegen, noch nicht. Aber ich werde alles daran setzen."

„Glaub ich dir aufs Wort." Sie fügte hinzu: „Und warum auf dem Bären? Warum das Holzkreuz?"

„Eine Inszenierung, um uns abzulenken. Wir sollten an einen verrückten Serienmörder oder Psychopathen oder Ritualmörder oder was weiß ich denken. Vielleicht handelt es sich um jemanden, der ein politisches Motiv hat und es zur Schau stellen wollte."

„Dann wäre ja Wöhr vielleicht doch der Täter."

„Wieso?"

„Er hatte ein politisches Motiv."

„Ich meinte damit eher einen Radikalen, einen Fundamentalisten oder so."

„Auch das trifft auf Wöhr zu. Er ist ein Ebbelwoi-Fundamentalist.

Ein Ebbelwoiist! ... Genau wie du!“ Sie hob die Augenbrauen.

„Hältst du etwa mich für den Mörder?“, fragte er im Scherz.

„Wohl kaum. Ich weiß ja, wo du in der Nacht gewesen bist.“ Ein Lächeln legte sich zart auf ihre Wangen. „Sag mal, dieses neue EU-Gesetz ...“

„Zum Glück ist es noch nicht in Stein gemeißelt!“

„Du weißt schon, wenn Schumann das geplant hat – also, der meinte das wirklich ernst, oder?“

„Ich fürchte, ja. Wenn es dumm läuft, hat er bereits weitere Mitstreiter in Brüssel und die verfolgen das Gesetz so lange, bis es verabschiedet ist. Ich müsste dringend mal mit diesem Friedrichs, Schumanns Assistenten, sprechen.“

„Worüber?“

„Wie es in Brüssel jetzt weitergeht.“

„Du meinst, ob das jetzt brach liegt nach Schumanns Dahinscheiden oder ob es jemand aktiv weiterverfolgt?“

„Genau.“

„Scheint dir ja richtig zu schaffen zu machen.“

„Dir etwa nicht?“

„Also, in meinen Ohren klingt es so abstrus, ich kann das nicht für bare Münze nehmen.“

„Aber es gibt etliche Beispiele in der EU, die klingen genauso hohl. Trotzdem wurden die umgesetzt.“

„Bitte verschone mich damit, sonst kriege ich einen Lachkrampf!“

„Hoffentlich vergeht uns das Lachen nicht ... Das ist ein Affront gegen alle, die Ebbelwoi lieben, ein Angriff nicht nur auf die Frankfurter, sondern auf die hessische Kultur. Das ist unmenschlich, unwürdig, das ist ... Ach, ich kann das gar nicht beschreiben, was das ist ...“

„Typisch EU halt. Man erwartet leider nichts anderes.“

„Richtig.“

„Aber irgendwie hab ich in unsere Politiker noch so viel Vertrauen, dass die schon wissen, wie man so etwas Absurdes verhindern kann."

„So?", sagte Rauscher und es klang, als habe er starke Zweifel an dem letzten Satz.

„Du etwa nicht?", hakte Jana nach.

Der Klingelton von Rauschers Handy unterbrach sie. Es zeigte eine neue WhatsApp an. Er schaute nach. Sie kam aus dem Gemalten Haus. Von Alexandra, der Wirtin, persönlich. Von Sonntag sind noch 163,50 Euro offen. Liebe Grüße, A. Auf dem geposteten Foto war die Rechnung. Er schaute sich die Liste der Getränke an. Beim Lesen wurde ihm schlecht. Er musste das halbe Gemalte Haus eingeladen haben. Ihm schwante allerdings, dass er – womöglich, obwohl er es keinesfalls glauben konnte – alles selber verzehrt hatte. Als ihm das bewusst wurde, fühlte er sich noch mieser. Er schob den Teller von sich weg. Sein Appetit war ihm mit einem Mal vergangen.

„Was ist?", fragte Jana. „Du machst ein Gesicht, als gäbe es morgen keinen Ebbelwoi mehr."

Er reichte ihr wortlos das Handy. Sie las.

„Mein lieber Herr Gesangsverein!" Sie pfiff durch die Lippen, was sich schrill anhörte, und reichte ihm das Handy zurück. „Du hast meinen vollen Respekt. Hast du das wirklich alles in dich reingeschüttet?"

„Hmmm. Nee!", brummte er wortkarg, um dann fortzufahren: „Kann ich mir jedenfalls nicht vorstellen."

„Ich schon!" Sie grinste. „Das war mir in dem Moment klar, als ich dich auf der Parkbank gesehen habe ..."

„Können wir bitte das Thema wechseln?", klang er etwas verdrießlich. „Schlägt mir irgendwie auf den Magen."

„Oh Gott! Das wollen wir ja nicht." Sie streichelte über seinen Handrücken.

Abgelenkt wurden beide durch ein Klingeln an der Wohnungstür.

„Erwartest du jemanden?“, fragte Jana irritiert.

„Nein, du?“

Sie schüttelte den Kopf. „Hätte ich sonst gefragt?“

„Ich gehe.“ Rauscher erhob sich.

An die nächsten drei Minuten sollte er lange, lange Zeit zurückdenken, denn als er die Wohnungstüre öffnete, traute er seinen Augen nicht. Vor ihm stand Elke. Ihn traf fast der Schlag. Doch bevor er etwas sagen konnte, drückte sie ihm Mäxchen in die Arme, schleppte zwei große, prall gefüllte Reisetaschen in den Flur und stellte sie ab.

„Ich brauche eine Auszeit!“, rief ihm Elke entgegen.

Mäxchen kommentierte diese Aussage mit einem kurzen „Tut, tut!“

Elke fuhr fort: „Ich bin total geschafft, weißt du. Ist mir alles zu viel.“

Rauscher war so konsterniert, dass ihm kein einziges Wort über die Lippen kam.

„Sorry“, sprach Elke weiter, „dass ich dich so überfalle. Aber ich muss schon wieder los, unten wartet mein Taxi. Also dann ...“

„Äh, also ...“, berappelte sich Rauscher gerade noch, bevor sie wieder verschwunden war. „Moment mal!“

Elke hielt inne und wandte sich ihm noch einmal zu. „Er ist schließlich auch dein Sohn, ja. Also mach's gut. Du kannst mich per WhatsApp erreichen. Da bin ich jetzt auch.“

Rauscher fiel auf, dass Elke abgenommen hatte. Sie war gertenschlank und ihre Haare sahen vollkommen anders aus. Sie waren jetzt blond und kurz geschnitten. Insgesamt machte sie nicht gerade den Eindruck, als sei sie urlaubsreif. Eher im Gegenteil. Sie sprühte vor Elan.

„Äh ... ja, und ... und wohin willst du?“

„Drei Wochen Kuba. Hab ich gebucht. Flug von Frankfurt. Lag quasi auf dem Weg. Weißt du, dieses miese Wetter hier in Deutschland schlägt mir aufs Gemüt. Ich brauch ein bisschen Sonne. Bis dann, gell! Tschüüüüß."

Sie gab Mäxchen, der seinen Kopf auf Rauschers Schultern gelegt hatte, einen Abschiedskuss auf die Wange. Dann stürmte sie aus der Wohnungstür und war in der nächsten Sekunde verschwunden.

Rauscher hatte sich keinen Millimeter gerührt, seitdem er die Tür geöffnet hatte. Das konnte doch nicht ihr Ernst sein? Oh, doch! Dafür kannte er Elke mittlerweile zu gut.

In diesem Moment kam Jana wie in Zeitlupe aus der Küche. „Wer war denn an der ...?" Perplex stockte sie mitten in der Frage, als sie ihn mit Mäxchen auf dem Arm im Flur stehen sah. „Nee, oder?"

„Doch. Also ... ich weiß auch nicht, was ich sagen soll. Oder besser: was in Elke gefahren ist. Sie hat Mäxchen hier abgeladen und fliegt jetzt nach Kuba."

„Was? Hat sie da etwa einen Lover?", witzelte Jana. „Oder wie erklärst du dir, dass sie Mäxchen einfach so hier lässt?"

„Sie will einfach mal ihre Ruhe haben und braucht eine Auszeit. Hat sie jedenfalls gesagt", erklärte Rauscher und es klang sehr pragmatisch.

„Wer braucht die nicht?"

„Ich fühle mich etwas ... überrumpelt."

„Eigentlich solltest du dich freuen", meinte Jana spontan. „Du wolltest doch deinen Sohn immer bei dir haben."

„Ja, schon, aber doch nicht ..."

„Nix aber. Komm! Wir machen das Beste draus. Gib ihn mir mal!" Rauscher überreichte Jana seinen Sohn, die ihn auf den Arm nahm.

„Hallo, kleiner Mann. Willkommen in Bockenheim!"

In den nächsten Stunden widmete sich Jana dem Rauscher-Sprössling.

12

Mittwoch

Sein Sohn. Wie groß er geworden war! Klar, immerhin war er inzwischen etwas mehr als anderthalb Jahre alt. Anderthalb Jahre, in denen Rauscher ihn kaum gesehen hatte. Was ihm, wenn er darüber nachdachte, immer einen Stich im Herzen versetzte. Die Differenzen mit Elke waren im Laufe ihrer Zeit in Hamburg eher noch größer geworden. Und seit sie, was wohl unvermeidlich gewesen war, von seiner Beziehung mit Jana erfahren hatte, war totale Funkstille angesagt. Bis heute. Das war keine Überraschung. Das war ein Überfall erster Güte.

Aber die Sache hatte auch etwas Positives: Janas Reaktion gefiel Rauscher auf Anhieb. Er war ein wenig verwundert, wie eifrig sich Jana auf ihrer beider neue Aufgabe stürzte. Sie hätschelte und tätschelte Mäxchen, spielte mit ihm, machte Fotos mit dem Handy, auch Selfies von sich und ihm. Sie las ihm vor, sie hörten gemeinsam Musik und wenn er schlafen musste, legte sie sich kurz mit ihm hin, bis er eingeschlafen war. Es dauerte nicht lange, bis Rauscher klar wurde, dass sie die perfekte Mutter war.

Während sich Jana mit Begeisterung Mäxchen widmete, zog er sich phasenweise zurück, weil sich unwillkürlich die Fäden des Schumann-Falles in seinen Kopf schlichen. Er konnte und wollte ihn nicht ganz aus den Augen verlieren. Ziemlich genau drei Tage war sein Absturz aufgrund der Suspendierung inzwischen her. Körperlich war er soweit wieder vollends hergestellt, auch seinem Kopf ging es nie besser. Jedoch hatte er bisher nicht ein Sterbenswörtchen von der Mordkommission oder seinem Team gehört.

Durch die Ablenkung mit Mäxchen fiel es ihm nicht leicht, sich voll und ganz dem Fall zu widmen. Er brauchte eine Weile, bis er sich wieder darauf einlassen konnte. Schließlich knöpfte er sich den Bericht der Spurensicherung und den Obduktionsbericht vor, die sich in seinem privaten Mailaccount befanden, und ging sie langsam, Satz für Satz, mit erhöhter Aufmerksamkeit durch. Was ihm sofort auffiel: Quast hatte die Strangulierung mit dem aufgefundenen Seil eindeutig als Todesursache ausgemacht. Die einzigen Fingerabdrücke, die auf der Spritze gefunden worden waren, stammten tatsächlich von Wöhr. Die Indizien sprachen definitiv gegen ihn.

Rauscher seufzte. Wie sollte er weiter vorgehen? Während er die Tat und die anschließenden Ermittlungen noch einmal rekapitulierte, fiel ihm eine entscheidende Frage ein: Wer wusste überhaupt, dass Schumann an dem Tag in Frankfurt gewesen war? Damit zusammen hing die Frage nach den potenziellen Verdächtigen. Denn nur, wer von Schumanns Aufenthalt in Frankfurt gewusst hatte, konnte zu diesem Kreis gehören und mutmaßlich der Täter oder die Täterin sein. Er begann, eine Liste mit Namen zu erstellen. Zuoberst schrieb er Karl Wöhr. Darunter Schumanns engste Mitarbeiter – Herrn Friedrichs und Frau Thies, die Sekretärin. Wahrscheinlich wusste auch seine Frau davon, aber das konnte er nicht überprüfen. Eine Tochter hatte Schumann laut Krauses Aussage auch. Nicole Schumann war jedoch rasch aus dem Fokus der Ermittlungen gerutscht, weil mit Wöhr sofort ein Hauptverdächtiger gefunden war. Konnte die Tochter von seinem Aufenthalt in Frankfurt gewusst haben? Schon. Aber selbst wenn: Was konnte sie mit dem Mord an ihrem Vater zu tun haben? Ihm wollte keine plausible Antwort einfallen. Bislang deutete nichts auf sie hin. Sollte er sie trotzdem ins Visier nehmen? Vorläufig nicht, entschied Rauscher, und schloss sie aus.

Er dachte noch einen Augenblick nach, aber ihm wollten nur noch die Politiker einfallen, mit denen sich Schumann treffen wollte. Der hessische Innen- und der Justizminister, deren Staatssekretäre und der Frankfurter

Oberbürgermeister. Das bereitete ihm Kopfzerbrechen. Wenn er dort weiterforschen wollte, würde er sicher in ein Wespennest stechen und sich keine Freunde schaffen. Im Gegenteil. War das die Sache wert?

Ja, entschied er.

Trotzdem wollte er diskret vorgehen. Eine Menge Staub aufzuwirbeln war momentan eher hinderlich. Den Ball flachzuhalten war zwar nicht unbedingt seine Stärke, aber er musste es versuchen. Frau Thies in Schumanns Brüsseler Büro schien ihm eine geeignete Adresse für eine solche Strategie zu sein. Er wählte ihre Nummer und hatte sie keine fünf Sekunden später am Apparat.

„Hallo Frau Thies. Hier ist noch mal Kommissar Rauscher aus Frankfurt. Wie geht es Ihnen?"

„Fragen Sie nicht!", seufzte die Dame. „Tausend Telefonate sind wahrscheinlich noch untertrieben. Alle wollen wissen, was mit Schumann los ist. Seit gestern bricht die Hölle über mich herein. Dies und das und jenes. Furchtbar! Niemand weiß, wie es weitergehen soll. Ich kenne mich doch auch nicht mit allem aus. Und Herr Friedrichs ist auch nicht greifbar. Und jetzt kommen Sie ... Wollen Sie etwa auch was von mir?"

„Nun ja, ich hätte nur eine Frage, die mich brennend interessiert."

„Also gut. Bringen wir es hinter uns, damit ich irgendwann mal zum Luftholen komme."

„Wer wusste, dass Herr Schumann am letzten Samstag in Frankfurt einen Termin wahrnehmen würde?"

„Wer ... wer ...? Wie meinen Sie das?"

„Also, welche Personen hatten von seiner Dienstreise Kenntnis?"

„Na, in allererster Linie natürlich Herr Friedrichs und ... Lassen Sie mich mal überlegen ... Seine Frau und seine Tochter natürlich ... und darüber hinaus ... Also, tut mir leid, aber mir fällt niemand mehr ein."

„Vielleicht noch Kollegen von ihm? Andere Politiker aus Brüssel?"

„Könnte durchaus sein, aber vielleicht auch nicht. Er tat immer sehr geheimnisvoll und ist mit den wichtigen Terminen nicht hausieren gegangen."

Bei Rauscher schwand die Hoffnung, etwas Substanzielles von Frau Thies zu erfahren. Aber ihm fiel auf, dass sie das Wort ‚wichtig' lauter ausgesprochen hatte als den Rest des Satzes. „Eine letzte Frage hätte ich noch ..."

„Gut, ich müsste dann nämlich ..."

„Hatte Schumann Feinde?", fragte er schnell, bevor sie es sich anders überlegen konnte.

„Feinde? Na klar! Viele. Sehr viele sogar. Hat ja auch alles dafür getan."

„Und wer, meinen Sie, hat ihn am meisten gehasst?"

„Das ist einfach zu beantworten: Herr Friedrichs! Eindeutig. Er hat sicher am meisten unter seinen Launen, seiner Herrschsucht, seinen Marotten und seinem Machogehabe à la Chef gelitten."

„Aha!" Das war bemerkenswert. Dementsprechend erstaunt klang Rauscher, der für kurze Zeit perplex schien, denn mit dieser Antwort hatte er nicht gerechnet.

„War's das jetzt?", wollte Frau Thies wissen.

„Äh, ja", kam Rauscher wieder aus seiner Versunkenheit zurück. „Falls ich noch weitere Fragen haben sollte, melde ich mich wieder."

„Tun Sie das! Auf Wiederhören."

„Tschüss", sagte Rauscher und legte auf. Er war immer noch etwas paralysiert von dieser Antwort. Friedrichs. Was hatte Krause über den Assistenten gesagt? Rauscher versuchte, sich seine Aussagen in Erinnerung zu rufen, aber es wollte ihm nicht recht gelingen. Damals hatte er nur mit halbem Ohr zugehört. Leider, wie er jetzt feststellte. Vielleicht sollte er sich die Mühe machen, Friedrichs zu durchleuchten. Außerdem hatte er vergessen, Frau Thies nach Schumanns Verbindungen in Frankfurt zu fragen. Parteifreunde, Politiker, mit denen er in engem Kontakt stand, wirtschaftliche Verknüpfungen, private Seilschaften. Eigentlich musste er sich Schumanns gesamtes soziales Umfeld vorknöpfen. Aber das war leichter gedacht als getan. Wie konnte er das am besten anstellen? Spontan fiel ihm nur Ingo Thaler ein. Doch auf den konnte er gerade nicht zurückgreifen. Langsam begriff er das ganze Ausmaß seiner Situation: was es bedeutete, ohne seinen Dienstausweis und den gesamten Polizeiapparat auskommen zu müssen und was es hieß, auf sich allein gestellt zu sein. Er kam sich kastriert vor. Bis auf Jana konnte er in diesem Fall auf niemanden zählen. Oder doch? Bei Thaler war er sich unsicher. Der Kollege war ihm gegenüber immer loyal gewesen und seine Launenhaftigkeit hielt sich in Grenzen. Es käme auf einen Versuch an.

13

Bauklötzchen waren Mäxchens Ein und Alles. Er konnte stundenlang damit zubringen, sie aufeinander zu stapeln und sie wieder umzuwerfen, nur um dann wieder neu zu beginnen. Zum Glück hatte Elke welche in die Taschen gepackt und auch noch diverse andere Spielsachen. Den gesamten Vormittag verbrachte Rauscher mit Mäxchen auf dem Wohnzimmerteppich, während Jana zu ihrer Anhörung nach Königstein gefahren war. Elke hatte sich nicht gemeldet und Rauscher würde einen Teufel tun, sich bei ihr zu melden. Es hatte ihn einige Mühe gekostet, Mäxchen von seinen Bauklötzchen zu lösen, um mit ihm auf der Leipziger Straße einzukaufen. Bereits nach zehn Minuten hatte er gemerkt, dass das Unterfangen ohne Kinderwagen keine gute Idee gewesen war. Gar nicht so einfach. Er hatte schließlich nur zwei Hände, musste überlegen, was sie zu essen brauchten, auch der Fall schwirrte ihm hin und wieder im Kopf herum. Es dauerte nicht lange und er fühlte sich überfordert. Es fiel ihm aber nicht schwer, sich dies einzugestehen, und er traf daher rasch eine Entscheidung. Seine Eltern mussten her. Seine Mutter würde ihn ohnehin einen Kopf kürzer machen, falls er sie nicht über Mäxchens Besuch informieren würde. Zudem würde er zwei Fliegen mit einer Klappe schlagen: seine Eltern glücklich machen und gleichzeitig für etwas Entlastung sorgen.

Wieder zu Hause, setzte er Mäxchen auf dem Boden bei seinen Bauklötzchen ab, was ihn übers ganze Gesicht strahlen ließ. Er quittierte es mit einem heiteren „Hatsch!" und klatschte dabei in die Hände.

Rauscher nahm als erstes sein Handy, machte ein Foto seines Sohnes beim Spielen, löschte das aktuelle Hintergrundbild seines Handys und speicherte stattdessen Mäxchens Bild. So konnte er ihn künftig mehrfach täglich sehen. Kurz darauf mailte er das Foto spontan und voller Stolz an alle Kollegen im Präsidium mit dem Kommentar: „Der kleine Herr Rauscher!"

Danach wählte er die Nummer seiner Eltern.

„Dass du dich auch mal wieder meldest", empfing ihn Gabriele Rauscher höchst freundlich am Telefon. Ihr Tonfall erinnerte an einen Getreidehäcksler.

„Auch dir einen schönen Tag", sagte Rauscher. Schon nach dem ersten Satz war ihm die Lust vergangen, mit ihr zu sprechen, aber einen Rückzieher konnte er jetzt auch nicht mehr machen. „Hier wartet ein kleiner Mann auf euch."

„Nein?" Die Verblüffung in ihrer Stimme war unverkennbar.

„Doch!", sagte Rauscher und wollte die Reaktion seiner Mutter abwarten, die aber nicht kam. „So sprachlos hab ich dich noch nie erlebt", hängte er an.

„Ich weiß nicht, was ich sagen soll ... Ist Mäxchen etwa ... Was ist los?

... Ist Elke ...? Was hat das alles zu bedeuten?“

Seine Mutter war überfordert. Schon eine solch simple Nachricht war zu viel für sie.

„Am besten ihr kommt her und ich erklär euch alles, ja?“

„Wann?“

„Sofort?“

„In Ordnung. Wir beeilen uns.“ Schwupps hatte sie aufgelegt. Die letzten Worte deuteten eine große Vorfreude an, aber auch eine Menge Skepsis, denn sie konnte sich den Besuch des jungen Herrn Rauscher nicht erklären.

Rauscher schüttelte den Kopf und wandte sich Mäxchen zu. „Tob dich noch mal aus, kleiner Mann, und genieß die Ruhe!“, sagte er. „Gleich kommt deine Oma, dann wird’s ernst!“ Er musste schmunzeln, denn Mäxchen hob nur kurz den Kopf und nahm dann keinerlei Notiz mehr von ihm. Alles, was zählte, waren seine Bauklötzchen.

Rauscher war so gefangengenommen von diesem Anblick, dass er Janas Rückkehr gar nicht mitbekam. Plötzlich stand sie hinter ihm und legte ihre Arme um seinen Brustkorb und ihren Kopf auf seinen Rücken.

„Hey!“, rief er. „Hast du mich erschreckt!“

„Drück mich mal, du Papa!“

„Komm her!“ Er drehte sich um und schaute ihr in die Augen. „Du bist früh zurück. Wie ist die Anhörung gelaufen?“

Sie senkte den Kopf. „Wenn Markowsky kein gutes Wort für mich einlegt, bin ich geliefert. Die wollen es wissen. Kann sein, dass ich komplett rausfliege.“

Rauscher hob ihr Kinn mit dem Zeigefinger an. „Mist. Aber noch ist nicht aller Tage Abend. Ich kümmer mich drum.“ Ihm schwante, dass ihm nichts anderes übrig bleiben würde, als den Gang nach Canossa, also in Markowskys Büro, anzutreten.

„Und wie willst du das deichseln? Willst du etwa zu deinem Chef?"

„Lass das mal meine Sorge sein, ja! Wenn ich sage, ich kümmer mich drum, dann mache ich das auch. Okay?"

„Ich bin gespannt."

„Es gibt noch was anderes."

Sie sah ihn mit großen Augen fragend an. „Raus damit! Viel schlimmer kann es sowieso nicht mehr kommen."

„Doch. Ich habe meine Eltern angerufen. Meine Mutter war etwas aufgelöst am Telefon."

„Du hast was? Aber wieso ...?"

„Ich kann ihnen nicht verheimlichen, dass Mäxchen drei Wochen hier ist. Das würden sie mir nie verzeihen. Stell dir mal vor, sie finden es raus, bevor ..." Rauscher küsste ihre Stirn. „Außerdem kann es nicht schaden. Ich dachte mir, dass wir uns besser den Fall vorknöpfen können, wenn sich meine Mutter mit Mäxchen verlustiert."

„Klar. Deine Mutter ist sicher total glücklich, wenn sie sich um Mäxchen kümmern darf."

„Und mein Vater ist auch ganz vernarrt in ihn."

„Aber ich will nur mal betonen, dass wir das auch allein geschafft hätten ... gell, kleiner Rauscher!" Sie ging auf die Knie und wandte sich Mäxchen zu, der immer noch fasziniert mit seinen Bauklötzchen spielte.

„Klar. Hätten wir", antwortete Rauscher. „Aber, wie gesagt ..."

Ein Klingeln unterbrach ihn. Das mussten schon seine Eltern sein. In Rekordzeit. So schnell waren sie noch nie von der Römerstadt nach Bockenheim gefahren.

Jana öffnete und begrüßte Gabriele und Karl-Heinz Rauscher, die es offensichtlich kaum noch abwarten konnten, endlich ihr Enkelkind zu Gesicht zu bekommen.

Frau Rauscher stürmte in die Wohnung und machte nicht eher Halt, bis sie Mäxchen im Wohnzimmer beim Spielen entdeckte. „Bist du aber groß geworden!“, rief sie voller Freude aus und nahm ihn auf den Arm.

Rauscher verdrehte die Augen, Jana kniff ihm in die Seite. Sein Vater schmunzelte. „Das musst du mir schon erklären“, sagte er zu seinem Sohn, „aber erst will ich Mäxchen Hallo sagen.“

Kaum hatte Gabriele Rauscher Mäxchen von seinen Bauklötzchen entfernt, brüllte er wie am Spieß.

„Das kann ja heiter werden“, bemerkte Rauscher.

„Das Kind schaukeln wir schon“, konterte Jana und eilte Frau Rauscher zu Hilfe.

Rauscher entschloss sich, die Situation zu nutzen. „Leute, ihr kommt doch ne halbe Stunde ohne mich zurecht, ja! Ich muss ganz dringend was erledigen.“

„Aber du kannst doch nicht ...“, begann Frau Rauscher und schaute ihn entgeistert an. Rauscher ließ sich jedoch nicht beirren. Ruck-zuck zog er seinen Mantel über, schnappte sich seinen Schlüsselbund und war aus der Wohnung verschwunden.

14

Seine Schlüsselkarte für die Pforte hatte Rauscher nicht auch noch abgeben müssen. So konnte er immerhin jederzeit im Präsidium ein- und ausgehen. Das Klopfen an Markowskys Bürotür fiel ihm nicht leicht, aber er hatte keine Wahl. Es hatte etwas Erniedrigendes, fast schon Entwürdigendes, dessen war er sich bewusst, aber er musste mit ihm reden. Der Chef war der Einzige, der in Janas Diszi das Schlimmste verhindern konnte. Rauscher wollte alles in die Waagschale werfen. Zur Not würde er ihn anflehen, um Jana vor dem Schicksal des Rausschmisses zu bewahren.

Doch in dem Moment, als er vor der Tür stand und klopfte, fingen seine Knie an zu zittern. Es war dieses Hierarchie-Dingens, das Rauscher schon des Öfteren zu schaffen gemacht hatte. Vor Markowsky fiel es ihm manchmal schwer, er selbst zu sein, souverän zu sein, sich klar und verständlich auszudrücken. Doch es half alles nichts. Da musste er durch. Koste es, was es wolle.

Ohne eine Aufforderung abzuwarten, betrat er Markowskys Büro. Am anderen Ende des Raumes stand ein Schreibtisch aus dunklem Holz. Dahinter saß der Chef in seinem Schreibtischsessel. Ansonsten war das Büro kaum möbliert, sah man von einigen wenigen Schränken und einer kleinen Sitzecke mit drei Stühlen links in der Ecke ab.

Rauscher störte Markowsky beim Durchlesen eines Gesprächsprotokolls, worüber dieser nicht erfreut zu sein schien. Der Chef blickte missmutig hoch. Als er sah, wer vor ihm stand, verdunkelte sich sein Gesichtsausdruck zunehmend.

„Rauscher?"

Ein Wort nur, doch Rauscher hörte heraus, was in Markowsky vorging.

Rauscher nickte, ging rasch einige Schritte in den Raum hinein und setzte sich frech auf einen Stuhl vor den Schreibtisch. Er gab sich betont locker und sagte forsch: „Hallo, ich wollte mal nach dem Rechten sehen."

Dass er damit nicht die richtige Tonlage getroffen hatte, merkte er sofort an der Erwiderung: „Was um alles in der Welt wollen Sie hier?"

„Ich ...", begann Rauscher, wurde jedoch jäh unterbrochen.

„Ich habe Ihnen derzeit nichts zu sagen. Und wenn ich nichts sage, meine ich nichts! Nichts! Nichts! Verstanden?" Dies war keine Frage, sondern eine Feststellung. Markowsky wartete nicht auf eine Antwort: „Seien Sie froh, dass ich nicht den Sicherheitsdienst rufe und Sie aus dem Präsidium entfernen lasse!"

„Aber ..."

„Diesmal sind Sie einfach zu weit gegangen. Und das wissen Sie selbst."

„Aber es geht nicht um mich ..."

Markowsky stockte, was jedoch nichts an seiner mürrischen Miene änderte. „Es geht um Jana Kern ... richtig?"

Rauscher nickte erneut.

„Hab ich's doch geahnt." Markowsky ließ sich in den Schreibtischsessel sinken, blieb reglos und stumm sitzen. Eine Weile betrachtete er Rauscher wie einen Geist, der sich fett vor ihm breitgemacht hatte. Markowskys Mimik verriet sehr deutlich, dass er diesen Auftritt seines ehemals besten Mannes weder fassen noch einordnen noch billigen konnte. Er wollte schlicht nicht mit ihm reden. Nicht jetzt, nicht heute, am liebsten die ganze nächste Zeit nicht. Markowsky goss sich aus einer Teekanne eine Tasse ein, Honig-Minze-Tee, den er seit einigen Tagen bevorzugt genoss, trank einen Schluck und stellte die Tasse dann bewusst langsam wieder ab. Er erweckte dabei den Eindruck, als sei er die Ruhe in Person: ähnlich einem Tee-Zeremonienmeister, der seine Kunst zelebrierte.

Rauscher wusste es besser. Er konnte sich lebhaft vorstellen, wie es in ihm kochte. Es blubberte wie das Teewasser einige Minuten zuvor. Dazu hatte auch Rauschers Strategie beigetragen, nicht mit der Tür ins Haus zu fallen. Er wollte zwar erst einmal auf gut Wetter machen, doch er wollte keineswegs den Eindruck erwecken, es ginge um ihn selbst. Er hatte ausschließlich Janas Wohl im Blick und wollte für sie etwas erreichen.

Markowskys Stimme holte Rauscher rabiat aus seinen Gedankengängen. „Sie haben Nerven, Rauscher! Nach dem, was Sie sich geleistet haben, kommen Sie hier angekrochen ..." Nach diesem Satz war klar, dass Markowsky vollends durchblickt hatte, warum er hier war. „Aber nicht mit mir! Ich habe keinerlei Einfluss auf das Verfahren und werde mich hüten, welchen zu nehmen. Suchen Sie sich einen anderen Dummen!"

Peng! Das saß.

„Der Ausgang des Diszis hängt an Ihrer Aussage, Herr Markowsky. Und das wissen Sie genau."

„Sie überschätzen meine Rolle!"

Die Standhaftigkeit irritiere Rauscher, aber er durfte sich nicht aus dem Konzept bringen lassen. Also halfen nur schwerere Geschütze. „Sie wollen also, dass einer jungen Frau die Zukunft verbaut wird, womöglich wegen einer Lappalie?"

„Ich will, dass sich alle hier an die Dienstvorschriften halten!"

„Sie können mit einem Handstreich die Sache befrieden. Frau Kern wäre glücklich, ich und das Team würden profitieren. Sie haben ein großes Herz, Markowsky ... Das weiß ich ziemlich ..."

„Stopp, Stopp! Sie können mir noch so viel Honig um den Mund schmieren, das wird alles nichts bringen."

„Aber ..."

„Jetzt reicht es!" Markowsky verlor die Fassung. Seine Stimme wurde laut und er schlug mit der Handfläche auf den Schreibtisch. „Sehen Sie es endlich ein! Sie werden hier nichts ausrichten. Und in Ihrem eigenen Fall ebenfalls nicht."

„Das wollte ich gar nicht."

„Was immer Sie auch wollten, spielt keine Rolle. Sie verlassen jetzt mein Büro und das Präsidium und erscheinen erst wieder, wenn Sie schriftlich vorgeladen werden. Haben wir uns verstanden?"

„Sie ..."

„Raus jetzt!" Markowsky deutete unmissverständlich Richtung Tür.

Rauscher stand auf. Er war zwar schon des Öfteren unsanft hinauskomplimentiert worden, aber selten hatte es ihn so gewurmt wie heute.

„Ist ja schon gut! Ich gehe, aber glauben Sie nur nicht, ich würde deshalb klein beigeben."

„Davon würde ich bei Ihnen nie ausgehen. Niemals!"

Rauscher drehte sich um. Ohne ein Wort der Verabschiedung verließ er das Büro. Nachdem er die Tür zugeworfen hatte, stand er reglos auf dem menschenleeren Flur und schnaufte dreimal durch. Er hatte Markowskys Gemütsverfassung unterschätzt: ein Kardinalfehler. Sollte er Jana davon berichten? Sie tat ihm leid. Aber momentan fiel ihm nichts ein, was er noch hätte unternehmen können.

Diese kleine Niederlage musste er abschütteln. Am besten würde ihm das gelingen, wenn er sich in den Fall verbiss. So gut kannte er sich.

Gerade wollte er sich in Bewegung setzen, als Jan Krause um die Ecke geschossen kam. Abrupt blieb er vor ihm stehen.

„Schau an!", sagte der Kollege.

„Ach, der Herr Teamleiter", erwiderte Rauscher.

„Blöder Hund! Du weißt genau ..." Er machte eine abwehrende Handbewegung. „Bringt ja sowieso nichts, mit dir darüber zu reden. Was machst du eigentlich hier?"

„Wollte eben gehen."

Krause blickte ihn skeptisch an. Dann fiel sein Blick auf Markowskys Bürotür. „Du warst doch nicht etwa beim Chef, um um Gnade zu winseln?"

„Kümmer dich lieber um deinen eigenen Scheiß und lös deine Fälle ordentlich!"

Er wandte sich ab, doch Krause hielt ihn zurück.

„Was soll denn das jetzt heißen? Der Schumann-Fall ist gelöst, und wenn du dich weiterhin so stur stellst, wirst du nie wieder hier antanzen dürfen!"

„Das werden wir ja noch sehen. Apropos: Wo ist Ingo?"

„Thaler feiert Überstunden ab."

„Aha. Danke. Ich hau ab. Bis bald."

„Wird sich zeigen."

Beide ließen sich zu einem kleinen Abschiedsnicken hinreißen. Mehr war nicht drin. Es war ein Gefühl wie in der Sauna zu sitzen und schockzugefrieren, anstatt zu schwitzen.

15

Auf dem Weg nach draußen hatte sich Rauscher Gedanken über seine nächsten Schritte gemacht. Viele Optionen hatte er nicht. Im Grunde sogar nur eine. Er musste Thaler finden und mit ihm reden. Er war der loyalste der Kollegen. Wenn er Hilfe erfahren würde, dann von ihm.

Knappe zwanzig Minuten später stand Rauscher in der Heinzstraße in Ginnheim und klingelte. Thaler war vor einem halben Jahr dort in eine kleine Dachmansarde gezogen, nachdem der Vermieter seiner alten Wohnung die Miete aufgrund von energetischen Sanierungsmaßnahmen drastisch erhöht hatte. Wovon in Frankfurt immer mehr Einwohner betroffen waren. Hier wurden inzwischen ganze Stadtteile gentrifiziert.

Auch nach dem dritten Klingeln öffnete Thaler nicht. Rauscher wollte ihn keinesfalls auf dem Handy anrufen, weil er befürchtete, der Kollege würde ihn abwimmeln. Also blieb ihm nur warten. Er blickte sich um. Etwas trist schaute es aus in dieser typischen Frankfurter Wohnsiedlung. Häuserblock an Häuserblock. Vierstöckige Mietshäuser, wohin das Auge blickte, dicht aneinandergedrängt, manche saniert, andere heruntergekommen, davor schmale Vorgärten und Bürgersteige. An jedem Zaun und an jeder Straßenlaterne waren Fahrräder angekettet.

Rauscher seufzte. Was tat er hier eigentlich? Was versprach er sich von einem Gespräch mit Thaler? Frau Thies‘ Aussage machte ihm mehr und mehr zu schaffen. Warum? Doch bevor er sich die Fragen selbst beantworten konnte – oder auch nicht – sah er Thaler die Straße entlang kommen. Er hielt eine Supermarkt-Einkaufstüte in der Rechten und ging auf den Hauseingang zu.

Als er Rauscher erblickte, blieb er abrupt stehen.

„Andreas ... was machst du denn hier? Das musst du mir erklären!"

„Hi Ingo, ich wollte ... Wollen wir hochgehen? Ich muss mit dir reden."

„Du willst doch bestimmt was von mir?" Er tastete mit den Augen Rauschers Gesicht ab, als könne er darin lesen. „Na gut ... Also los! Hinauf in den vierten Stock, ohne Aufzug. Dachschrägen. Mit unserem schmalen Salär kann ich mir halt nicht mehr leisten in dieser Stadt."

Rauscher lächelte und folgte Thaler, der die Haustür aufschloss und die Treppen in dem grau gestrichenen Treppenhaus in Angriff nahm.

Oben angekommen pfiff Rauschers Lunge. Sein Fitnesslevel schrie zum Himmel. Früher war er noch hin und wieder im Niddapark, der hier gleich um die Ecke lag, laufen gegangen. Heute bestand sein Hauptsport darin, Gerippte zu heben. Was ihn wieder an Schumann und den Fall denken ließ. Deshalb war er hier.

Thaler stellte die Tüte auf dem runden Tisch in der Miniküche ab, während Rauscher einen kleinen Rundgang machte. Etwa fünfzig Quadratmeter, schätzte er, spartanisch eingerichtet. Zwei Zimmer, Singlewohnung. Thaler war seit Monaten solo. Im Wohnzimmer stand kein einziges Buch im Regal, dafür etwa 100 DVDs, hauptsächlich Serien.

Thaler bemerkte Rauschers Blicke. „Ich bin noch nicht ganz fertig mit dem ganzen Kram hier. Im Keller stehen noch sechs unausgepackte Kisten. Aber ehrlich gesagt ..."

„Ist doch völlig in Ordnung für dich allein ..."

„Kaffee?", schnitt ihm Thaler das Wort ab, weil ihm das Thema sichtlich unangenehm war.

„Oh ja, wär super."

„Übrigens danke für das Bild von Mäxchen", sagte Thaler und fügte hinzu: „Strammer Kerl!“

„Ja, er hält uns ganz schön auf Trab!“

„Bleibt er jetzt bei dir?“

„Vorübergehend. Elke ist im Urlaub.“

Thaler musste schmunzeln. „So, so!“ Die Vorstellung von Rauscher als Familienvater zu Hause zwischen Kinderbetreuung, Windelwechseln und Babybrei fand er zu putzig.

Einige Minuten später standen sich beide in der Küche gegenüber und hielten Tassen mit Kaffee aus dem kleinen Automaten in der Hand. Rauscher hatte Thaler gerade von seinem Telefonat mit Frau Thies erzählt und dass ihm ihre Aussage über Herrn Friedrichs spanisch vorkam. Er schloss mit den Worten: „Am besten wäre natürlich eine Abhörgenehmigung von seinem Handy.“

Thaler schaute ihn an wie ein lahmendes Pferd. „Du weißt doch genau, dass ich das nie und nimmer durchkriegen werde. Der Fall ist abgeschlossen.“

„Eine klare Fehlentscheidung!“, platzte Rauscher hervor.

„Wie auch immer. Friedrichs war nie verdächtig und wird es auch niemals sein. Eine Abhörgenehmigung ist illusorisch. Keine Chance!“

„Leider. Aber könntest du mir nicht wenigstens die Handyverbindungen besorgen? Die von der letzten Woche vor dem Mord würden dicke ausreichen.“

„Und was willst du damit?“

„Weiß ich auch noch nicht genau. Aber es wäre vielleicht ein Ansatzpunkt.“

Thaler schüttelte den Kopf. „Du bist und bleibst ein Sturkopf ersten Ranges.“

„Ich werd mich nie ändern.“ Er grinste.

„Wenigstens siehst du es ein.“

„Ich danke dir, Ingo. Du hast was gut bei mir.“ Rauscher klopfte Thaler auf die Schulter.

„Wenn das rauskommt, bringst du mich ganz schön in die Bredouille. Das kann ich niemals erklären. Ich hoffe, das ist dir klar.“

„Ich weiß es zu schätzen, ehrlich, Ingo. Wann könntest du ...?“

Er zuckte die Achseln. „Ich hab nix vor heute. Am besten mach ich mich gleich auf den Weg.“

„Soll ich dich ins Präsidium fahren?“

Thaler nickte, weil er nur allzu genau wusste, dass Rauscher nicht eher ruhen würde, bis er die Liste in den Händen hielt.

16

Mit Mäxchen auf dem Schoß saß Rauscher in seinem Arbeitszimmer am Laptop und kämmte die Liste durch. Hatte Friedrichs in der Woche vor dem Mord auch noch was anderes gemacht außer zu telefonieren? Wahrscheinlich war das ganz normal als Assistent eines EU-Politikers. Es waren Tausende Verbindungen und es waren so viele unterschiedliche Nummern, dass Rauscher schlagartig bewusst wurde, dass er absolut nicht wusste, wonach er eigentlich suchte. Die ganzen unbekannten Nummern waren viel zu unübersichtlich und verwirrend. Da würde er niemals durchsteigen.

Während Mäxchen auf dem Tisch neben dem Laptop drei Bauklötzchen – ein grünes, ein rotes und ein blaues – aufeinander türmte und anschließend wieder abbaute und von vorne begann, nahm sich Rauscher den Samstag, Schumanns Entführungstag, vor. Er stieß auf eine Telefonnummer, die Friedrichs an diesem Tag andauernd gewählt hatte; über dreißig Mal zählte er. Er notierte sie und startete eine Internetsuche.

Leider war die Nummer in keinem Online-Telefonbuch bekannt. Also musste er in die Offensive gehen. Er stand auf, ging ins Wohnzimmer und drückte Mäxchen Oma Gabriele in die Arme, die mit Jana und seinem Vater am Tisch saß. Alle aßen Kuchen und redeten.

„Hast du etwas dagegen, wenn wir morgen früh Mäxchen abholen und mit zu uns nehmen?“, fragte seine Mutter.

„Nein, wieso sollte ich?“

„Ich wollte ja nur fragen ... Schön, ihr könnt ihn abends wieder abholen, wenn ihr wollt.“

„Alles klar.“

„Das können wir gerne jeden Tag so machen“, fügte Vater Rauscher hinzu und strahlte.

„Erst schauen wir uns mal an, wie das läuft, und dann sehen wir weiter“, entschied Rauscher. Er deutete mit einer Geste an, dass er noch einmal telefonieren musste und verschwand wieder im Arbeitszimmer. Dort schloss er die Tür hinter sich. Er unterdrückte seine eigene Handynummer und wählte die fremde. Einen Augenblick später hörte er eine Frauenstimme, die er nicht kannte. Sie klang selbstsicher. Wie von einer Frau, die sich ihrer Stellung bewusst war. Und der Name, den sie nannte, ließ eine Gänsehaut über seinen Rücken laufen. Sie meldete sich mit „Corinna Schumann, wer ist da, bitte?“

Rauscher zögerte einen Moment und war versucht, sich ihr vorzustellen, doch nach kurzer Abwägung hielt er das für keine gute Idee. Stattdessen klickte er das Gespräch weg. Er versuchte sich zu sammeln und die Bedeutung des soeben Gehörten zu ergründen. Warum um alles in der Welt hatte Lennart Friedrichs die Frau von Hans-Georg Schumann etwa dreißig Mal an diesem Samstag angerufen? Ihm fiel sofort ein Grund dafür ein: Hatten die beiden etwa eine Affäre? Aber dieser Grund schien ihm so absurd zu sein, dass er ihn eigentlich nicht weiterdenken wollte. Trotzdem war es eine weitere Spur, für die er dankbar war. Um sich zu vergewissern, dass er nicht versehentlich etwas falsch notiert hatte, schnappte er sich noch einmal die Liste mit den Nummern und glich sie mit der gewählten ab. Korrekt! Da musste mehr dahinter stecken, sagte ihm sein Bauchgefühl. Er betrachtete sich die Zeiten der Gespräche. Plötzlich fiel ihm eine weitere Ungereimtheit auf. Vielleicht war es nur eine Randnotiz: Während Friedrichs von morgens um 6.15 Uhr bis nachts um 2 Uhr quasi permanent telefoniert hatte, waren zwischen mittags um 12 und 13 Uhr keinerlei Gespräche verzeichnet. Genaugenommen nicht ein einziges! Dieser Zeitraum stach dermaßen hervor und wich von seiner normalen Telefonroutine ab, dass auch dahinter etwas stecken musste. Vielleicht schaltete der Assistent in seiner Mittagspause das Handy aus, überlegte Rauscher. Wobei er das nicht glauben konnte. In diesem Metier hatte man immer und überall erreichbar zu sein. Das musste Friedrichs klar sein. Also gab es nur einen Grund, warum er sein Handy ausgeschaltet haben könnte: Er musste dazu gezwungen worden sein. Aber wieso? Ihm fiel spontan nur eine Situation ein: im Flugzeug. War Friedrichs zwischen 12 und 13 Uhr geflogen? Er war doch erst abends in Frankfurt gelandet, nachdem er von Schumanns Verschwinden erfahren hatte und selbst Nachforschungen über den Verbleib seines Chefs anstellen wollte. Zumindest hatte Rauscher Krause so verstanden. Ominös, dachte Rauscher. Das waren gleich mehrere Ansatzpunkte, denen er unbedingt nachgehen musste. Am besten würde er Friedrichs direkt kontaktieren. Unter dem Vorwand des Schumann-Falles konnte er vielleicht etwas aus ihm herauskitzeln. Oder doch nicht? Denn eines lag auf der Hand: Friedrichs würde sofort Verdacht schöpfen, wenn Rauscher auch nur eine einzige Frage zum Schumann-Fall stellte. Denn der Assistent ging sicher davon aus – wie alle anderen auch – dass der Mörder bereits hinter Schloss und Riegel saß. Rauscher musste mit Bedacht vorgehen und einen anderen Grund vorschieben, um Friedrichs zu kontaktieren.

Was hatte Frau Thies am Telefon gesagt? Friedrichs sei nicht greifbar. So hatte sie sich ausgedrückt. Aber wo war er?

Keine fünf Sekunden später hatte er wieder Frau Thies' Nummer gewählt.

„Entschuldigung", sagte er. „Hier ist noch einmal Kommissar Rauscher."

„Herr Rauscher, Sie schon wieder! Ich ..."

„Ja, ich weiß, Sie sind viel beschäftigt, aber es ist sehr wichtig und wird auch nicht lange dauern. Im Grunde habe ich nur eine einzige klitzekleine Frage: Wissen Sie, wo sich Herr Friedrichs derzeit aufhält?"

„Äh ... also ..."

„Was ist? Haben Sie die Frage nicht verstanden?"

„Doch, doch, aber ich wundere mich ..."

„Weshalb?"

„Sind Sie denn gar nicht darüber informiert, dass Herr Friedrichs wieder in Frankfurt ist?"

„Nein ... Was macht er denn hier?"

„Genau weiß ich es natürlich nicht, aber soweit ich es mitbekommen habe, führt er Herrn Schumanns Verhandlungen im Römer fort."

„Aha!" Rauschers Stimme klang mit einem Mal erzürnt. „Davon wusste ich in der Tat nichts. Sehr interessant. Dann hätte ich doch noch eine winzige Frage an Sie."

„Aber ich müsste dann ..."

„Ja, ja, geht auch schnell. Wissen Sie, ob Herr Friedrichs am Samstag geflogen ist?"

„Natürlich, ich habe ihm ja den Flug gebucht."

„Für wann?"

„12 Uhr, soweit ich mich erinnere."

„Und wohin?"

„Sie stellen komische Fragen. Nach Frankfurt natürlich. Er wollte sich mit Herrn Schumann dort treffen."

„Und sonst ist er an diesem Tag nirgends hingeflogen? Sind Sie da ganz sicher?"

„Selbstverständlich. Hätte ich ja selbst gebucht. Ich buche alle seine Flüge."

Es wurde immer interessanter, aber Rauscher unterdrückte sowohl einen Kommentar als auch einen Freudenschrei. Dies war ein handfestes Indiz, eine Art Startrampe für weitere Ermittlungen. Ein kleiner Durchbruch.

„Vielen Dank, Frau Thies, Sie haben mir sehr geholfen", sagte Rauscher artig. „Ich wünsche Ihnen alles Gute und vor allem, dass Sie nicht mehr so viel telefonieren müssen."

„Wird schon werden", antwortete die Sekretärin. „Auf Wiederhören, Herr Rauscher."

Er war schon dabei, sich Friedrichs Nummer von der Liste zu notieren und sie in sein Handy einzutippen. Doch dann zögerte er, verwarf den sofortigen Anruf und steckte das Handy ein. Er musste zunächst rekapitulieren, was er in der letzten halben Stunde herausgefunden hatte. Im Schnellverfahren rief er sich alle Fakten in Erinnerung. Das Merkwürdigste war in der Tat Friedrichs Flugzeit. Er meinte, sich genau zu erinnern, dass Jan Krause ihm am Sonntag gesagt hatte, der Assistent sei am Samstagabend – und zwar erst nach Schumanns Verschwinden – in Frankfurt gelandet und er ließe Friedrichs vom Steigenberger am Flughafen abholen. Das musste Rauscher zuerst klären. Dafür musste er allerdings Krause anrufen, wohl oder übel. Es blieb ihm nichts anderes übrig.

Doch dazu kam er nicht mehr, denn in diesem Moment sprang die Tür auf und seine Mutter stand vor ihm. Auf ihrem Arm hielt sie Mäxchen.

„Dein Sohn ist zu Besuch und du arbeitest!"

Diese Feststellung klang aus ihrem Mund wie ein astreiner Vorwurf.

Dementsprechend angenervt reagierte Rauscher: „Ja, Mutter, ist ja schon gut. Es dauert nur noch drei Minuten ..."

„Deine drei Minuten kenne ich ..."

„Was soll denn das schon wieder heißen?"

„Wer weiß, wann du Mäxchen wieder mal haben wirst!"

„Quatsch! Ein Kind, das ist für immer ... Da spielt es keine Rolle ... Mutter!"

Gabriele Rauscher hatte ihm Mäxchen auf dem Arm gesetzt, sich umgedreht und das Zimmer verlassen.

„Also ... tse!" Rauscher schüttelte den Kopf. „Da siehst du mal, wie schwer es dein Vater hat", sagte er zu seinem Sohn. „Aber wir beide werden das Kind schon schaukeln, gell!"

Mäxchen strahlte ihn an. „Babababa, Babababa", kamen einige Worte aus seinem Mund.

„Du siehst das genauso. Dachte ich mir schon."

„Bababababa."

„Genau!"

Rauscher setzte Mäxchen auf dem Boden ab, reichte ihm die drei Bauklötzchen und erntete noch ein strahlendes Lächeln. Während er Mäxchen weiter beobachtete und sich ein Bauingenieursstudium für seinen Sohn in den schillerndsten Farben ausmalte, wählte er Kollege Krauses auf dem Handy eingespeicherte Büronummer.

„Bevor du dich aufregst ...", rief Rauscher in den Hörer, als der Anruf angenommen wurde, „hab ich nur eine winzige Frage."

„Sag bloß, zum Schumann-Fall?", blaffte Krause zurück.

„Indirekt“, sagte Rauscher.

„Versteh ich nicht. Erklär’s mir!“

„Es geht um Friedrichs.“

„Den Assistenten?“

„Exakt. Also ...“

„Sag mal, du ermittelst doch nicht etwa weiter?“

Krause bohrte nach, das lag auf der Hand. Da half nur eine Notlüge. „Quatsch!“ Rauscher konnte Krause in diesem Stadium unmöglich einweihen. „Ich bin nur gerade über ein Detail gestolpert und da ist mir was eingefallen.“

„Dir fällt immer was ein!“

„Wo du recht hast ... Also, hör zu! Du hast doch am Sonntag Friedrichs von einer Streife im Steigenberger am Flughafen abholen lassen, richtig?“

„Ja.“

„Weißt du auch, wann er tags zuvor in Frankfurt gelandet ist?“

„Abends irgendwann, wieso?“

„Weißt du das genau?“

„Also, äh ... ich hab es nicht überprüft.“

„Du kennst also die genaue Landezeit nicht?“

„Ist das denn so wichtig?“

„Vielleicht. Aber lass mich noch mal feststellen: Du hast nicht recherchiert, in welcher Maschine Friedrichs saß?“

„Äh, nein.“

„Das bedeutet doch, du kannst seine exakte Ankunftszeit gar nicht wissen.“

„Nein, ich dachte ... Also, ich dachte gar nichts. Was spielt das denn auch für eine Rolle?“

„Werden wir sehen. Ich danke dir jedenfalls, du hast mir sehr geholfen. Mach’s ...“

„Rauscher, stopp! Halt! Du bist doch hinter irgendwas her ... Willst du nicht ...?"

„Jan, sobald ich was weiß, informiere ich dich, okay?"

„NEIN! Du kannst doch nicht einfach ... Du bist suspendiert! Das geht so ni..."

Klick!

Er konnte Krauses Wortschwall und diese unterschwelligen Vorwürfe nicht länger ertragen und hatte aufgelegt. Keine fünf Sekunden später blinkte Krauses Namen auf dem Display und sein Handyton erklang. Er drückte den Anruf weg.

„Keine Chance, Herr Kollege! Wir unterhalten uns später", flüsterte er vor sich hin. Als nächstes wollte er Friedrichs persönlich an die Strippe bekommen, aber dazu musste er sich erst sammeln. Wie konnte er Friedrichs am geschicktesten auf die Pelle rücken?

Er ließ noch zwei, drei Minuten verstreichen, um sich zu besinnen, während er mit Mäxchen Späße machte. Mäxchen hatte in einem von Rauschers Regalen ein altes Matchboxauto entdeckt und wollte es unbedingt haben. Rauscher gab es ihm und setzte seinen Sprössling damit auf den Boden vor sich. Mäxchen begann zaghaft, das Auto zu schieben und hob es immer wieder vom Boden ab. Es schien ihm sichtlich Spaß zu machen. Rennfahrer, dachte Rauscher, wär vielleicht auch was.

Je länger Rauscher darüber grübelte, welche Fragen er Friedrichs stellen wollte, desto weniger war er überzeugt von seinem Plan. Er entschied, ihn persönlich treffen zu wollen. Laut Frau Thies' Aussage hielt er sich noch oder wieder in Frankfurt auf. Höchstwahrscheinlich war er im gleichen Hotel abgestiegen. Im Steigenberger-Airport. Da musste Rauscher hin. Blieb eine Frage: Wohin mit Mäxchen? Ihm fiel nur eine Lösung ein.

Er nahm ihn samt Matchboxauto auf den Arm und ging ins Wohnzimmer.

„Was haltet ihr davon, wenn Mäxchen heute schon bei euch übernachtet? Dann kann er euch gleich besser kennenlernen."

Gabriele Rauscher fing sofort an zu strahlen. Karl-Heinz Rauschers Miene erhellte sich ebenso. Doch auf Janas Stirn bildete sich eine misstrauische Falte, während Andreas Rauscher sein Vorhaben konkretisierte: „Ihr könntet ihn gleich mitnehmen. Aber vergesst nicht das Auto und die Bauklötzchen einzupacken."

Frau Rauscher sprang auf, lief auf ihren Enkel zu und strich ihm übers dunkle Haar. „Das ist aber eine schöne Überraschung. Du schläfst heute Nacht bei uns." Rauscher übergab ihn seiner Mutter, die mit ihm auf dem Arm in Rauschers Schlafzimmer ging. „Wir packen schon mal ein paar Klamotten ein." Karl-Heinz Rauscher folgte ihr auf dem Fuße.

Im Handumdrehen hatte Rauscher seine Mutter und seinen Vater glücklich gemacht. Er war stolz auf seine Idee. Nur Jana bereitete ihm etwas Kummer, denn sie verschränkte die Arme vor der Brust, als wolle sie gegen seinen Vorschlag Protest einlegen.

„Ist ja nur für eine Nacht", flüsterte er ihr zu und versuchte, ihr so den Wind aus den Segeln zu nehmen.

„Irgendwas führst du im Schilde. Gib's zu!"

„Wie kommst du denn darauf? Also, ich ..."

„Ich merke dir genau an", fiel sie ihm ins Wort, „dass du was vor hast. Die Frage ist nur: was?"

„Ich muss später mal zum Flughafen. Du könntest mich begleiten."

„Willst du etwa auch Urlaub machen auf Kuba?"

„Schön wär's! Davon sind wir Lichtjahre entfernt."

„Also geht's um den Schumann-Fall!"

„Eines muss ich zugeben: Du hast eine gute Spürnase."

„Das liegt eher daran, dass ich dich mittlerweile ganz gut kenne. Ich hab mich die ganze Zeit schon gewundert, warum du nichts machst."

„Ich glaube, ich bin auf etwas Wichtiges gestoßen ..."

In diesem Moment kam Mäxchen nebst seinen Großeltern wieder zurück.

„Okay, lass uns später drüber reden", ergänzte Jana, ging auf Frau Rauscher zu und nahm Mäxchen an sich. „Ich will mich noch von dem kleinen Rauscher verabschieden."

„Wir sind ja nicht aus der Welt", kommentierte Frau Rauscher.

„Aber ich hatte mich gerade so schön an ihn gewöhnt."

„Ist ja nur bis morgen", beruhigte Karl-Heinz Rauscher.

„Genau!", sagte Andreas Rauscher zu seiner Mutter. „Zufrieden?"

„Sehr!" Sie lachte übers ganze Gesicht.

„Habt ihr alles?"

„Ich denke schon. Und wenn was fehlen sollte, holen wir es noch schnell. Dauert ja nur fünfzehn Minuten von der Römerstadt hierher."

17

Jana und Rauscher machten sich auf dem Weg zum Frankfurter Flughafen. Sie passierten Terminals und Hotels und steuerten ein Parkhaus an. Jana war immer noch mit der Mäxchen-Sache beschäftigt. „Deine Mutter hat recht, finde ich."

„Du meinst wegen Mäxchen."

„Wer weiß, wann du ihn wieder mal haben wirst. Ermitteln und sich um Kinder kümmern funktioniert nicht parallel."

„Und was schlägst du vor?"

Jana zuckte mit den Achseln.

„Du weißt doch genau, wie wichtig mir der Schumann-Fall ist", streute Rauscher in die Stille ein.

„Und Mäxchen ja wohl erst recht, oder etwa nicht?“

„Klar, natürlich. Nur kam der Besuch ziemlich überraschend. Dafür kann ich ja nun wirklich nichts.“

„Klingt nach einer Ausrede. Sonst bist du doch auch flexibel.“

„Jetzt red mir bitte nicht ein, ein schlechter Vater zu sein. Ich weiß selbst, dass nicht alles Gold ist, was glänzt. Aber ich habe hundertmal versucht, die Gesamtsituation für alle Beteiligten zu verbessern.“

„Irgendwie hab ich trotzdem das Gefühl, gerade jetzt willst du ihn abschieben, um in Ruhe zu ermitteln. Aber er ist kein Flüchtling!“

„In gewisser Weise schon“, gab Rauscher zu bedenken. „Immerhin lebt er jetzt im Exil in Hamburg statt in Frankfurt. Nur wurde er von seiner Mutter zur Flucht gezwungen und hat sie sicherlich nicht freiwillig angetreten.“

„Du bist albern.“

„Überhaupt nicht. Er genießt das Großelternasyl doch nur für ein paar Stunden, solange wir mit dem Fall beschäftigt sind. Außerdem werden meine Eltern megahappy sein.“

„Auch wieder wahr. Inzwischen kenne ich sie ganz gut.“

Rauscher fand auf Anhieb einen Parkplatz in dem maximal halbvollen Parkhaus. Sie stiegen aus und gingen direkt zum Hotel.

In der hohen und hellen Steigenberger-Lobby herrschte Tumult. Eine asiatische Reisegruppe checkte gerade aus und versperrte den Zugang zur Rezeption, sodass sich Rauscher gedulden musste. Das lag ihm gar nicht. Er ärgerte sich und verzog den Mund, was wiederum Jana den Kopf schütteln ließ. „Dauert doch nicht mehr lange“, kommentierte sie. „Manchmal bist du wirklich unausstehlich.“

„Wie bitte?“, protestierte Rauscher, doch die asiatische Touristentraube löste sich gerade auf. Eine adrett gekleidete Empfangsdame mit langen schwarzen Haaren, die ihr glatt über die Schultern fielen, blickte auf.

„Guten Tag."

Rauscher ging auf sie zu. „Guten Tag, Kommissar Andreas Rauscher von der Frankfurter Mordkommission."

„Was kann ich für Sie tun?"

„Ich habe eine Frage zu einem Gast. Herrn Friedrichs. Ich bräuchte seine Zimmernummer."

„Dürfte ich Ihren Ausweis sehen?"

Rauscher zückte seinen Personalausweis.

„Nein, nein ... Ich meinte natürlich Ihren Dienstausweis."

„Den habe ich dummerweise gerade nicht dabei."

„Dann tut es mir leid. Ohne Dienstausweis kann ich Ihnen leider keine Auskünfte bezüglich unserer Gäste geben. Das ist Vorschrift."

„Aber ..." Rauscher hielt inne. Er wirkte unentschlossen, denn er wusste genau, dass hier nichts zu holen war. Selbst wenn er die Dame auf Teufel komm raus bezirzen würde, was er sich ohne Weiteres zugetraut hätte, konnte er nach Lage der Dinge vergessen, von ihr die Zimmernummer zu erfahren.

Trotzdem wagte er einen weiteren Vorstoß: „Es ist wirklich wichtig. Wir ermitteln in einem Mordfall."

„Solange Sie Ihren Dienstausweis nicht vorlegen können, tut es mir leid. Stellen Sie sich mal vor, ich würde jedem, der hier ankommt, persönliche Daten aushändigen."

„Können Sie nicht mal eine Ausnahme machen?"

Obwohl ihr Rauscher mit seiner Fragerei auf die Nerven zu gehen schien, blieb sie die Freundlichkeit in Person. „Leider nein. Und wenn Sie weiter fragen, kann ich gerne den Manager einschalten. Er wird Ihnen bestätigen, was ich Ihnen seit drei Minuten versuche zu vermitteln."

„Ist ja schon gut", kam es schroff und etwas lauter als geplant über seine Lippen.

Jana trat neben ihn und zog ihn an der Schulter zurück, bis er sich umwandte und Richtung Ausgang ging. Doch Jana holte ihn schnell ein.

„Alles klar bei dir? Es ist doch offensichtlich, dass sie dir nichts sagen darf."

„Ich weiß, ich weiß, aber ..."

„Du willst dich damit nicht abfinden."

„Man kann ja auch mal Glück haben und auf jemanden treffen, der einen unterstützen will."

Jana stemmte die Hände in die Hüfte. „Wenn das auf mich gemünzt ist, finde ich das unfair."

„Nein, nein. Sorry! So war das nicht gemeint. Mein Team, verstehst du ... Ich habe in letzter Zeit einfach zu oft vermisst, dass jemand vorbehaltlos hinter mir steht."

In diesem Moment öffneten sich die Türen des Aufzugs in der Hotellobby. Heraus kamen ein Mann und eine Frau, die sich laut zankten. „Ich muss aber zum Römer. Warum willst du das nicht verstehen?", rief der Mann gerade. Als sie bemerkten, dass sie Zuhörer hatten, hielten sie inne, sahen sich um und verstummten abrupt.

Da Rauscher die letzten Worte des Mannes mitbekommen hatte, wurde seine Aufmerksamkeit auf das Paar gelenkt.

Die Frau war dunkelhaarig und trug einen feschen Hosenanzug mit tailliertem Jackett und hochhackige Pumps. Irgendwie erinnerte sie Rauscher an die Schauspielerin Sophia Loren.

Einer Intuition folgend konnte Rauscher nicht widerstehen und stellte sich dem Mann in den Weg. „Herr Friedrichs? Sie sind doch Herr Friedrichs, der Assistent von Herrn Schumann, oder irre ich mich?"

„Ja, wieso ... äh ...", stammelte der Mann perplex. „Und mit wem habe ich das Vergnügen?"

Rauscher taxierte den Assistenten. Er sah aus, als sei er der Zwillingsbruder des Schauspielers Jürgen Vogel. Glatze, hervorstechendes

Kinn, etwas auseinander stehende Zähne. Seinen Gesichtszügen haftete etwas Verruchtes an.

So hatte er sich den Politiker gewiss nicht vorgestellt.

Der Anzug, den er trug, strahlte eine gewisse Noblesse aus. Er war sicher nicht von der Stange und umschmeichelte Friedrichs Körper passgenau. Maßgeschneidert nennt man das wohl, dachte Rauscher. Auf Leute, die sich so was leisten konnten, traf er recht selten.

„Andreas Rauscher, Kripo Frankfurt", stellte er sich vor. „Und das ist meine Kollegin Frau Kern."

Die Frau an Friedrichs Seite blieb reglos stehen und beobachtete die Szene kritisch. Der Ausschnitt ihrer Bluse enthüllte ihren Busen mehr, als dass sie ihn verbarg. Eine einzelne Haarsträhne fiel über ihre Wange und verlieh ihrem Gesicht mit den klassischen Zügen einen Hauch Verwegenheit.

„Rauscher, Rauscher?", sinnierte Friedrichs. „Der Name kommt mir bekannt vor." Rauscher seufzte. Wie oft hatte er das schon gehört. Doch diesmal sollte es anders kommen. „Ach ja, richtig. Sie sind doch der Teamleiter, der suspendiert wurde."

„Woher wissen Sie das?"

„Ihr Kollege, Herr Krause ... Er hat es erwähnt. Er meinte, das Team sei derzeit unterbesetzt wegen der Suspendierung und hat dabei Ihren Namen genannt."

Jetzt plauderte Krause schon in aller Welt herum, dass er nicht mehr bei der Mordkommission war.

„Ja, Herr Krause hat mir auch erzählt, dass Sie gerne im Steigenberger absteigen, wenn Sie Frankfurt besuchen."

„Das ist richtig."

„Hat es Ihnen die Suite so angetan?"

„Oh, nein. Gott bewahre! Das kann sich die EU nicht leisten. Und ein Privatleben kann ich mir nicht leisten." Er warf lächelnd einen Blick auf die Frau an seiner Seite. „Aber mein Zimmer, in dem ich immer bin, scheint mir irgendwie Glück zu bringen. Vielleicht ist die 333 meine Glückszahl."

„Dann kommen Sie also gerne nach Frankfurt?"

„Leider habe ich nur selten die Gelegenheit dazu. Und Sie? Ermitteln Sie privat weiter, ist Ihnen langweilig? Oder wie soll ich Ihren Auftritt hier deuten?"

„Langeweile? Kenn ich nicht! Um mich brauchen Sie sich wirklich keine Sorgen machen." In diesem Moment vibrierte Rauschers Handy. Er zückte es und sah, dass ihm Elke eine Nachricht gesendet hatte. Dafür hatte er jetzt gar keine Zeit.

„Wen haben wir denn da?", fragte Friedrichs interessiert, nachdem er einen Blick aufs Hintergrundbild von Rauschers Handy geworfen hatte.

„Mein Sohn Mäxchen. Ist gerade zu Besuch und hält uns alle auf Trab. Das heißt, zurzeit ist er bei meinen Eltern in der Römerstadt und bringt dort Schwung in die Bude. Das Bild ist ganz aktuell." Rauschers Brust schwoll voller Stolz über seinen Nachkömmling an.

„Prächtiges Kerlchen!", witzelte Friedrichs.

„Richtig, aber zurück zum Thema ..." Er steckte das Handy weg. „Warum ich hier bin ..." Plötzlich fiel Rauschers Blick wieder auf die Frau an Friedrichs Seite. „Wollen Sie uns nicht bekanntmachen?"

Friedrichs schien irritiert. „Äh ... Nein! Wir wollten uns gerade verabschieden."

Die Frau erwachte aus ihrer Starre. „Ach ja, Lennart." Sie lächelte übertrieben. „Wir sehen uns ... Bis bald mal." Sie machte auf dem Absatz kehrt, ging Richtung Ausgang und verließ so geschwind wie möglich die Hotellobby. Dort winkte sie einem Taxi, das sofort angefahren kam. Rauscher sah ihre schlanke Gestalt auf dem Rücksitz verschwinden, bevor er sich wieder Friedrichs zuwandte.

„Die hatte es aber eilig. Dabei hätte ich gerne ein paar Worte mit ihr gewechselt."

„Eine Bekannte von früher. Wir sind uns hier ... also in Frankfurt ... zufällig über den Weg gelaufen."

„Und wohnen auch noch zufällig im gleichen Hotel?"

Friedrichs überging die Frage. „Was wollen Sie eigentlich hier? Der Fall ist doch abgeschlossen, wie mir Herr Krause mitgeteilt hat."

„Ich hätte noch eine Frage zu dem neuen Gesetzesvorhaben."

„Ach so, na dann schießen Sie los! Ich muss gleich ..."

„Wer übernimmt denn jetzt Schumanns Aufgaben?"

„Wie meinen Sie das?"

„Wer bringt das Gesetz nun weiter voran?"

„Ich", sagte Friedrichs. „Jedenfalls führe ich Schumanns Geschäfte so lange kommissarisch fort, bis jemand sein Amt übernimmt. Und da die Hessen Druck machen und auf einen zeitnahen Beratungstermin bestanden haben ..."

„Ach, deshalb sind Sie wieder in Frankfurt?"

„Richtig, richtig. Ich war gerade auf dem Weg in den Römer, bis Sie mich aufgehalten haben."

„Wie stehen Sie eigentlich zu dem neuen Gesetzesvorhaben?"

„Ich persönlich, meinen Sie?"

„Ja, Sie persönlich."

„Nun ja ... Ich kenne einige Politiker in Brüssel, die Schumann wohlgesonnen waren ..."

„Ich dachte, er hatte viele Feinde."

„Woher haben Sie denn das?"

„Das ..." – Rauscher stockte, denn er wollte Frau Thies nicht als Quelle outen – „steht doch in jeder Zeitung. Schumann war als harter Hund verschrien. Er hatte sein Image weg."

„Da ist was dran."

„Aber Sie haben meine Frage nicht beantwortet ..."

„Tut mir leid, ich muss jetzt wirklich los."

Hastig trat Rauscher vor ihn.

„Worum geht es denn bei den heutigen Verhandlungen?"

„Streng geheim!"

„Moment, eine Frage hätte ich noch."

„Aber ich bin ohnehin schon spät dran und habe jetzt keine Zeit mehr. Die Hessen warten nicht gern. Das ist bekannt."

Womit er recht hatte, sinnierte Rauscher. Geduld war keine Eigenschaft, die man den Hessen nachsagen konnte. Trotzdem wagte er einen neuen Anlauf. „An dem Samstag, ich meine Schumanns Todestag, da sind Sie schon mittags in Frankfurt gelandet ... wieso eigentlich?"

Friedrichs erstarrte und sah ihn reglos an. Es dauerte ein paar Sekunden, bis er sich wieder gefangen hatte. Zu lange, nach Rauschers Geschmack.

„War das so?", fragte der Politiker. „Ich kann mich nicht mehr an Details erinnern. Seitdem sind so viele Dinge geschehen. Aber ich muss jetzt wirklich los ..."

Ohne sich zu verabschieden, drängte er sich an Rauscher vorbei und lief auf den Ausgang zu.

„Herr Friedrichs ... wir sprechen uns noch", rief ihm Rauscher hinterher. Er beobachtete Friedrichs, der ebenso wie seine Begleiterin vor der Tür ein Taxi anhielt und kurz darauf darin verschwand.

Jana stellte sich neben Rauscher. Ihr Blick sprach Bände. „Irgendwas stimmt hier nicht!", mutmaßte sie.

„Das kannst du laut sagen", gab ihr Rauscher recht. „Nur was?"

18

Kaum hatten Rauscher und Jana die Wohnung in Bockenheim betreten, stürmte Jana in sein Arbeitszimmer, setzte sich vor den Laptop und ging ins Internet. Hastig tippte sie einige Worte auf der Tastatur.

Rauscher, der im Türrahmen stehengeblieben war, fiel Elkes Nachricht wieder ein. Er las auf dem Handy: Grüße aus Kuba. Ich hoffe, ihr kommt zurecht, Elke. Logo, dachte er, hatte aber momentan nicht die Muße zu antworten. „Suchst du was?", fragte er stattdessen Jana, ging ins Zimmer und stellte sich, neugierig wie er war, direkt hinter sie.

„Ich hab ein merkwürdiges Gefühl", sagte sie.

„Lass mich an deinen Gefühlen teilhaben!" Er lugte über ihre Schulter, sodass er den Bildschirm voll im Blick hatte.

„Warte einen Moment."

„Du googelst Schumann? Das hab ich längst."

„Bilder von ihm, um genau zu sein."

„Aha, und warum?"

„Weil mein Bauch Alarm geschlagen hat, als ich die beiden aus dem Aufzug hab kommen sehen."

„Du meinst Friedrichs und seine ... Da fällt mir ein, ich hatte auch so einen Gedanken ..."

„Hier gibt es so viele Fotos von Friedrichs", unterbrach sie ihn schroff, „aber nur offizielle, im Kreise seiner Politikerfreunde ..."

„... und Feinde!"

„Ja, natürlich. Fotos auf dem Parteitag, von einer Pressekonferenz, von einem Interview mit zwei Journalisten ... Halt, stopp, hier! Das ist von einer Nachrichtenseite." Sie deutete mit dem Zeigefinger auf ein Bild. „Geht das nicht größer?"

„Doppelklick!"

„Okay.“ Sie klickte. „Das ist sie!“

„Wer?“

„Die Frau aus dem Aufzug von eben in der Hotellobby. Hier ist sie direkt an Schumanns Seite.“

„Und was steht da?“

„Herr Schumann nebst Gattin Corinna beim Empfang der Weltbank in Brüssel.“

„Bingo! Also Corinna Schumann und Lennart Friedrichs – denkst du das Gleiche wie ich?“

„Hundert Prozent! Die haben was am Laufen. Weibliche Intuition nennt man das.“

„Moment, Moment. Ich habe auch schon daran ...“

„Ach komm, Rauscher! Du musst dich hier nicht aufplustern, nur weil ich dir mal eine Idee voraus bin.“

„Also gut. Lass uns nicht streiten, sondern überlegen, was wir damit anfangen“, fügte er in diplomatischem Ton hinzu.

„Ruf Ingo Thaler an! Er soll im Hotel nachfragen, ob und wann Frau Schumann dort abgestiegen ist. Wäre ja die Höhe, wenn sie auch schon am Samstag ...“

„Du meinst ...?“

„Liegt doch auf der Hand.“

„Ich kapiere gar nichts mehr. Aber du hast recht. Ich muss Ingo einschalten. Warte einen Moment.“

Während Rauscher den Raum verließ und mit Thaler telefonierte, stöberte Jana weiter im Internet. Keine fünf Minuten später stand er wieder hinter ihr.

„Und?“, fragte sie ihn.

„Es gibt keine Erkenntnisse, wann und wo sich Frau Schumann in Frankfurt aufgehalten hat.“

„Hilft Ingo dir?“

„Er sieht zu, was er ausrichten kann und meldet sich, sobald er mit dem Hotel telefoniert hat.“ Rauscher warf wieder einen Blick auf den Bildschirm. „Und was hast du da?“

„Schau dir mal dieses Bild hier an. Aus der Yellow Press. Lennart Friedrichs und Corinna Schumann nebeneinander bei der Eröffnung eines Sport- und Jugendzentrums für sozial benachteiligte Kinder und Jugendliche in Hamburg.“

„Interessant.“

„Du hast es erfasst.“

„Wann war das?“

„Vor etwa drei Monaten.“

„Sie kennen sich also schon eine Weile.“

„Exakt. Schau dir mal ihre Augen an. Wie die ihn anschmachtet!“

„Wenn man den Hintergrund kennt, den wir vermuten, betrachtet man das Bild ganz anders.“

„Richtig. Also haben die beiden eine Affäre ...“

„So nennst du es also?“

„Wie denn sonst? Das ist so was von offensichtlich.“

„Scheint aber noch niemandem groß aufgefallen zu sein.“

„Außer uns!“

„Da sollten wir dranbleiben.“

„Hoffentlich meldet sich Ingo bald.“

„Wie ich ihn kenne, tut er sein Bestes und ...“

Ein Klingeln unterbrach Rauschers Gedankengang. Das Festnetztelefon.

„Nanu?“

„Vielleicht Ingo?“

„Der würde mich auf dem Handy ... Moment, ich schau mal nach.“

Er ging in den Flur und nahm ab. „Rauscher", platzte er heraus in der Hoffnung, es möge doch der Kollege sein, doch der nächste Satz holte ihn rasch auf den Boden zurück.

„Hier ist Elke."

Die Überraschung, die Rauscher von einer Sekunde zur anderen übermannte, konnte er nicht verbergen. „Elke? Bist du zurück?"

„Nein. Auf Kuba."

„Du hörst dich so nah an."

„Ich wollte mal hören, wie es läuft und was Mäxchen so macht."

„Alles bestens."

„Kannst du ihn mal ans Telefon holen?"

„Ich ... also ..."

Rauscher bemerkte Jana, die nach Rauschers ersten Sätzen aus dem Arbeitszimmer gekommen war und nun dicht hinter ihm stand.

„Ich wollte mal seine Stimme hören."

„Aber er kann doch noch gar nicht reden ..."

„Hauptsache, ich höre seine Stimme. Also, was ist jetzt?"

„Er ist, also, meine Eltern ..." Jana deutete mit Zeige- und Mittelfinger Trippelschritte an. Rauscher nickte. „Sie sind mit ihm spazieren gegangen."

„Bist du dir sicher, dass bei euch alles in Ordnung ist?"

„Klar. Wieso sollte etwas ...?"

„Du hörst dich so komisch an."

„Und bei dir?"

„Die Sonne scheint. Einfach herrlich der Strand hier und dieser weite Himmel. Ich glaub, ich hab mich verliebt."

„In einen Kubaner?", frotzelte Rauscher.

„Blödsinn! In das tiefe Blau des Meeres. Ich geh gleich mal schwimmen. Also, ich melde mich später wieder. Sag einen lieben Gruß von mir. Bis dann, tschüss!"

Rauscher kam nicht mehr dazu, sich auch zu verabschieden, denn schon war das Gespräch weg. Er schnaufte tief durch.

„Langsam fängt sie an zu nerven", sagte Jana.

„Das ist noch gar nichts."

„Vielleicht hat sie ja einfach nur Sehnsucht nach Mäxchen."

„Nach mir bestimmt nicht."

„Zum Glück!" Sie zwickte ihn in seine Bauchrolle.

„Hey, da bin ich sehr empfindlich!"

„Nicht nur da." Sie zwinkerte ihm zu.

Beide gingen wieder ins Arbeitszimmer. „Wo waren wir stehengeblieben?", wollte Rauscher sofort wieder den Faden aufnehmen.

„Keine Ahnung", meinte Jana und zuckte die Achseln. „Mist! Ich bin jetzt total raus. Also ..."

„Friedrichs und die Schumann, was läuft da genau?"

„Das müssen wir rausfinden. Wenn Ingo nur anru..."

In diesem Augenblick klingelte Rauschers Handy. „Könnte er sein." Er schaute aufs Display. „Ja." Er nahm das Gespräch entgegen. „Hi Ingo. Und?"

„Hallo Andreas. Gute Nachrichten. Die nette Empfangsdame hat bereitwillig Auskunft gegeben. Frau Schumann ist schon öfter im Steigenberger abgestiegen. So auch am Samstag. Eingecheckt hat sie am Samstagmittag. Am Montag früh ist sie abgereist. Und heute Morgen hat sie wieder eingecheckt."

„Einzelzimmer?"

„Ja."

„Danke, Ingo."

„Sag mal, was treibst du da eigentlich genau?"

„Ich bin an was dran. Aber ich kann jetzt nicht drüber reden. Okay?"

„Wenn du meinst! Aber deinen Lakaien darf ich hier weiter spielen, gell!“

„Niemals! Sobald ich was Näheres weiß, bist du im Boot, okay?“

„Na gut.“

„Ach, sag mal ... Hast du zufällig ihre Handynummer?“

„Von wem?“

„Corinna Schumann.“

„Ja, ich glaube schon. Wir mussten sie ja kontaktieren wegen der Identifizierung ihres Mannes ... Hast du was zu schreiben?“

Rauscher ging an seinen Schreibtisch und kritzelte mit einem Stift die Nummer, die ihm Thaler durchgab, auf seine Schreibtischunterlage. Daneben lag noch die Liste mit Friedrichs gewählten Telefonnummern. Er verglich die Telefonnummer mit jener, die der Politiker an jenem Samstag dreißig Mal angerufen hatte und unter der er selbst vorhin Frau Schumann erreicht hatte. Treffer. Damit war die Sache klar.

„Ingo. Du hast was gut bei mir.“

„Das hast du letztes Mal schon gesagt. Das muss was Großes werden.“

„In Ordnung. Mach’s gut.“

„Du auch!“

Rauscher klickte das Gespräch weg und sah Jana vieldeutig an.

„Was ist?“, erkundigte sie sich.

„Es wird immer mysteriöser.“

„Weshalb?“

„Auch die Schumann war schon vor dem Ableben ihres Mannes in Frankfurt.“

„Dann haben sich die beiden also zum Schäferstündchen im Steigenberger getroffen.“

„Sieht ganz danach aus. Und Ingo hat auch bestätigt, dass sie gerade auch vor Ort ist und ein Zimmer gemietet hat.“

„Und was machen wir jetzt draus?“

„Ich mach mir erst mal einen Sauergespritzten und danach ruf ich die Dame an. Willst du auch einen?“

„Es ist gerade mal 4 Uhr nachmittags.“

„Ich frag mich auch, warum ich nicht schon längst auf die Idee gekommen bin.“ Er gab ihr einen Schmatzer auf den Mund und ging in die Küche.

19

Nachdem Rauscher Frau Schumann angerufen hatte und sie kein Wort mit ihm hatte reden wollen, war er mächtig frustriert. Ihr Verhalten war jedoch vorhersehbar gewesen. Das musste er sich eingestehen. Rauscher hakte die Niederlage als Etappenschlappe auf dem Weg zum Gesamtsieg ab. Er war aufgedreht wie ein Matchboxauto kurz vorm Start und rief Thaler noch einmal an.

„Du schon wieder“, fiel die Begrüßung etwas uncharmant aus.

„Ich weiß, dass ich dir auf die Nüsse gehe. Ist mir aber im Moment schnuppe, weil mir nichts anderes übrig bleibt, um an Infos zu kommen.“

„Jetzt sag bloß, ich soll schon wieder was für dich recherchieren? Glaubst du eigentlich, dass ich hier Däumchen drehe?“

„Ingo, ich brauch deine Hilfe!“, beschwor ihn Rauscher.

Thaler versuchte abzuwiegeln. „Nee, nee. Nicht mit mir.“

Doch Rauschers Nachschlag „Echt Ingo, ich bitte dich wirklich darum“ und die Dringlichkeit in seiner Stimme vermittelten Thaler den Ernst der Lage. Er wurde weich. „Also gut. Du schaffst es immer wieder ...“

Rauscher fackelte nicht lange und warf den Namen ‚Corinna Schumann‘ in den Raum. Danach fragte er direkt heraus: „Weißt du, warum sie schon wieder in Frankfurt ist?“

„Wahrscheinlich findet sie die Stadt toll …“, antwortete Thaler. Rauscher wusste nicht, ob das ironisch gemeint sein sollte.

„Nee, mal im Ernst: Was macht die Schumann hier?“

„Also, soweit ich weiß, wartet sie darauf, dass ihr Mann von der Gerichtsmedizin freigegeben wird, um ihn dann nach Berlin zu überführen.“

„Aha.“ Rauscher klang etwas überrascht.

„Sie musste sich wohl noch um einige Formalitäten kümmern. Aber genau weiß ich es nicht, das hab ich nur am Rande mitbekommen.“

Diese Erklärung klang plausibel. Trotzdem traute Rauscher ihr nicht.

„Aber …“, setzte er erneut an, wurde jedoch von Thaler unsanft unterbrochen. „Du willst es einfach nicht verstehen, oder?“

„Was?“

„Der Fall ist durch. Sense. Ebbe. Finito. Basta! Der Staatsanwalt hat den Schlussstrich gezogen. Nichts geht mehr. Rien ne va plus!“

„Das werden wir ja sehen, mein lieber Ingo.“

„Unverbesserlich!“

„Unerschrocken, würde ich sagen. Mach’s gut!“

„Tschö.“ Es hörte sich an, als hätte Thaler den Hörer aufgeknallt, dabei wusste Rauscher nur zu gut, dass er nur die Aus-Taste gedrückt hatte.

„Was rausbekommen?“, wollte Jana sofort wissen.

„Sackgasse. Die Schumann ist angeblich hier, um auf die Freigabe der Leiche ihres Mannes zu warten.“

„Klingt logisch.“

„Ja, das gebe sogar ich zu. Aber das ist eben nur ein Grund.“

„Und ein anderer heißt Friedrichs, denkst du?“

„Sieht so aus.“

„Und was jetzt?“

„Ich fahre zum Römer. Willst du mitkommen?“

Ihre Miene hellte sich auf. „Klar. Wir sind doch ein Team. Und was willst du dort?“

„Friedrichs nerven. Wir müssen ihn irgendwie aus der Reserve locken.“

20

Sowohl Rauscher als auch Jana waren längere Zeit nicht mehr am Römer gewesen. Als sie am Rathaus der Stadt ankamen, waren sie erstaunt. Gefühlt Tausende von Touristen, hauptsächlich Asiaten, bevölkerten den Platz rund um den Justitiabrunnen auf dem Römerberg. Sie ließen sich vor dem Wahrzeichen unterhalb des Balkons fotografieren oder machten Selfies.

Auf ein Bad in der Menge hatte Rauscher überhaupt keine Lust. Daher schlängelten sie sich dicht an den historischen Gebäuden vorbei und erklommen kurze Zeit später die wenigen Stufen zum Rathaus.

Dort standen sie eine Weile im Foyer, weil sie nicht wussten, wohin. Es führten mehrere Gänge und Türen in die hinteren Bereiche des historischen Gebäudes. Wahrscheinlich gab es unzählige Konferenz- oder Versammlungsräume. Zudem gab es die Räumlichkeiten des Standesamtes und viele behördliche Dinge mehr. So genau kannte sich Rauscher nicht aus.

Nur von Friedrichs oder anderen Politikern war weit und breit nichts zu sehen.

„Und nun?“, kam unweigerlich Janas Frage.

„Wir erkundigen uns, wo das Treffen mit dem Oberbürgermeister und dem Innenminister stattfindet.“

„Die Auskunft bekommst du nie im Leben. Wird das Gleiche sein wie im Hotel.“

„Hmmm“, murmelte Rauscher. „Dann warten wir. Bleibt uns ja nichts anderes übrig.“

Ihre Geduld wurde auf die Probe gestellt. Nach einer knappen Stunde seufzte Rauscher. Die Anspannung stieg von Minute zu Minute. Er musste unbedingt mit Friedrichs sprechen. Aber da half nur warten.

Plötzlich schien es, als würden sie belohnt. Eine Tür öffnete sich und eine Menschentraube ergoss sich ins Foyer. Schick angezogene Frauen und Männer in Anzügen. Das sah offiziell aus. Einige Leute, die Rauscher aufgrund ihrer Kameras als Journalisten identifizierte, näherten sich jetzt den Politikern und schossen Bilder. Das Treffen war also nicht geheim gehalten worden.

Rauschers Blicke sausten von Gesicht zu Gesicht. Und endlich: Als einer der Letzten kam auch Friedrichs durch die Tür. Er schüttelte einige Hände, lächelte hier, nickte dort. Irgendwann drehte er sich um und ging Richtung Ausgang. Er wollte sich aus dem Staub machen, doch Rauscher reagierte prompt. Er legte einen kleinen Sprint ein, fing ihn kurz vor dem Ausgang ab und stellte sich so hin, dass der EU-Politiker nicht an ihm vorbei kam.

Jana stellte sich unmittelbar neben Rauscher, während dieser mit dem Politiker sprach.

„Und? Wie sind die Verhandlungen gelaufen?“, fragte Rauscher frei von der Leber weg.

„Sie schon wieder?“ Friedrichs Mimik deutete an, dass er alles andere als erpicht darauf war, mit Rauscher zu reden.

„Komisch. Den Satz habe ich heute schon öfter gehört.“

„Das sollten Sie mal hinterfragen. Scheint eine schlechte Charaktereigenschaft von Ihnen zu sein, Leute zu belästigen, die keine Zeit haben und arbeiten müssen.“

„Nichts mache ich lieber, als mich zu hinterfragen. Aber jetzt geht es um was anderes. Sie haben meine Frage nicht beantwortet.“

„Herr Rauscher. Warum sollte ich mit einem Kripobeamten, der noch dazu suspendiert ist, über Verhandlungsergebnisse reden, die nicht für die Öffentlichkeit bestimmt sind? Das mache ich garantiert nicht. Dazu gibt es von meiner Seite nichts zu sagen. Warten Sie ab, bis es eine offizielle Presseverlautbarung gibt."

„Klingt, als hätten Ihnen die Hessen einen Einlauf verpasst." Rauscher schmunzelte. „Sind Sie mit Ihren Forderungen nicht durchgekommen?"

„Wollen Sie mich provozieren, oder was soll dieser Auftritt schon wieder?" Jana wollte gerade einschreiten, aber eine kleine Geste von Rauscher signalisierte ihr, dass er sich im Griff hatte und sie ihn machen lassen sollte.

„Geht noch weiter. Ich weiß jetzt, dass die Dame, also Ihre Begleiterin aus dem Hotel, Frau Schumann ist und dass sie am Samstag auch schon mittags hier in Frankfurt war. Wahrscheinlich haben Sie beide sich heimlich getroffen ..."

„Das muss ich mir nicht länger anhören", fiel ihm Friedrichs ins Wort.

„Ich weiß, dass Sie mit dem Mord an Schumann etwas zu tun haben, vielleicht sogar dahinterstecken." Friedrichs stutzte, blieb aber stumm. Deshalb fuhr Rauscher fort: „Sie sagen ja gar nichts."

„Was soll ich sagen? Sind Sie irre, oder wer hat Ihnen diesen Floh ins Ohr gesetzt?"

„Ich weiß nur noch nicht, wie die Sache genau abgelaufen ist. Haben Sie den Mord gemeinsam mit Frau Schumann geplant, um Schumann loszuwerden? Haben Sie den Taxifahrer engagiert? Hatten Sie weitere Komplizen?"

„Jetzt reicht's mir! Ich werde eine offizielle Beschwerde gegen Sie einlegen. Und zwar direkt beim Polizeipräsidenten. Den kenne ich nämlich zufällig persönlich."

„Tun Sie das. Und richten Sie ihm nen schönen Gruß von mir aus.

Wird Ihnen aber nichts nützen. Ich hab Sie am Haken, Friedrichs."

Der Politiker wandte sich ab, ohne ein weiteres Wort zu entgegnen. Hastig verließ er die Eingangshalle.

Rauscher wollte ihm gerade folgen, als ihn Jana mit beiden Händen am Arm festhielt und am Gehen hinderte.

„Am Haken!", rief ihm Rauscher nach. „Kapieren Sie das, Friedrichs? Ich kriege Sie! Verlassen Sie sich drauf!"

Die letzten Sätze hatte Rauscher gebrüllt. Einige Leute in der Halle waren bereits auf sie aufmerksam geworden. Inzwischen umklammerte ihn Jana, damit er Friedrichs nicht nacheilen konnte.

Erst als der Politiker aus der Tür getreten und nicht mehr zu sehen war, ließ sie ihn los.

„Sag mal, geht's noch?", rief sie. Er spürte, wie erbost sie war. „Was treibst du hier eigentlich?"

„Was meinst du? Ich ermittle."

„Ermitteln nennst du das? Dämlicher geht's ja wohl nicht!"

„Wieso? Ich provoziere ihn. Scheint mir das einzige Mittel zu sein, wie wir ihn kriegen können."

„Das wird mir echt zu bunt jetzt. Merkst du eigentlich gar nicht, dass du dich selbst kaltstellst?"

„Das bin ich schon."

„Aber du manövrierst dich komplett ins Abseits, wenn du so weitermachst. Stell dir mal vor, wenn er wirklich eine offizielle Beschwerde einlegt! Was ich ihm nicht einmal verdenken könnte."

Rauscher hielt inne. „Du vertraust mir nicht."

„Das kann ich auch nicht, so wie du vorgehst. Du machst dir das Leben selbst schwer. Friedrichs redet doch nie mehr ein Wort mit dir."

„Muss er auch nicht. Aber er muss wissen, dass ihm jemand im Nacken sitzt. Er muss Angst kriegen, damit er Fehler begeht."

Sie zögerte und schaute ihn eindringlich mit großen Augen an. „Ich glaube, du verrennst dich da in was. Mir kommt es fast so vor, als ob du dich auf einer Art Mission befindest: Rettet den heiligen Ebbelwoi vor den bösen Schlächtern der EU, oder so was in der Art."

„Jetzt übertreibst du aber gewaltig."

„Überhaupt nicht. Bei jedem anderen Thema würdest du nur halb so emotional reagieren." Sie legte eine kurze Pause ein. Von Rauscher kam kein Ton. „Mir ist schon klar, dass du nicht gerade Mister Diplomatie bist, aber ein wenig mehr Gespür für die Situation könnte nicht schaden. Im Gegenteil. Sonst versaust du dir wirklich alles."

Rauscher starrte sie an, als seien ihr drei Augen gewachsen. Ihr war annähernd der Kragen geplatzt. Nach einer Weile des Schweigens fragte er: „Bist du jetzt fertig mit deiner Standpauke?"

Jana legte ihre Hand auf seine Schulter.

„Was ist?", fragte er überrascht.

„Du musst nicht immer alle runterputzen!"

„Wie meinst du das?"

„Wie ich es sage. Das ist kontraproduktiv, verstehst du?"

„Kommt drauf an ..."

„Du siehst es nicht ein, stimmt's?"

„Nö."

„Außerdem war das alles, nur keine Standpauke."

„Jawohl, Frau Putz." Er lächelte und schien in sich zu gehen. „Ich werde mir künftig Mühe geben." Er sprach den letzten Satz sehr gestelzt und schnitt eine Grimasse, denn er hoffte auf ein Lächeln von Jana.

„Jetzt sei doch nicht gleich beleidigt."

„Bin ich nicht. Ich ärgere mich nur, dass du mich so leicht durchschaut hast." Er grinste.

„Na ja, ich kenne dich eben besser, als du denkst."

„Aber noch nicht gut genug. Denn ich bin davon überzeugt, dass meine Strategie aufgehen wird.“ Etwas unwirsch nahm er ihre Hand von seiner Schulter und hielt sie lange fest. „Hör mal, ich brauche deine Unterstützung, ja?“

„Ich stehe hinter dir, und zwar voll und ganz. Aber das ist gar nicht die Frage.“

„Sondern?“

„Du musst lernen, auch mal was anzunehmen von mir. Ich bin eine erfahrene Polizistin.“

„Ich weiß. Und vor allem weiß ich auch, dass ich manchmal übers Ziel hinausschieße, aber ...“

„Es würde schon reichen, wenn du ab und zu mal auf mich hören würdest, statt immer mit dem Kopf durch die Wand zu wollen. Und wenn wir schon zusammen unterwegs sind, sollten wir vielleicht vorher bereden, wie das Ganze ablaufen soll. Ich muss das Gefühl haben, dass du mich mitnimmst, verstehst du?“

„Guter Gedanke. So machen wir es. Ab jetzt!“ Und er hängte an: „Wieder versöhnt?“

„Ein bisschen“, flüsterte sie und lächelte. Wieder einmal stellte er fest: Wenn er Jana nur ansah, begann es in seinem Bauch zu kribbeln.

21

Donnerstag

In der Römerstadt herrschte eine Atmosphäre, die in keiner Weise an Großstadt erinnerte. Kaum Verkehr, gepflegte Vorgärten, Reihenhäuschen mit Terrassen, von denen man einen phänomenalen Blick auf die Nidda und den dahinter liegenden Niddapark hatte.

Hätte Rauscher es nicht besser gewusst, wäre ihm beinahe das Wort Idylle über die Lippen gekommen, als er mit Jana am Donnerstagmorgen gegen 10 Uhr Mäxchen bei seinen Eltern abholen wollte. Als sie die Tür hereinkamen, strahlte Mäxchen übers ganze Gesicht. Er saß in einem Kreis aus Bauklötzchen, jeder Menge Autos und Playmobilfiguren und konnte seinen Blick gar nicht mehr von den vielen Spielsachen abwenden. Sie nahmen seine gesamte Aufmerksamkeit gefangen. Der liebe Herr Papa war reine Nebensache. Jana versuchte anfangs noch mit ihm zu spielen, doch das währte nicht lange. Schließlich gab sie auf.

„Dagegen haben wir keine Chance", bemerkte Jana, fast schon eingeschnappt angesichts der Missachtung ihrer Person.

„Hab ich alles vom Nachbarsbub", erklärte Mutter Rauscher. „Er ist inzwischen zwölf und benutzt die Sachen kaum noch."

„Kommt dem Paradies recht nahe", kommentierte Vater Rauscher jeden Handgriff des jüngsten Sprösslings der Rauscher-Familie.

Rauscher spürte, dass seinem Vater dabei das Herz aufging.

„Ob wir ihn da rausholen können?", traute sich Jana zu fragen.

Mäxchen interessierte dieses Gerede kein Stück. Er ließ die Erwachsenen erwachsen sein und fuhr mit den Autos, baute die Klötzchen aufeinander, warf sie um und begann dann wieder von vorne. Für die

Playmobilfiguren ließ er sich sogar lustige Rollenspiele einfallen. Dabei entwickelte er eine Zähigkeit, die bemerkenswert war.

„Irgendwie erinnert er mich an dich", sagte Frau Rauscher zu ihrem Sohn.

„Wie meinst du das?"

„Als Kind hast du auch so gespielt. Wenn du an etwas dran warst, hätte die Welt drum herum zusammenbrechen können, das wäre dir schnurz gewesen." Sie machte eine kurze Pause. „Und heute ist es ja noch so ähnlich."

„Also bitte! Davon kann doch keine ..."

„Papperlapapp. Wir kennen dich besser. Wenn du dir im Job was in den Kopf gesetzt hast, kriegt dich nichts und niemand von dem Weg ab."

„Jetzt übertreibst du!"

„Kann ich mir gut vorstellen", pflichtete Jana Frau Rauscher bei und grinste ihn an.

„Jetzt fallt ihr mir also alle in den Rücken! Das grenzt an eine Verschwörung gegen mich." Er ging zu Mäxchen. „Komm, mein Sohn, dann machen wir uns jetzt aus dem Staub und lassen ihnen die Illusionen." In dem Moment, als Rauscher Mäxchen hochheben wollte, begann der Sohnemann wie am Spieß zu schreien. Damit machte er nur allzu deutlich, dass er um keinen Preis der Welt aus seinem Spielparadies weg wollte und niemand in der Lage sein würde, ihn ohne weitere Schreiorgien daraus zu entfernen. Kein Vater, keine Großmutter, keine liebe Tante. Einfach niemand!

„Genau das meine ich!", bemerkte Frau Rauscher süffisant und schmunzelte.

„Was genau?", wollte Jana wissen.

„Diese Ausdauer", erklärte Frau Rauscher.

„Und das Durchsetzen seines Willens", trieb Karl-Heinz Rauscher den Stachel noch tiefer.

„Interessant“, kommentierte Jana und wandte sich Rauscher zu. „Kommt mir irgendwie bekannt vor.“

„Ja, ja, ja. Ihr habt euren Spaß“, witzelte Rauscher. „Aber was machen wir jetzt mit Mäxchen?“

„Er bleibt noch eine weitere Nacht bei uns“, schlug Frau Rauscher vor. „Ist das so schlimm? Wir bringen ihn morgen wieder nach Bockenheim.“

Rauscher war hin- und hergerissen und blickte Jana nachdenklich an.

Sie zuckte die Achseln. „Musst du wissen.“

„Also gut. Aber nur noch heute, in Ordnung?“

„Bleibt ihr noch zum Mittagessen? Ich habe noch einen guten Schoppen im Keller.“

„Von wem?“, fragte Rauscher hastig nach.

„Vom Schuch.“

„Wir bleiben!“, bestimmte Rauscher kurzerhand. Jana spürte sofort, dass jede Widerrede zwecklos gewesen wäre. Wobei sie gar nicht fahren wollte, denn der Schoppen vom Schuch interessierte sie ebenso.

22

Es war bereits kurz vor 14 Uhr, als Rauscher und Jana wieder in Bockenheim ankamen. Er fand keinen Parkplatz und musste zweimal um den Block kurven, bis schließlich ein Wagen direkt vor ihm aus einer schmalen Parklücke herausfuhr.

„Endlich“, seufzte er angestrengt und parkte ein.

„In manchen Dingen ist es mit deiner Ausdauer aber nicht zum Besten gestellt“, kommentierte Jana und streichelte ihm übers Knie.

Gerade wollte er ansetzen und seine Sicht darstellen, da klingelte sein Handy. Unterdrückte Nummer. Ungewöhnlich. Er schnallte sich ab und stieg aus.

„Andreas Rauscher, ja bitte?“, nahm er den Anruf entgegen.

„Lassen Sie die Sache auf sich beruhen!“, sprach jemand.

„Wie bitte? Wer sind Sie und was meinen Sie damit?“

„Hören Sie gut zu, Rauscher. Im Schumann-Fall gibt es einen Täter, der einsitzt und der verurteilt werden wird. Und damit ist der Fall abgeschlossen. Lassen Sie es damit gut sein!“

Die Stimme klang etwas hohl und verzerrt und kam ihm nicht bekannt vor. Sie hörte sich gedämpft an, als spräche jemand durch einen Wattebausch oder etwas Ähnliches.

„Aber ...“

„Kein Aber! Andernfalls wird das schwerwiegende Konsequenzen nach sich ziehen.“

Es klickte und das Gespräch war weg.

Was war das? Eine Drohung! Aber von wem? Vom wirklichen Täter? Das würde seine Theorie bestätigen, dass Wöhr zwar nicht unschuldig, aber auch nicht Schumanns Mörder war. Rauscher starrte in den wolkenverhangenen Himmel.

„Wer war das?“, fragte Jana, weil sie merkte, dass etwas nicht stimmte.

„Ein anonymer Anrufer“, sagte Rauscher. „Seine Nummer wurde nicht angezeigt.“

„Und was wollte er?“

Rauscher erzählte das kurze Gespräch nach und schwieg eine Weile.

„Glaubst du etwa, das war Friedrichs?“ Jetzt klang Janas Stimme hohl und misstrauisch.

„Wer sonst?“, antwortete Rauscher. „Jemand anderes fällt mir nicht ein.“

„Und was willst du jetzt tun?“

„Was wollen wir tun, muss die Frage heißen."

„Okay, also was wollen wir jetzt tun?"

„Mir fällt nur Thaler ein. Vielleicht kann er herausfinden, woher der Anruf kam. Außerdem stinkt die Sache zum Himmel. Ich brauche Einblick in die gesamte Akte. Oft findet sich dort eine Spur, wenn man sie noch mal ganz gründlich liest."

„Meinst du, Thaler rückt sie raus?"

„Eher nicht, schätze ich mal. Ich hab ohnehin schon viel von ihm verlangt. Hast du eine andere Idee?"

„Ehrlich gesagt stehe ich ganz schön auf dem Schlauch. Komm, lass uns erst mal reingehen. Ich glaube, ich brauche noch einen Sauergespritzten."

„Aber mit dem guten Stöffche vom Schuch kann ich nicht dienen."

„Solange wir noch mehr als 200 Milliliter pro Tag trinken dürfen, ist mir alles andere egal."

„Hey", sagte Rauscher. „Der Spruch hätte von mir sein können."

Sie zwinkerte ihm zu. Gemeinsam gingen sie hoch in die Altbauwohnung.

23

Der Anrufer hatte genau das Gegenteil seines Ansinnens erreicht. Rauscher war die nächsten Stunden wie angestachelt. Das kurze Telefonat saß wie ein Dorn in seiner Hirnrinde. Jetzt würde er erst recht keine Ruhe mehr geben, bis der richtige Täter gefasst war. Dazu war es notwendig, die Identität des Anrufers herauszufinden, was bei einer unterdrückten Rufnummer wohl nicht möglich war. Aber vielleicht konnte Thaler feststellen, woher der Anruf gekommen war. Thaler, er musste ihn wieder kontaktieren. Ein erneuter Bittgang stand ihm bevor.

Vorher jedoch wollte er einen Schuss ins Blaue wagen: Er würde Friedrichs anrufen und ihm seinen Verdacht, dass er der Anrufer gewesen war, auf die Nase binden. Auch wenn Jana seine Vorgehensweise nicht billigen würde: Er war jetzt auf Krawall gebürstet und sah eine reelle Chance, den Politiker damit so sehr zu verunsichern, dass dieser sich auf irgendeine Weise verraten würde.

„Konfrontation", sagte er. „Er muss die Hosen runterlassen."

„Wird er nicht tun", antwortete Jana, der er seinen Plan mitgeteilt hatte.

„Aber dann weiß er wenigstens, dass ich nicht aufstecke. Das könnte ihm eine Warnung sein." In dieser Hinsicht hatte er einen langen Atem. Ausdauer, hatte seine Mutter festgestellt, war anscheinend eine seiner Hauptcharaktereigenschaften. Und genau die würde er jetzt unter Beweis stellen. Rauscher spürte, er brauchte nur einen klitzekleinen Hinweis, um weitere polizeiliche Schritte – vielleicht sogar wieder offizielle – einleiten zu können.

Er schnaufte einmal kurz durch und griff zum Handy. In diesem Augenblick war es mucksmäuschenstill in Rauschers Altbauwohnung. Die Anspannung war ihm ins Gesicht geschrieben. Er wählte Friedrichs Nummer. Es klingelte. Er wartete. Es klingelte weiter. Eine ganze Weile. Bis endlich jemand abnahm.

„Friedrichs."

„Kommissar Andreas Rauscher, Kripo Frankfurt", meldete er sich in offiziellem Jargon.

„Zurzeit suspendiert", antwortete Friedrichs lakonisch. Es schwang ein leicht belustigter Unterton mit. „Eigentlich habe ich keine Lust, schon wieder mit Ihnen zu reden. Aber ich will mal nicht so sein. Was haben Sie denn auf dem Herzen?"

„Ich weiß genau, dass Sie mich gerade angerufen und mir gedroht haben. Ich sage Ihnen aber, das können Sie sich sparen, das zieht bei mir nicht. Ich werde Sie erwischen, Friedrichs, ich schwöre Ihnen ..."

„Das muss ich mir nicht länger anhören", unterbrach ihn Friedrichs in harschem Tonfall.

Klick!

„Aufgelegt", sagte Rauscher und hielt das Handy vor Janas Augen, als wolle er ihr damit seine Empörung demonstrieren.

„Hast du was anderes erwartet?", fragte sie.

„Eigentlich nicht." Eine kleine Pause folgte. „Trotzdem bin ich irgendwie enttäuscht."

„Musst du nicht. Der einzige Zweck des Telefonats bestand meiner Meinung nach darin, dass er jetzt weiß, dass du weiter hinter ihm her bist. Das könnte ihn einerseits vorsichtiger werden lassen, andererseits auch in die Enge treiben."

„Letzteres wäre gut, denn Leute, die in die Enge getrieben werden, machen Fehler."

„Friedrichs nicht. Der ist zu cool dafür."

„Wetten, dass?"

„Spielen wir jetzt Gottschalk? Nein! Lass uns lieber Friedrichs auf die Pelle rücken ..."

„Du bist ja schon voll auf meiner Linie."

„Gut erkannt, Herr Rauscher!"

„Ich würde vorschlagen, dass ich mich an Thaler hänge. Neben dem Anruf interessiert mich auch die Akte Schumann. Vielleicht kann ich sie ihm irgendwie rausleiern."

„Wie willst du denn das anstellen?"

„Lass mich mal machen. Eine Idee habe ich schon." Er weitete die Augen, was irgendwie verwegen aussah.

„Unverbesserlich!" Jana schüttelte den Kopf und grinste sich eins.

24

Thalers Reaktion auf Rauschers Anfrage ließ nicht lange auf sich warten. Er lehnte jede weitere Hilfe kategorisch ab. Er habe sich schon weit genug aus dem Fenster gelehnt und überhaupt keine Lust, seinen Arsch zu riskieren. Ende der Durchsage.

Einerseits konnte Rauscher Thalers Vorbehalte nachvollziehen, andererseits ärgerte er sich darüber. Warum konnte er nicht über seinen Schatten springen? Hätte Ingo ihn gefragt, hätte er keine Sekunde darüber nachdenken müssen. Aber Ingo war Ingo und nicht Rauscher. So war der Kollege eben gestrickt. Rauscher würde nichts daran ändern können. Insgeheim hatte er zwar gehofft, der Kollege würde sich einen Ruck geben und ihn weiterhin unterstützen, aber Rauscher wollte auch nicht für die Konsequenzen verantwortlich sein, falls ihr Deal auffliegen würde.

Dementsprechend mies gelaunt saß er auf seiner Wohnzimmercouch und nippte an einem Glas Zaubertrank, wie Rauscher seinen heißgeliebten Sauergespritzten hin und wieder nannte. Irgendwie festigte sich das Gefühl, wieder bei null zu stehen. Was konnte er nun noch ausrichten? Ohne Unterstützung aus dem Kreise der Kripo waren seine Ermittlungen quasi aussichtslos. Ihm waren in vielerlei Hinsicht die Hände gebunden. Ohne Zugang zur Akte kam er nicht an relevante Informationen und konnte nicht nachverfolgen, woher der anonyme Anruf gekommen war. Thaler schied also aus, Krause sowieso. Jetzt hätte er Wolfgang Andres gebrauchen können. Aber bei Andres war es etwas anders gelagert als bei Thaler. Als Leiter der Spurensicherung zählte er nicht unmittelbar zu seinem Team. Zudem wollte er den Kollegen nicht in eine missliche Lage bringen. Auch Andres könnte es den Job kosten. Und er hatte eine Familie, für die er sorgen musste.

Rauscher stand auf, ging in sein Arbeitszimmer und klappte den Laptop auf, nur um ihn drei Sekunden später wieder zuzumachen.

„Kann es sein, dass du Hummeln im Arsch hast?“, fragte Jana, die ihn eine Weile beobachtet hatte.

„Kommt dir nur so vor“, antwortete er. „Ich bin die Ruhe in Person.“

„Dann möchte ich nicht erleben, wenn du mal aufgeregt bist.“

„Ich muss mich noch mal intensiv mit dem Bericht der Spurensicherung und dem Obduktionsbericht beschäftigen. Aus heutiger Sicht, also mit den Kenntnissen, die wir in den letzten beiden Tagen über Friedrichs und Frau Schumann gewonnen haben, entdecke ich vielleicht etwas, das jetzt in ganz anderem Licht erscheint als vorher.“

„Mach das! Dann bist du wenigstens beschäftigt. Kann ich dir irgendwie helfen?“

„Was hältst du davon, wenn du auch mal reinschaust? Du kennst sie ja noch gar nicht und könntest sie mal ganz unvoreingenommen lesen.“

„Gerne. Wenn du meinst, das könnte was bringen. Ich weiß aber nicht, ob ich was sehe, was du nicht siehst.“

„Wird sich rausstellen. Okay, dann lass uns loslegen.“

„Nimm du dir den Bericht der Spurensicherung vor und ich klemme mich noch mal vor den Obduktionsbericht.“

Die nächsten zwei Stunden verbrachten sie beide vor ihren Laptops. Rauscher hatte Jana die Dokumente gemailt, sodass sie sie in Ruhe studieren und sich Notizen machen konnte.

Auch wenn es monoton anmutete, sich immer wieder und wieder mit den gleichen Daten, Fakten und Details auseinanderzusetzen, machte Rauscher die akribische Polizeiarbeit diesmal Spaß.

Jana war eher pragmatisch. Sie hatte in ihrer Laufbahn als Polizistin Hunderte, wenn nicht Tausende solcher Berichte gelesen und nach der berühmten Nadel im Heuhaufen gesucht. Und sie manchmal auch gefunden. Es handelte sich nicht immer auf Anhieb um die Lösung des Falles. Aber oft waren die neuen Erkenntnisse sehr hilfreich gewesen, beispielsweise wenn man endlich relevante von nicht relevanten Indizien trennen und sich auf die wesentlichen Punkte konzentrieren konnte. Oder sogar auf den einen Punkt, der den alles entscheidenden Hinweis lieferte und half, den Täter zu überführen.

„Ich bin durch", meinte Rauscher nach gut zwei Stunden.

„So gut wie", antwortete Jana.

„Gut. Ich hole uns zwei Sauergespritzte und dann reden wir über unsere Notizen."

„Ich geh vorher noch mal aufs Klo."

Kurz darauf kam Rauscher mit zwei Gläsern zurück. Auch Jana hatte wieder Platz genommen. Sie diskutierten besonders drei Sachverhalte.

Erstens ging es darum, wie das Opfer auf den Bären gehievt worden war.

„Ich habe beim Lesen darauf geachtet", begann Rauscher, „dass die Kripo von Beginn an von einem Einzeltäter ausgegangen ist. Nun besteht aber die Möglichkeit, dass wir es mit zwei zu tun haben."

Sie kamen rasch überein, dass ein Täter allein sehr viel Mühe damit gehabt hätte – wenn es ihm überhaupt gelungen wäre – Schumann, der etwa 75 Kilo auf die Waage brachte, dort hinauf zu wuchten. Hingegen wäre es zu zweit eine deutlich einfachere Aufgabe gewesen.

„Die Zwei-Täter-Theorie klingt plausibel. Allerdings gibt es dafür am Fundort keinerlei Spuren. Weder Fingerabdrücke noch DNA wurden gefunden. Der oder die Täter waren quasi unsichtbar."

„Und durch den Nebel in dieser Nacht gibt es auch keine Videoaufzeichnungen. Leider."

„Das bringt uns also nicht besonders weiter. Außer zu der Erkenntnis, dass es zwei Täter mit Sicherheit einfacher gehabt hätten, den Mord auszuführen und den Toten wie ein Denkmal herzurichten."

„Richtig."

„Okay, dann lass uns doch mal das Pferd von hinten aufzäumen."

„Wie meinst du das?"

„Wenn wir davon ausgehen, dass Friedrichs und Frau Schumann die Täter sind, müssen sie ja gewusst haben, dass Wöhr Schumann in Nied am Selzerbrunnen abgeladen hat. Korrekt?"

„Jedenfalls, wenn Wöhrs Aussage diesbezüglich stimmt."

„Demnach müssten sie Wöhr Schrägstrich Schumann schon vorher beobachtet haben."

„Die kamen ja aus dem Keller in Nied."

„Genau. Von diesem Keller konnte weder Friedrichs noch Frau Schumann Kenntnis haben. Korrekt?"

„Ja. Das bedeutet, sie müssen Schumann schon viel früher gefolgt sein, denn dass Schumann zu Wöhr ins Taxi steigt, konnten sie ja nicht wissen."

„Richtig. Was hältst du also von der These, dass die beiden Schumann vor dem Marriott erwartet haben? Und dann ist ihnen Wöhr ins Gehege gekommen."

„Interessanter Gedanke. Nur: Warum hätten sie vorm Hotel auf Schumann warten sollen?"

„Das wissen wir nicht."

„Noch nicht."

„Ja. Okay, also was folgt daraus? Sie haben beobachtet, wie Schumann ins Taxi gestiegen ist und sind dann dem Wagen nach Nied gefolgt."

„Das ist möglich. Und somit wussten sie auch von dem Keller, in dem Schumann gefangen gehalten worden war."

„Vielleicht haben sie sogar beobachtet, was Wöhr im Keller mit Schumann angestellt hat."

„Dann wären sie quasi während der gesamten Entführungsaktion bis zum Aussetzen des Opfers am Selzerbrunnen dabei gewesen?"

„Auch das wäre zumindest möglich.“

„Wenn wir von den beiden als Täterduo ausgehen, ist es sogar nicht unwahrscheinlich, dass es so abgelaufen ist.“

„Okay. Bliebe die Frage: Was geschah mit Schumann am Selzerbrunnen, nachdem Wöhr gefahren war?“

„Friedrichs und Frau Schumann erkannten plötzlich die Chance, Herrn Schumann aus dem Weg zu schaffen. Aber woher kam das Kreuz, an das sie ihn festgebunden haben?“

„Richtig. Holzlatten und Werkzeug, um sie zusammen zu nageln, liegen ja in der Regel nicht einfach im Kofferraum rum.“

„Vielleicht sind sie zum Keller zurückgefahren und haben dort nach etwas Entsprechendem gesucht?“

„Oder sie haben vorher, als sie Wöhr mit Schumann beobachtet haben, schon was entdeckt. Sie erinnern sich daran und fahren vom Selzerbrunnen – mit Schumann im Kofferraum – zurück zum Keller. Immerhin stammen beide nicht aus Frankfurt und kennen vielleicht keinen anderen Ort, wo sie so was abziehen könnten.“

„Aber wieso binden sie dann Schumann überhaupt auf den Bären? Sie hätten ihn doch einfach am Selzerbrunnen liegen lassen oder von mir aus auch im Keller verstecken können.“

„In beiden Fällen hätte die Kripo das unmittelbare Umfeld des Opfers zuerst unter die Lupe genommen und somit auch Frau Schumann und seinen Assistenten. Um von sich abzulenken, lassen sie es wie einen Ritualmord aussehen und stellen auch noch durch die Spritze den direkten Zusammenhang zu dem neuen Ebbelwoi-Gesetz her.“

„Lass mich noch mal rekapitulieren“, sagte Jana.

„Gerne.“

„Um den Mord begehen zu können, müssen sie a) Wöhrs Entführungsaktion von Anfang an beobachtet haben, b) müssen sie am

Selzerbrunnen den Entschluss gefasst haben, Schumann zu töten und c) müssen sie im Keller gewesen sein, um die Holzlatten und das Seil zu holen. Wenn das alles so stimmt, kommt in diesem Moment der Bericht der Spurensicherung ins Spiel."

„Inwiefern?"

„Hier!" Sie drehte den Laptop zu Rauscher und klickte auf Seite 23 des Berichtes. „Lies!"

„Worauf willst du hinaus?"

„Hier steht, es wurden sechs verschiedene DNA-Spuren im Nieder Keller gefunden. Korrekt?"

„Ja."

„Bisher haben wir diesem Detail keine Bedeutung beigemessen. Wir sind davon ausgegangen, dass es die DNA von Wöhr ist und vielleicht auch die des ehemaligen Kellerbesitzers. Jetzt wissen wir, dass Friedrichs und Frau Schumann dort gewesen sein müssen, wenn sie den Mord begangen haben. Das heißt, sollten von den sechs verschiedenen DNA-Spuren jeweils eine Friedrichs und Frau Schumann gehören, dann wissen wir, dass sie mit Schumann in jener Nacht in Kontakt gewesen sind. Denn wie um alles in der Welt sollten deren DNA-Spuren sonst in den Keller gekommen sein?"

Rauscher grübelte eine Weile, bevor er wieder etwas sagte. „Da hast du zwar recht, aber wir haben weder DNA von Friedrichs noch von Frau Schumann, um einen Abgleich vorzunehmen."

„Dann müssen wir uns eben die DNA der beiden besorgen. So einfach ist das."

„Und dann müssten sie auch noch mit zwei der sechs Spuren aus dem Keller übereinstimmen."

„Und dann wären die beiden überführt."

„Das ist mir aber ein bisschen zu viel Konjunktiv. Findest du nicht?"

„Es ist ein möglicher Ansatz, sie zu überführen. Einen anderen sehe ich nicht. Jedenfalls nicht momentan. Du etwa?“

„Ich auch nicht ... Also, lass es uns angehen.“

„Aber wie?“ Jana wirkte skeptisch.

„Eine Idee hätte ich ... das Hotel.“

„Willst du in die Zimmer der beiden einbrechen?“

„Wenn es sein muss.“

„Gibt es keine andere Möglichkeit?“

„Mir fällt keine ein. Wir haben wenig Spielraum.“ Rauscher massierte sich mit Zeige- und Mittelfinger die Schläfen, als habe er Kopfschmerzen.

„Geht’s dir nicht gut?“

„Doch, doch. Aber mir geht so viel durch den Kopf ...“

„Was denn noch?“

„Wir müssen mehr über Friedrichs und die Schumann rausfinden.“

„Da gibt es ein Zauberwort: Thaler!“

„Richtig. Wäre genau sein Metier.“

„Aber er will doch ums Verplatzen nicht mehr ...“

„Der soll sich nur nicht so anstellen ...“, fuhr Rauscher dazwischen. „Eine Recherche über die beiden ist ja wohl weder illegal noch zeitaufwendig.“

„Kommt ganz drauf an, wie er das anstellt.“

„Ich frag ihn einfach noch mal. Es ist eine Aufgabe nach seinem Geschmack.“

„Aber sei lieb zu ihm!“

„Bin ich immer.“

„So?“ Sie kniff ihn in die Seite.

„Scherzkeks“, kommentierte er, griff nach seinem Handy und wählte Thalers Nummer.

Fünf Minuten später klickte Rauscher das Gespräch weg und legte das Handy wieder aus der Hand.

„Bingo!“, sagte er. „Thaler hat wohl beim Wort Personenrecherche leuchtende Augen bekommen. Da fährt er voll drauf ab.“

„Prima! Ich bin gespannt, ob er was Verwertbares rausfinden wird.“

In diesem Moment hörten beide ein Hupen von draußen auf der Straße, das nicht nachlassen wollte. Rauscher sprang auf und schaute durchs Fenster hinunter.

„Das sind meine Eltern. Sie finden keinen Parkplatz ... aber deshalb müssen sie doch nicht ... Ich glaube ... da ist was passiert ... Ich ...“

Wie von der Tarantel gestochen rannte Rauscher aus dem Zimmer, durchquerte den Flur, riss die Wohnungstür auf, fegte im Sprinttempo die Treppe hinunter und kam nur zwanzig Sekunden später auf dem Bürgersteig an.

Jana blickte ihm ein paar Sekunden erstaunt nach. Dann griff sie nach dem Wohnungsschlüssel und folgte ihm das Treppenhaus hinunter. Sie kam in dem Moment unten aus der Haustür heraus, als Gabriele Rauscher gerade versuchte, die Beifahrertür zu öffnen und aus dem noch fahrenden Auto auszusteigen. Das Entsetzen stand ihr ins Gesicht geschrieben. Sie schien kaum Luft zu bekommen; jedenfalls japste sie danach, als habe sie sich überanstrengt. Zudem standen ihr die Haare zu Berge, ganz ungewöhnlich für sie, die sonst stets gut frisiert war. Niemals wäre sie freiwillig in solch einem Zustand auf die Straße gegangen.

Rauscher wurde es immer mulmiger.

Karl-Heinz Rauscher schaltete den Warnblinker an. Das Auto rollte immer noch. Er stellte es in die zweite Reihe neben ein parkendes Fahrzeug, weil weit und breit keine Parklücke zu sehen war. Frau Rauscher hatte endlich beide Füße auf den Boden bekommen und lief so schnell sie konnte auf ihren Sohn zu.

Andreas Rauscher wusste nicht, was er von der Situation halten sollte. Seine Mutter schien außer sich zu sein, nur sein Vater schien halbwegs die Kontrolle zu behalten. Irgendetwas musste geschehen sein, er konnte sich jedoch keinen Reim darauf machen. Plötzlich schoss ihm etwas in den Kopf. Er ging zielstrebig aufs Auto zu und versuchte, auf die Rückbank zu schauen, was durch die spiegelnden Scheiben gar nicht so einfach war.

„Wo ist Mäxchen?“, fragte er, als er den hinteren Teil des Wagens leer vorzufinden glaubte.

Gabriele Rauscher eilte auf ihn zu, stolperte und wäre fast zu Boden gegangen, wenn Rauscher sie nicht kurz vorm Fallen in die Arme geschlossen hätte.

„Weg!“, rief sie ihm entgegen und traute sich kaum, ihm in die Augen zu schauen.

„Was heißt weg?“

„Ich glaube, er ist entführt worden!“

Kapitel 2

Zahltag

25

Donnerstag – nachmittags

Er ist entführt worden! Vier Worte wie Fausthiebe. Bumm! Bumm! Bumm! Bumm!

„Scheiße! Scheiße! Scheiße!" Rauscher war von der einen auf die andere Sekunde von null auf hundert. „Entführt? Wie meinst du das?"

Frau Rauscher lag noch mit tränenverschmierten Augen in seinen Armen. Rauscher hatte immer mehr das Gefühl, sie würde gleich umkippen, stünde er nicht neben ihr und hielte sie weiterhin mit beiden Händen fest gepackt.

„Meinen? Meinen? Meinen?", rief sie mit brüchiger Stimme. „Entführt ist entführt! Was gibt es daran nicht zu verstehen?"

Er schaute nach seinem Vater, der jetzt ebenfalls ausgestiegen war und die Wagentür zuschlug. Als Karl-Heinz Rauscher auf die beiden zukam, machte er ein betrübtes Gesicht.

Rauscher schaute ihn gebannt an und antwortete seiner Mutter wie in Trance. „Moment, Moment! Jetzt erzähl mal von Anfang an. Und zwar ganz langsam."

Gerade wollte Frau Rauscher wieder ansetzen, als ihr Karl-Heinz

Rauscher das Wort abschnitt. „Wir waren ...“, begann er, „also, wir wollten mit Mäxchen zum Spielplatz fahren. Weißt du, der im Niddapark mit der Rutsche?“

In diesem Moment bemerkte Rauscher die Schramme am Kopf seines Vaters. Er blutete aus einer Wunde an der rechten Stirnseite.

„Was hast du da?“, unterbrach er ihn.

Aber Herr Rauscher machte eine Abwehrbewegung. „Ach nichts. Jetzt lass mich einfach erzählen, dann erfährst du es schon.“

„Ja, verdammt!“, rief Rauscher. „Was zum Teufel ist passiert?“

Herr Rauscher holte Luft und setzte erneut an: „Als wir gerade aus dem Haus gekommen sind und ich Mäxchen ins Auto packen wollte, habe ich plötzlich einen Schatten von rechts bemerkt. Ich hab Mäxchen auf dem Arm getragen und Mutter hat die Autotür aufgehalten. Da hat mir jemand Mäxchen aus dem Arm gerissen und mich umgestoßen. Ich bin mit dem Kopf aufs Pflaster geknallt, daher kommt das Blut am Kopf. Ich hab wohl das Bewusstsein verloren, aber nur ganz kurz. Als ich wieder zu mir gekommen bin und hochgeschaut hab, hab ich noch jemanden wegrennen sehen. Die Person ist in ein Auto gesprungen und losgefahren.“

„Das darf doch nicht wahr sein!“, brüllte Rauscher.

Der schlimmste Albtraum aller Eltern war wahr geworden!

Er wandte sich an seine Mutter, deren ganzes Gesicht inzwischen tränenüberströmt war. „Hast du was gesehen?“

„Gesehen? Gesehen?“, jammerte sie. „Das ging alles so schnell.“

„Versuch dich zu erinnern, verflucht! War es ein Mann? Wie sah er aus?“ Als nach einer Weile immer noch kein Pieps über ihre Lippen gekommen war, packte er sie beim Schopf: „Du musst dich erinnern! Es geht um Mäxchens Leben!“ Doch diese Feststellung trug nicht dazu bei, Frau Rauscher zu beruhigen. Eher das Gegenteil trat ein. Ein Heulflash überkam sie. Sie fing an, heftig zu zittern und kriegte sich überhaupt nicht mehr in den Griff.

„Lasst uns reingehen!", fand Jana als Erste die Sprache wieder. „Hier draußen auf der Straße kann man keinen klaren Gedanken fassen."

Rauscher nickte. „In Ordnung. Los, beeilen wir uns! Jede Minute kann wichtig sein."

Jana drückte ihn an sich, als wolle sie ihm durch diese Berührung ihr Mitgefühl übertragen. Und obwohl er wusste, dass es eigentlich der falsche Zeitpunkt für eine Umarmung war, fühlte sich diese sehr gut an und er war ihr dankbar dafür. Jana stand an seiner Seite. Durch dick und dünn. Egal, was auch passierte. Er hätte heulen können vor Glück. Und vor Trauer darüber, nicht zu wissen, was mit Mäxchen los war.

Rauscher sah ihr in die Augen. Sie konnten aufeinander zählen. Vielleicht spürten sie schon jetzt, dass es die heftigste Zeit ihrer Beziehung werden würde.

Er löste sich von Jana, ging voran und betrat wieder das Haus.

Auf der ersten Stufe im Treppenhaus hatte er schon wieder den Schalter umgelegt und konnte nur noch daran denken, was in der Römerstadt passiert war. Ein Wort überfiel ihn, das sich sofort in seinem Gehirn einnistete: Supergau! Und er hatte das dumpfe Gefühl, dass der Albtraum gerade erst begonnen hatte.

Oben in der Wohnung schien Jana als Einzige den Überblick zu behalten. Als alle im Wohnzimmer versammelt waren und um den Tisch herum saßen, sagte sie leise: „Herr Rauscher. Schildern Sie bitte noch mal genau, wie alles abgelaufen ist." Jana versuchte, ihrer Stimme einen möglichst offiziellen Klang zu verleihen, ähnlich wie bei einem polizeilichen Verhör, um aus der Privatsphäre rauszukommen und etwas Distanz zum Geschehenen zu schaffen. Vielleicht half Vater Rauscher das auf die Sprünge.

„Ja, also ich ... ich weiß auch nicht ... Da war eben dieser Mann ..."

„Moment. Vermuten Sie nur, dass es ein Mann gewesen ist, oder haben Sie die Person als Mann erkannt?"

„Ich weiß es."

„Woran haben Sie das erkannt?"

„Er war ... groß, so bestimmt 1,80 Meter. Und er hatte Wucht, also Masse, oder wie man das nennt, das hat keine Frau. Seine Bewegungen, das war ... Also, es muss ein Mann gewesen sein."

„Haben Sie sein Gesicht erkannt?"

„Nein."

„Er hatte so ein Ding auf", mischte sich Frau Rauscher ein. „So ein schwarzes." Panik flutete ihre Stimme, sodass die Tonlage ständig stieg.

„Sie meint eine Sturmhaube", klärte Herr Rauscher auf.

„Aha, danke ... Dann hat Mäxchen sich bestimmt erschrocken und angefangen zu schreien."

„Nein."

„Komisch."

„Ich glaube, dieser Mann hat Mäxchen was in die Hand gedrückt, einen Lolli oder so. Da hatte er für nichts anderes mehr Augen."

„Cleverer Typ."

„Leider."

„Und dieser Mann ist also mit Mäxchen zu einem Auto gerannt?"

„Ja."

„Ist er selbst gefahren?"

„Nein. Er ist mit Mäxchen auf der Beifahrerseite eingestiegen."

„War der Fahrer des Wagens zu erkennen?"

„Nein. Durch die gespiegelten Scheiben war das Innere nicht zu sehen."

„Welches Fabrikat hatte das Auto?"

„Ich glaube, es war ein Audi, so ein A5 oder so."

„Nein, nein. Ein Mercedes“, widersprach Frau Rauscher.

„Gabriele, wenn ich es doch sage, es war ein Audi.“

„Okay, also eine große Limousine“, ging Jana dazwischen, bevor der Disput eskalierte, denn diese Phase war zu wichtig. Sie durften sich nicht in Streitereien verstricken. „Welche Farbe hatte das Auto?“

„Dunkel. Ich schätze, es war schwarz oder anthrazit oder so was.“

„Frau Rauscher, haben Sie das auch gesehen?“

„Ja, ja. Ein dunkles Auto war das.“ Sie wischte sich mit einem Tempo weitere Tränen, die unaufhörlich kullerten, aus den Augen.

Rauscher merkte, dass Jana seine Eltern ganz gut im Griff hatte. Er schaltete sich nicht ein, drängte jedoch mit einer Geste zur Eile.

„Ist ja schon gut“, sagte Jana. „Also eine große dunkelfarbige Limousine, die dann weggefahren ist.“

„Ja, sogleich. In ziemlichem Tempo“, fügte Herr Rauscher hinzu.

„Das Nummernschild? Haben Sie es erkennen können?“

„Nein, das ging zu schnell.“ Auch Gabriele Rauscher schüttelte betrübt den Kopf.

„Hat der Entführer etwas gesagt, während er Ihnen Mäxchen abgenommen und mit ihm zum Auto gerannt ist?“

„Nein!“, sagte Frau Rauscher.

„Doch!“, widersprach Herr Rauscher.

„Wie jetzt?“, konnte sich Andreas Rauscher nicht mehr beherrschen und war etwas lauter geworden als gewollt.

„Ich habe nichts gehört“, erklärte seine Mutter mit einiger Anstrengung.

„Aber ich“, gab sein Vater zurück. „Er hat mir etwas zugezischt, nur weiß ich nicht mehr ganz genau ... Also, es klang wie: Jetzt gibt er hoffentlich Ruhe!“

„Jetzt gibt er hoffentlich Ruhe?“

„So in etwa“, bestätigte sein Vater.

Jana und Rauscher warfen sich einen vielsagenden Blick zu.

„Himmel, Arsch und ... Wolkenbruch!“ Rauscher konnte seinen Ärger und seine Angst kaum noch im Zaum halten. „Denkst du das Gleiche wie ich?“, fragte er Jana.

„Sicher!“

Gabriele Rauscher war wie vor den Kopf geschlagen. Sie japste und keuchte schwer und bekam kaum noch Luft. Es schien, als sei sie kurz vorm Hyperventilieren.

„Alles klar, Mutter?“, erkundigte sich Rauscher.

„Was ... was soll die Frage? Nichts ist klar! Das ... das ist doch offensichtlich!“

„Ich meine mit deiner Atmung? Hast du Atembeschwerden? Soll ich einen Arzt rufen? Nicht, dass du mir umkippst!“

„Ach nichts, das geht schon. Ich sterbe eher vor Sorge um Mäxchen.“

„Das geht uns allen so!“

Sie wandte ihren Kopf nun abwechselnd zu Jana und Rauscher. „Ihr ... ihr ... wisst ... wer ...?“ In zusammenhängenden, vollständigen Sätzen zu sprechen, schaffte sie nicht mehr. Aber zumindest das Atmen schien ihr wieder etwas leichter zu fallen.

„Es ist nur eine Vermutung“, erklärte Rauscher.

„Für mich liegt es auf der Hand“, schaltete sich Jana wieder ein. „Es handelt sich um Lennart Friedrichs. Wir sind ihm auf der Spur im Schumann-Fall.“

„Schumann-Fall?“, hakte Herr Rauscher nach.

In kurzen Worten fasste Jana die Sachlage zusammen. Als Rauschers Eltern erfuhren, dass ihr Sohn suspendiert war, war das ein erneuter Tiefschlag. Dementsprechend bedröppelt schauten beide drein.

„Und wie geht's jetzt weiter?“, formulierte Karl-Heinz Rauscher die

Frage aller Fragen.

„Erst mal einen kühlen Kopf bewahren", meinte Jana. „Es hilft Mäxchen gar nichts, wenn wir in blinden Aktionismus verfallen."

Doch Rauscher konnte seine Gefühle nicht mehr zurückhalten. „Mäxchen ist entführt worden und der Täter will ...!" Er konnte den Satz nicht beenden. Das war auch nicht notwendig, denn alle am Tisch malten sich ihre eigene Fortsetzung aus.

„Du kannst noch so laut brüllen, das bringt ihn auch nicht wieder her und macht die Sache nicht besser", konterte Jana.

„Aber ich muss doch irgendwo hin mit meiner Wut ... mit ..."

„Konzentrier dich lieber! Wir müssen entscheiden, was wir jetzt tun. Und zwar rasch! Ich glaube, wir müssen die Polizei einschalten ... Die müssen eine Großfahndung einleiten."

„Mist!", rief Rauscher, diesmal nicht mehr ganz so laut. Er haderte mit sich und der gesamten Welt. „Wie soll ich das Markowsky erklären?"

„Wozu willst du das erklären? Es wird ihn nicht umbringen, wenn er erfährt, dass du weiter ermittelt hast."

„Das nicht, aber mein Job ..."

„Kein Aber!", fuhr Jana dazwischen. „Es geht hier um Mäxchen! Alles andere ist egal. Es wäre verantwortungslos, wenn wir Markowsky nicht informieren!"

26

Eine halbe Stunde später betrat Rauscher das Präsidium. Erneut empfand er es wie seinen persönlichen Gang nach Canossa. Schon der zweite in kurzer Zeit. Wieder ein Bittgang zu Markowsky. Der Chef musste ihm aus der Patsche helfen. Er war in seinem Leben schon in einigen beschissenen Situationen gewesen und hatte sich meist selbst aus dem Schlamassel befreit. Hier jedoch – und da musste er Jana unumwunden recht geben – wäre ein neuerlicher Alleingang fahrlässig. Er würde Mäxchens Leben aufs Spiel setzen. Das konnte und durfte er nicht riskieren. Zumal die Kripo in solchen Fällen ganz andere Möglichkeiten besaß, die ihm als suspendiertem Kripobeamten nicht zur Verfügung standen. Es war also keine Frage gewesen, ob er Markowsky und die Teamkollegen aufsuchen würde; es war lediglich eine Frage der Überwindung des eigenen Stolzes. Aber da das Leben seines Sohnes auf dem Spiel stand, war ihm tatsächlich alles andere egal. Auch die Konsequenzen, die die ganze Sache nach sich ziehen würde. Denn dass es die geben würde, stand für ihn felsenfest.

Als Rauscher im Präsidium ankam, fand er Krauses und Thalers Büro verwaist vor. Blieb noch der Besprechungsraum. Er hoffte innigst, dass die Kollegen noch keinen Feierabend gemacht hatten. Er fasste die Türklinke an, schickte ein kurzes Stoßgebet gen Himmel und öffnete die Tür einen Spaltbreit.

Krause und Thaler saßen am Tisch und hatten gerade mit drei weiteren Kollegen eine Besprechung. Sie drehten ihre Hälse Richtung Tür und starrten ihn an. Rauscher fiel ein Stein vom Herzen.

Als Rauscher eintrat, hätte man eine Stecknadel fallen hören können.

Allen im Raum konnte man ansehen, dass sie aufgrund von Rauschers Erscheinen mehr irritiert als erfreut waren. Niemand gab einen Mucks von sich oder bewegte sich auch nur einen Millimeter.

Rauscher wollte diese Starre nutzen. Das Überraschungsmoment hatte er ohnehin auf seiner Seite. Also preschte er ohne Begrüßung vor: „Mäxchen ist entführt worden!“

Seine lauten Worte hingen im Raum. Die Kollegen, die sowieso schon perplex waren, sahen plötzlich aus, als hätte jemand das Ende der Welt verkündet. Es war, als hörten sie alle eine fiktive Uhr ticken: tick, tack, tick, tack. Die Zeit lief. Und sie lief ab.

Krause war der Erste, der sich wieder rührte. Wohl auch, um einer schwerwiegenden Nackenstarre zu entgehen. „Wie jetzt?"

„Das ist eine lange Geschichte. Hier die Kurzform!"

Rauscher stellte sich vor den Besprechungstisch und fing gestenreich an, den Kollegen den Status quo zu erläutern. Er formulierte kurz und knackig, ließ jedoch nichts aus. Sein Besäufnis, Janas Suspendierung, ihre Verdachtsmomente, die Befragungen von Friedrichs, die Begegnung mit Corinna Schumann im Hotel und wie sie Friedrichs unter Druck gesetzt hatten. Schließlich zog er ein Fazit, das alle staunen ließ: „Ich bin sicher, dass Lennart Friedrichs und Corinna Schumann Mäxchen entführt haben!"

Angesichts dieser Fülle an Enthüllungen, die sämtlich unglaublich klangen, fiel es selbst den hartgesottensten und erfahrensten Kollegen nicht leicht, die Contenance zu bewahren.

„Du hast eigenmächtig ...?"

Weiter sprach Krause nicht, denn Rauscher fiel ihm ins Wort: „Was spielt denn das jetzt noch für eine Rolle? Es geht um Mäxchens Leben! Lasst uns lieber überlegen, wie wir vorgehen."

„Wenn Markowsky das hört, flippt er komplett aus!", konnte sich Thaler nicht verkneifen, das Gehörte zu kommentieren.

„Vergiss Markowsky!"

„Okay, okay!" Krause sprang auf. „Rauscher hat recht. Um den ganzen Scheiß können wir uns später kümmern. Jetzt müssen wir handeln. Ich veranlasse eine Großfahndung. Ingo, du musst aber auf jeden Fall Markowsky informieren. Wir benötigen jeden Mann. Das muss er genehmigen."

Rauscher wollte schon Einspruch erheben, betrachtete es jedoch kurz darauf als zwecklos. Ohne Markowsky würde er aus dieser Nummer nicht herauskommen. Und je früher der Chef informiert wäre, desto besser standen die Chancen, Mäxchen frühzeitig zu finden. Also hielt er die Klappe und ließ Thaler machen. Er ließ sich auf einen Stuhl fallen, stützte die Ellenbogen auf den Tisch und hielt sich beide Hände vor die Augen. Es war einer jener Momente, in denen die Verzweiflung eine erdrückende Kraft gewann. Umso dankbarer war er für Krauses Verhalten, denn der Kollege legte eine Hand auf seine Schulter.

„Wir finden ihn. Keine Sorge!", sagte Krause bestimmt.

„Danke!", flüsterte Rauscher.

27

Jana war mit Rauschers Eltern in Bockenheim geblieben. Die Stimmung in der etwa 100 Quadratmeter großen Altbauwohnung war wie auf einem Friedhof. Es herrschte Totenstille. Alle saßen reglos da. Niemand wagte etwas zu sagen. Jedes Wort schien überflüssig.

Bis sich Jana berappelte. „Ich gehe in die Küche und setze einen Kaffee auf", sagte sie und hatte sich bereits erhoben.

„Kann ich bitte einen Tee haben?", fragte Frau Rauscher. „Sonst kann ich nicht schlafen." Kaum ausgesprochen, wurde sie blass um die Nase. Es gab einen weiteren und viel wichtigeren Grund, warum ihr die nächtliche Ruhe heute abhandenkommen würde. Der hieß Mäxchen.

„Für mich auch bitte", sagte Vater Rauscher. „Am liebsten einen Kräuter- oder Früchtetee."

„Muss ich mal nachschauen, ob der Herr so was überhaupt zu Hause hat."

Im Küchenschrank fand sie eine Packung Pfefferminztee und brühte zwei große Tassen auf. Für sich machte sie eine Tasse Kaffee mit einem alten Keramikfilter, den sie ebenfalls im Küchenschrank entdeckt hatte.

Was Rauscher alles hatte, dachte sie, und wunderte sich etwas. Sie war neugierig, was im Präsidium vor sich ging, aber sie verbat sich, dort anzurufen. Es war noch zu früh. Sie wollte weder zur Last fallen noch die Einsatzbesprechung stören. Hoffentlich ging alles glatt. Sie setzte ihre gesamte Hoffnung auf eine erfolgreiche Fahndung.

Mit den Tassen auf einem Tablett, einer Zuckerdose und etwas Milch in einem Kännchen betrat sie kurz darauf wieder das Wohnzimmer und stellte alles auf dem Tisch ab. Sie schenkte den beiden älteren Herrschaften ein und erntete dankbare Blicke.

„So was aber auch!", sagte Frau Rauscher und schüttelte den Kopf. Ein paar Tränen liefen wieder über ihre Wangen. Sie wischte sie mit einem Tempo weg.

„Beruhig dich, Gabriele." Karl-Heinz Rauscher legte seine Hand auf ihre.

„Machen Sie sich nicht allzu viele Sorgen", meinte Jana. „Wenn die Fahndung erst mal läuft, finden sie Mäxchen. Solche Einsätze gab es schon Tausende. Das müsste schon mit dem Teufel zugehen ..."

Anhand der Blicke von Vater und Mutter Rauscher erkannte sie, dass ihre gutgemeinten Worte nicht unbedingt ihr Ziel erreicht hatten. In einer solchen Situation konnten nicht einmal die besten Ratschläge etwas bewirken.

Jana setzte sich und trank einen Schluck Kaffee. Autsch! Der war noch verdammt heiß und sie verbrannte sich den Gaumen. Sie seufzte. Die folgenden Stunden würden sehr unangenehm werden, das spürte sie. Die Stille war kaum noch auszuhalten. Eine Ablenkung wollte ihr nicht einfallen. Den Fernseher einzuschalten, traute sie sich nicht. Sollte sie wenigstens das Radio anmachen? Auch das schien ihr nicht unbedingt angebracht. Es half nur geduldiges Warten und die Hoffnung, Mäxchen möge möglichst schnell gefunden werden.

Das laute Klingeln des Festnetztelefons ließ alle zusammenzucken.

„Nanu?“, sagte sie. „Wer kann das sein?“

„Vielleicht Andreas?“, mutmaßte Frau Rauscher.

„Ich glaube, der würde mich auf dem Handy anrufen“, meinte Jana.

Das Klingeln fuhr erneut allen durch Mark und Bein.

„Wollen Sie nicht rangehen?“, fragte Gabriele Rauscher.

„Doch, doch.“ Sie erhob sich. Vielleicht war es doch Rauscher. Sie nahm das Gespräch an, was sie jedoch im nächsten Moment schon bitter bereute. Die Person, die sich meldete, war die letzte auf der ganzen Welt, mit der sie augenblicklich reden wollte.

„Hi, hier ist Elke ... Ist Andreas nicht zu Hause?“

Jana war in der Regel spontan, redegewandt und einiges gewohnt. Jetzt aber sackte ihr das Herz in die Hose. In der nächsten Sekunde prasselten Hunderte Fragen auf einmal auf sie ein. Warum hatte sie diesen verflixten Anruf nur entgegengenommen? Was sollte sie Mäxchens Mutter in dieser Situation sagen? Sie wusste es nicht. Fühlte sich überfordert. Alleingelassen. Sollte sie lügen? Aber was, wenn Mäxchen etwas passieren würde?

Auf keine einzige dieser vermaledeiten Fragen wusste sie eine halbwegs vernünftige Antwort.

Elke hatte es jedoch eilig. „Hallo! Warum sagen Sie nichts?“

Jana merkte erst jetzt, dass sie bisher nicht einen Ton von sich gegeben hatte. Sie berappelte sich. Aber mehr als ein geflüstertes „Äh ...“ brachte sie nicht über die Lippen. Sie musste irgendwie Zeit schinden, um sich eine Strategie zurechtzulegen.

„Wir kennen uns zwar nicht“, fuhr Elke fort. „Aber wir können uns doch eigentlich duzen, oder? Schließlich gehören wir beide ja zur Familie, hihi. Also, irgendwie jedenfalls.“ Jetzt war Jana baff und wusste gar nicht mehr, was sie sagen sollte. Doch eine Antwort Janas wartete

Elke gar nicht erst ab: „Kannst du bitte Mäxchen holen? Ich will ihn kurz mal hören. Und wenn er nur ‚Mama, Mama' sagt. Das würde mir schon reichen. Ich vermisse ihn total!"

Wir auch, dachte Jana, verdammt noch mal! Warum musste ausgerechnet sie in eine solche Situation geraten?

„Oder sind sie etwa wieder spazieren? Dann hätte ich ja wirklich Pech ...", hakte Elke nach.

Spazieren? Die Ausrede vom letzten Telefonat hatte Jana schon komplett vergessen. Und Pech war gar kein Ausdruck. Sie brauchte jetzt eine noch bessere Ausrede! Sie konnte doch Elke auf – wo war sie noch? – ach ja, auf Kuba, sie konnte ihr doch nicht am Telefon die schlimme Wahrheit sagen? Obwohl: Wenn später herauskäme, dass sie gelogen hatte, stand sie wie der Depp vom Dienst da. Also entschied sie sich für das Unvermeidliche. Die Worte kamen jetzt wie automatisch aus ihrem Mund.

„Mäxchen ist weg ... Also, wir gehen davon aus, dass er entführt worden ist ... ähm ... Andreas ist im Präsidium, um eine Großfahndung einzuleiten ... Mach dir keine Sorg..."

Weiter kam sie nicht, denn ein Schrei hätte ihr fast das Trommelfell zum Platzen gebracht.

„NEEEEEEIIIIIINNNNNN!", fegte es wie ein Hurrikan von einer Insel in der Karibik durch ihr Ohr in Bockenheim. „Sag, dass das nicht wahr ist!"

Hätte Jana gerne. Verdammt gerne sogar. Konnte sie jedoch nicht.

Sie spürte durchs Telefon, wie auf der anderen Seite der Erde einer Mutter der Boden unter den Füßen wegkrachte.

28

Thaler hatte inzwischen Markowsky aus seinem Büro geholt und schnell auf den neuesten Stand gebracht.

„Wir dürfen keine Zeit verlieren", erklärte der Chef der Frankfurter Mordkommission. Rauscher würdigte er dabei keines Blickes.

„Fahndung läuft schon", sagte Krause. „Die Frage ist: Was können wir hier tun?"

„Einiges", schoss es Rauscher durch den Kopf. Sofort sprach er es aus. Er konnte sich einfach nicht länger zurückhalten, obwohl er wusste, dass Markowsky innerlich kochte angesichts seines neuerlichen Alleinganges.

Der Chef konnte ihn nun nicht mehr länger ignorieren. Im Zeitlupentempo wandte er sich an seinen ehemals besten Mann, wie er Rauscher früher oft und gerne genannt hatte. Diese Zeiten schienen jedoch ein für allemal vorbei zu sein.

„Rauscher, wir sprechen uns noch. Darauf können Sie Gift nehmen. Normalerweise würde ich Sie augenblicklich aus dem Präsidium entfernen lassen, aber die Sache betrifft Sie persönlich. Was schlagen Sie vor?"

„Friedrichs ist im Steigenberger Airport abgestiegen, genauso wie Frau Schumann. Wir müssen prüfen, ob sie abgereist sind und wenn ja, wann. Außerdem müssten wir die Vergangenheit der beiden durchleuchten. Ich gehe momentan davon aus, dass sie seit geraumer Zeit eine Affäre haben und dass diese unmittelbar mit Herrn Schumanns Ableben zusammenhängen könnte. Ich betone: könnte!"

„Wie um Himmels willen kommen Sie eigentlich darauf?"

„Beide waren an jenem Samstag schon vor Schumanns Verschwinden in Frankfurt. Ein Fakt, der jedoch verschleiert wurde. Jedenfalls sind wir im Team immer davon ausgegangen, dass sie erst danach, also später am Abend, hier aufgetaucht sind. Das ist aber definitiv falsch."

„Klingt zwar plausibel, aber dahinter könnten auch ganz andere Gründe stecken."

Rauscher gab nicht klein bei, sondern holte ein wenig aus. „Kurz nachdem ich heute Friedrichs mit meinem Verdacht konfrontiert hab und ihm ordentlich auf die Pelle gerückt bin – ja, ich bin sogar so weit gegangen, ihn des Mordes zu bezichtigen – habe ich einen Drohanruf erhalten. Eine verzerrte Stimme wollte mir unmissverständlich klarmachen, dass ich meine Ermittlungen unverzüglich einstellen soll, andernfalls ... Also, er hat mir eben gedroht. Das Ergebnis sehen wir jetzt. Aber vielleicht gelingt es uns, den Drohanruf zurückzuverfolgen?"

„Guter Punkt", schaltete sich Krause ein. „Ingo, darum kannst du dich sofort kümmern, ja?"

„Okay. Dann brauche ich dein Handy, Andreas."

„Klar!" Rauscher reichte es ihm.

„Weißt du noch, wann du den Anruf erhalten hast?"

„Ja, das war heute um die Mittagszeit. Könnte so gegen 14 Uhr gewesen sein."

„Gut. Ich ziehe mich mal zurück."

„Dank dir, Ingo!", sagte Rauscher zu dem Kollegen, der eilig den Raum verließ.

„Was ist mit dem Fluchtauto?", wollte Krause wissen. „Gibt es da nicht mehr Details, damit wir die Fahndung weiter einschränken können?"

„Leider sind die Aussagen meiner Eltern widersprüchlich. Aber es ist auf jeden Fall eine schwarze oder anthrazitfarbene Limousine Marke Mercedes oder Audi."

„Das wissen die Kollegen bereits. Gut. Gibt es weitere Ansatzpunkte?"

„Haben wir die Möglichkeit, an DNA von Friedrichs und Frau Schumann heranzukommen?"

„Nur wenn wir einen DNA-Test bei beiden vornehmen, ne!", antwortete

Krause. „Aber den müssten wir bei der Staatsanwaltschaft beantragen – wie du weißt – und das halte ich bei der derzeitigen Sachlage für völlig aussichtslos. Wieso fragst du überhaupt?“

Rauscher schilderte in den nächsten drei Minuten seine Theorie vom Ablauf der Entführung, vom zwischenzeitlichen Aufenthalt der beiden im Ebbelwoikeller in Nied und von der späteren Ermordung Schumanns. Als er geendet hatte, fügte er hinzu: „Hätten wir die DNA, könnten wir ihnen den Mord vielleicht sogar nachweisen.“

„Haben wir aber nicht.“ Krause seufzte kurz. „Wir sollten uns jetzt darauf konzentrieren, Mäxchen wiederzufinden.“

„Da hast du recht“, pflichtete ihm Rauscher bei. „Volle Kanne sogar.“

In diesem Moment flog die Tür wieder auf und Thaler stand vor ihnen.

„Du hast eine SMS gekriegt“, sagte er an Rauscher gewandt und drückte ihm das Handy wieder in die Hand. Rauscher schaute aufs Display und las laut vor: „Hören Sie mit Ihren Ermittlungen auf, sonst wird es Ihnen verdammt leidtun!“

Rauscher plumpste nach hinten und ließ sich auf einen Stuhl fallen. Er konnte sich nicht mehr aufrecht halten. Als würde er die Balance verlieren. Es machte ihn total fertig, den Satz schwarz auf weiß zu lesen. Das war etwas anderes, als es sich nur vorzustellen. Jetzt hatten sie die endgültige Gewissheit, dass Mäxchen tatsächlich entführt worden war und dass der oder die Entführer Forderungen stellten.

Die Stille im Raum legte sich auf alle Gemüter und drückte die Stimmung ins Bodenlose. Allen war spätestens jetzt der schonungslose Ernst der Situation klar geworden. Jetzt gab es kein Zurück mehr. Es ging nur noch um die Frage, ob sie Mäxchen tot oder lebendig zurückbekamen. Zu viele Entführungen hatten sie im Laufe ihrer Polizeikarriere miterleben müssen. Immer war alles auf diese eine Frage hinausgelaufen: tot oder lebendig? Und wenn einer von ihnen dabei unmittelbar involviert war, wog die Sache noch hundertfach schwerer. Das war allen klar. Sie durften nicht ruhen. Keine Sekunde, damit sie sich sicher sein konnten, alles, aber auch wirklich alles, getan zu haben, um Mäxchens Leben zu retten.

„Ich klemm mich ans Telefon", sagte Krause, „und versuche, einen von den Verhandlungspartnern im Römer zu erwischen. Vielleicht kann ich in Erfahrung bringen, wann Friedrichs zuletzt gesehen wurde. Oder vielleicht wissen die auch, wo er sich aufhält."

„Gute Idee", stimmte Markowsky zu. „Wir müssen jetzt all unsere Kräfte bündeln."

Krause äußerte einen weiteren Gedanken: „Ich habe gerade noch mal über den Ablauf nachgedacht. Das sieht doch ganz danach aus, als ob der oder die Entführer nicht davon ausgehen, dass du zur Polizei gehst. Ist das nicht irgendwie merkwürdig?"

„Wieso?"

„Na ja, jeder normale Mensch würde doch in einem solchen Fall zur Polizei rennen. Und zwar auf der Stelle. Also meint der Entführer, dich zu kennen und deinen Charakter einschätzen zu können. Er weiß, dass du suspendiert bist, dass du Krach hier hast. Deswegen geht er davon aus, dass du allein weitermachen wirst."

„Sag ich doch. Es muss Friedrichs sein. Nur er weiß das alles. Und verdammt ...!" Rauscher ließ sich wieder rücklings auf einen Stuhl plumpsen und schlug sich mit der flachen Hand gegen die Stirn. Gerade war ihm etwas klargeworden.

„Was hast du?"

„Ich habe mit Friedrichs über Mäxchen gesprochen und dass er bei meinen Eltern ist."

„Du hast was?" Krauses Stimme überschlug sich.

„Ja, es ging um mich und meine Situation als Polizist. Damals konnte ich doch nicht ahnen, dass er ... Er hat sogar ein Bild von Mäxchen gesehen auf meinem Handy!" Rauscher schüttelte den Kopf, als ihm sein Fauxpas bewusst wurde.

„Das war nicht gut, aber wie dem auch sei ...", sagte Markowsky. „Wir müssen bedacht und äußerst konzentriert zu Werke gehen ... und Sie, Rauscher, Sie gehen jetzt nach Hause."

„Ich kann doch nicht zu Hause blöd rumhocken und Däumchen drehen", sprang Rauscher auf die Füße und war binnen einer Sekunde wieder auf hundertachtzig. „Während mein Sohn da draußen ..." Weiter sprach er nicht. Ihm versagten die Worte. Es war genauso unaussprechlich wie unausdenkbar, was er hatte sagen wollen.

„Herr Rauscher, spielen Sie hier nicht den wilden Zampano! Damit ist niemandem geholfen. Am wenigsten Ihrem Sohn. Das haben wir uns lange genug mit ansehen müssen. Jetzt müssen wir klug und besonnen handeln und – Entschuldigung, dass ich das in dieser Situation einmal sagen muss – dafür sind Sie gewiss nicht der richtige Mann. Wie man an Ihrer Reaktion eben gerade wieder wunderbar ablesen konnte. Auch wenn Sie unmittelbar in den Fall involviert sind ... Sie müssen der Kripo vertrauen! Sie kennen die Abläufe. Sie müssen Geduld aufbringen."

Rauscher wollte gerade zur Gegenrede ansetzen, als sich erneut sein Handy meldete. Der Klingelton zeigte Janas Nummer an. Da musste er rangehen.

„Hi, was gibt's denn?", dämpfte Rauscher seine Stimme, um ihr seinen derzeitigen Gemütszustand nicht am Telefon zu offenbaren. Doch Janas nächster Satz holte ihn rasch auf den Boden der Tatsachen zurück, denn er potenzierte die Komplikationen bis ins Unendliche.

Als Jana ausgesprochen hatte, klickte Rauscher das Gespräch weg und starrte wie gebannt in den luftleeren Raum. Plötzlich wirkte er völlig apathisch. Er stand reglos da wie Goethe auf seinem Denkmal auf dem

Goetheplatz, der nicht weit vom Börsenplatz, dem Fundort der Leiche, entfernt lag. Aber für diese Gedanken hatte er derzeit keinen Kopf.

Markowsky bemerkte zuerst Rauschers Zustand. „Was ist mit Ihnen? Alles in Ordnung?"

„Nichts ... äh ...", war alles, was Rauscher über die Lippen brachte. Stattdessen glotzte er weiterhin wie weggetreten vor sich hin.

„Wer um Himmels war das? Ich merke doch, dass etwas nicht stimmt!"

„Nein, äh, ja, ja ... Es ist nur ..." Rauscher versuchte verzweifelt, sich zu sammeln, aber der Nebel in seinem Kopf hielt sich hartnäckig. Es fiel ihm verdammt schwer, ihn zu durchdringen und wieder ins Hier und Jetzt zurückzukehren. Es dauerte noch eine Weile, bis er wieder einigermaßen gefasst war. „Das war Jana Kern."

Markowsky trat einen Schritt auf ihn zu. Sein Blick verriet seine Anspannung.

„Jana ist bei mir zu Hause mit meinen Eltern. Sie hat gerade einen Anruf entgegengenommen."

„Von wem? Nun reden Sie schon, Rauscher!"

„Von Elke ..."

„Frau Erb hat angerufen?"

„Ja, sie ist im Urlaub auf Kuba. Das ist ja der Grund, warum Mäxchen bei mir ist ... also war."

„Ja, und? Was hat Elke gesagt?"

„Sie wollte Mäxchen sprechen. Und da sie keine Ruhe gegeben hat, hat Jana ihr von der Entführung erzählt."

„Sie weiß also Bescheid." Markowsky sackte ungewollt in sich zusammen. Diese Nachricht traf ihn mehr, als er sich eingestehen wollte. Denn für diese Situation – mehrere tausend Kilometer entfernt zu sein, wenn der eigene kleine Sohn gerade entführt worden ist – kannte er nur einen Begriff: Albtraum!

„Schlimmer", sagte Rauscher wie zu sich selbst, „hätte es nicht kommen können!"

29

Rauscher hielt nichts mehr im Präsidium. Er musste schleunigst zu Jana und seinen Eltern zurück. Unterwegs malte er sich bereits die heillose Aufregung aus, die wegen Elkes Anruf in seiner Wohnung herrschen würde.

Doch davon war nichts zu spüren, als er eine knappe halbe Stunde später leise die Wohnung betrat. Seine Mutter stand in der Küche und kochte. Jana saß im Arbeitszimmer vorm Internet und recherchierte, während sein Vater im Wohnzimmer seelenruhig die Rundschau las. Sah nach Alltag aus; als hätte es die Ereignisse der letzten Stunden nie gegeben.

Eigentlich beruhigend, wäre ihm nicht sein eigener Gemütszustand quer gelaufen. Nach Janas Anruf stand er neben sich wie vielleicht niemals zuvor in seinem knapp vierzigjährigen Leben. Dass Elke Bescheid wusste, hievte Mäxchens Entführung auf ein neues Level. Wenn sie jetzt hier wäre, würde sie ihn sicher lynchen. Denn das Schlimmste war ihm auf der Fahrt nach Bockenheim endgültig klar geworden: Er war schuld daran! Warum in Dreiteufelsnamen hatte er Mäxchen bei seinen Eltern gelassen und warum hatte er mit Friedrichs über seinen Sohn gesprochen?

Wie lange es wohl dauerte, bis Elke hier aufschlagen würde, fragte er sich. Elke würde sicher alle Hebel in Bewegung setzen, um die nächste Maschine zu bekommen. Die Flugzeit berechnete er mit circa zehn Stunden, die Hinfahrt zum Flughafen und die Fahrt nach Bockenheim jeweils mit einer Stunde. Da er nicht wusste, wann der nächste Flug gehen würde, addierte er noch mal zwei Stunden dazu. Es blieben demnach grob überschlagen 14 Stunden, um Mäxchen heil wiederzufinden. Alles andere wollte und konnte er sich nicht vorstellen. Den Gedanken daran musste er verdrängen. Er würde ihn früher oder später ohnehin einholen. Rauscher fühlte sich mit einem Mal heillos überfordert.

„Habt ihr Hunger?", hörte er seine Mutter aus der Küche rufen.

„Was gibt's denn?", fragte sein Vater.

„Bratkartoffeln und Eier, dazu Tomatensalat."

„Klingt lecker!", sagte Jana.

„Ich hoffe, es klingt nicht nur so", erwiderte Frau Rauscher.

„Ich decke den Tisch." Jana kam aus dem Arbeitszimmer und wollte gerade in die Küche gehen, als sie merkte, dass Rauscher heimlich heimgekommen war und im Flur stand.

„Ach, du bist schon hier?"

„Ja, ich ..."

„Isst du was mit?"

Er nickte. „Ich hab's im Präsidium nicht mehr ausgehalten nach deinem Anruf ..."

„Sie finden ihn", sagte Jana, strich ihm über die Wange und gab ihm einen Kuss auf den Mund. „Und um das Thema Elke kümmern wir uns, wenn es akut wird. Okay?"

„Okay!"

„Dann lass uns den Tisch decken, komm!"

Sie nahm ihn an der Hand mit in die Küche, wo ihn Frau Rauscher begrüßte. „Gibt's was Neues?" Ihre Stimme zitterte.

Rauscher schüttelte betreten den Kopf. Konnte nichts sagen. Im Moment jedenfalls nicht. Wollte die Forderung der Entführer verschweigen, um keine zusätzliche Panik aufkommen zu lassen. Im Kreise der Familie war es noch schlimmer mit seinen Gefühlen. Sie überwältigten ihn, er fühlte sich machtlos. Er konnte sich nicht dagegen wehren und wusste nicht, wie er mit seinen Ängsten umgehen sollte. Das Einzige, was blieb, war die Hoffnung auf gute Nachrichten aus dem Präsidium. Hoffen, Bangen, Warten. Das hatte er noch nie leiden können. Dafür war er nicht geschaffen. Sinnlos rumzusitzen und zum Nichtstun verdammt zu sein. Das war nicht er. Das entsprach nicht seiner Denkweise. Er musste die Dinge selbst in die Hand nehmen. Nur wie?

Er war ratlos und beschloss, sich den Bratkartoffeln mit Eiern und einem Sauergespritzten zuzuwenden. Das hatte schon des Öfteren Wunder bewirkt.

Die nächsten dreißig Minuten aßen sie am runden Küchentisch. Und mehr als ein paar wenige Worte wie „Reich mir bitte mal die Pfanne" oder „Kann ich noch was von dem Salat haben?" wurde nicht gesprochen. Die Hausmannskost war jetzt genau das Richtige. Es war auch nicht bei einem Sauergespritzten geblieben. Rauscher leerte gerade den dritten, als sein Handy klingelte.

Automatisch hielt er den Atem an. Genau wie der Rest der Familie Rauscher. Jana legte ihre Hand auf seinen Oberschenkel. Ihre Augen strahlten Wärme aus.

„Rauscher", nahm er das Gespräch an und seine Stimme zitterte etwas.

„Hi, hier ist Ingo. Störe ich?"

„Du störst nie." Rauscher blickte in die Runde. Alle Augen waren wie gebannt auf ihn gerichtet. Seine Mutter atmete wieder schwer, sein Vater nahm ihre Hand in seine. „Gibt's was Neues?"

„Ja. Die Fahndung ist abgeblasen."

„Abgeblasen?" Rauscher wäre am liebsten durch die Decke gesprungen. „Wieso denn das?"

„Friedrichs ist nicht abgereist. Er ist noch in der Stadt. Wir haben ihn aus einer Sitzung im Römer rausgeholt und ins Präsidium bringen lassen. Er war total sauer wegen seiner Verhaftung."

„Der Popanz soll sich nicht so aufspielen, verdammt!"

„Er hat sofort alles abgestritten und uns übelste Konsequenzen angedroht."

„Das werden wir noch sehen, wer hier welche Konsequenzen zu befürchten hat."

„Und noch was: Frau Schumann ist noch auf freiem Fuß. Ein paar Kollegen suchen sie. Im Hotel war sie jedenfalls nicht. Und ans Handy geht sie auch nicht ran."

„Okay, und jetzt?"

„Wir werden Friedrichs verhören."

„Ihr müsst ihn zum Reden bringen!" Rauscher schlug mit der flachen Hand auf den Tisch.

„Er wird schweigen wie ein Grab". Thalers Stimme klang deprimiert. „Da muss man realistisch sein. Er liefert sich ja nicht selbst an den Galgen."

„Das heißt, wir brauchen Beweise, sowohl für die Entführung als auch für den Mord an Schumann. Was ist mit der Rückverfolgung des Drohanrufs und der SMS, die ich bekommen habe?"

„Sie stammen beiden vom selben Prepaid-Handy. Die Nummer war unterdrückt. Das Handy ist jetzt aus. Könnte jeder benutzt haben."

„Mist!" In Rauscher zerbrach etwas. Das war seine große Hoffnung gewesen.

„Das können wir uns abschminken, Andreas! Der Typ ist clever und mit allen Wassern gewaschen!"

Rauscher versuchte, weiter zu wühlen. „Hast du was über seine Beziehung mit der Schumann herausgefunden?"

„Noch nicht. Leider hab ich fast schon alle Quellen angezapft, die wir zur Verfügung haben. Wenn die beiden tatsächlich eine Affäre hatten ..."

„Das steht fest, Ingo!", unterbrach ihn Rauscher und schlug mit der Hand auf den Tisch. „Daran gibt es überhaupt keinen Zweifel!"

„Beruhige dich, Andreas, und flipp nicht gleich aus, wenn dir was nicht in den Kram passt. Das bringt jetzt niemandem was, außer vielleicht dem Entführer ... Also, wenn sie tatsächlich zusammen waren, dann waren sie verdammt vorsichtig."

„Wir haben doch dieses Bild im Internet gefunden, von diesem Empfang ..."

„Ja, aber erstens ist es das einzige Foto, auf dem beide drauf sind, und zweitens kann man das immer so auslegen, dass eben beide zu diesem offiziellen Termin eingeladen waren und nur zufällig zusammen aufgenommen wurden. Da lässt sich leider nichts rausholen."

„Recherchierst du trotzdem weiter?"

„Klar doch, aber ich brauche Zeit ..."

„In Ordnung", klang Rauscher besänftigt. „Sonst noch was?"

„Vorerst nicht. Ich melde mich wieder, sobald es Details aus dem Verhörraum gibt."

„Kann ich was tun?"

„Ich denke, es ist jetzt das Sinnvollste, wenn du versuchst, die Bälle flach zu halten."

„Ich geb mir Mühe", antwortete Rauscher und stieß einen tiefen Seufzer aus.

„Alles klar, bis dann."

Rauscher klickte das Gespräch weg, legte das Handy vor sich auf den Tisch und schaute in die Runde.

„Friedrichs ist noch in der Stadt. Er wird gerade verhört. Frau Schumann ist noch nicht aufgetaucht. Nach ihr wird weiter gefahndet."

„Gibt es neue Erkenntnisse?", erklang zaghaft Janas Stimme.

Rauscher schüttelte den Kopf. „Es hängt alles von Friedrichs Aussage ab. Leider. Ich habe so gehofft, die Nummer rückverfolgen zu können."

„Und?"

„Keine Chance."

Die Enttäuschung saß tief, das spürte Jana. Sie wollte ihn aufbauen. „Ingo findet was, mach dir mal keine Sorgen. Irgendwas, womit wir ihn überführen können."

„Ja, ja, ja ... Ist ja schon gut. Aber ich kann jetzt schon die Hinhalteparolen von Ingo und Krause nicht mehr hören. Was ist, wenn wir nichts finden?"

„Denk erst gar nicht an so was."

„Mache ich aber. Vielleicht bin ich so veranlagt. Vielleicht muss ich es selbst in die Hand nehmen."

„Andreas, du verschlimmerst nur alles!"

„Was gibt's denn da noch zu verschlimmern?", schrie er plötzlich los.

Jana schaute ihn aus traurigen Augen an. „Du musst deine Emotionen in den Griff kriegen. Das ist wichtig in dieser Situation."

„Ist mir auch klar", sagte er. Seine Stimme war immer noch so laut, dass sie in der gesamten Wohnung zu hören war.

„Komm mal wieder runter!" Sie nahm seine Hand und streichelte den Handrücken.

„Ich bin schon ganz unten."

„Dann mach den Abwasch", mischte sich Frau Rauscher ein. „Das erdet!"

„Gute Idee", sagte er und erhob sich. „Ich muss mich ablenken. Und ihr verkrümelt euch. Die Küche ist mein Reich. Ich will die nächste halbe Stunde keinen von euch da drinnen sehen."

Rauscher sammelte die vier Teller ein. Das restliche Geschirr räumten Elke und Frau Rauscher ab und stellten es in die Spüle. Doch dann verdrückten sie sich.

Etwa vierzig Minuten später war die Küche blitzeblank. Rauscher war dankbar, eine Weile abgelenkt gewesen zu sein. Allerdings hielt die

Ablenkung nicht lange vor. Die Vorstellung, dass Mäxchen irgendwo eingesperrt war und vielleicht große Angst hatte, ging ihm sehr nahe. Die Schuldgefühle ließen sich nun nicht mehr verdrängen. Er war ihnen hilflos ausgeliefert. Jede Minute, die verrann, war eine Minute zu viel und konnte noch mehr Unheil bringen. Es gelang ihm nicht, die Selbstvorwürfe von sich fernzuhalten und das Unsagbare nicht zu denken. Er wusste, dass die nächsten Stunden ohne Neuigkeiten aus dem Präsidium sehr hart werden und ihn mürbe machen würden. Konnte er dagegen etwas unternehmen? Nicht viel. Ihm waren in gewisser Weise die Hände gebunden. Er schien in einer Sackgasse zu stecken. Oder vielleicht doch nicht? Konnte er doch etwas tun, damit ...

Ein Klingelton unterbrach seinen Gedankengang. Hoffentlich Thaler, dachte er, doch ein Blick aufs Display ließ das Blut in seinen Adern gefrieren. Für einen Moment musste er die Augen schließen und kräftig durchatmen. Es war Elkes Nummer. Seine Ex konnte er jetzt am allerwenigsten gebrauchen, aber es blieb ihm nichts anderes übrig. Er hätte es ihr nicht antun können, den Anruf wegzudrücken.

„Hier ist Andreas“, sprach er in bewusst ruhiger Tonlage.

Flughafengeräusche drangen durchs Telefon.

„Was ist mit Mäxchen?“, schrie Elke.

„Ich weiß es nicht.“

„Sag mir, dass es ihm gut geht!“

„Ich ... Elke, wir sind dran. Der Hauptverdächtige sitzt im Präsidium. Mehr kann ich dir momentan leider nicht sagen.“

„Wie kannst du nur so ruhig bleiben?“ Eine Mischung aus Wut und Schmerz schlug ihm durchs Telefon entgegen.

„Ich ...“

„Ich bin so außer mir!“

„Ich weiß.“

„Du weißt gar nichts! Und ich weiß nicht, was ich sagen soll."

Dann sei einfach mal still, dachte Rauscher, kommentierte jedoch die letzte Bemerkung mit: „Geht mir genauso."

„Ich bin jetzt am Flughafen, aber wir haben etwas Verspätung."

„Aha."

„Warum bist du überhaupt zu Hause?"

„Ich bin suspendiert ... Ist eine lange Geschichte."

„Soweit musste es ja mal kommen! Wie ich dich kenne, steckt da noch viel mehr dahinter. Andreas, was ist eigentlich los mit dir?"

„Nichts. Elke, ich ..."

„Wenn ich das meinem Vater erzähle", unterbrach sie ihn schroff. „Der rastet aus."

„Elke, bitte ... Kannst du nicht warten, bis ..."

„Bis wann?", schrie sie in den Hörer. „Ich kann dir nur eins sagen: Wenn Mäxchen was passiert, wenn ich ihn vielleicht nie wiedersehe, dann ..."

Die letzte Mutmaßung weckte Zorn in Rauscher. Er fühlte sich zutiefst angegriffen. „Jetzt mal den Teufel nicht an die Wand!", sagte er mit empörter Stimme. „Natürlich siehst du ihn wieder! Wir finden ihn!"

„Und ich schwöre dir jetzt schon eines: Wenn ich Mäxchen wiederhabe, wirst du ihn nie wieder allein bekommen. Nie wieder! Und wenn ich bis zum Verfassungsgericht gehen muss."

„Elke, jetzt hör aber mal ..."

„Du hättest besser auf ihn aufpassen müssen!", fuhr sie ihn wie eine Furie an.

„Das bringt doch jetzt nichts, Elke", unterbrach er sie wieder. Das Letzte, was er momentan gebrauchen konnte, waren zusätzliche Schuldzuweisungen und Vorwürfe. Die machte er sich schon selbst genug. Wenn Mäxchen etwas passieren würde, wäre es das Ende von allem. Das stand fest.

Im Hintergrund war der Aufruf zum Boarding zu vernehmen. „Ich muss jetzt ... Wir sehen uns!“, würgte Elke ohne Verabschiedung das Gespräch ab.

Rauscher war froh, nicht weiter mit ihr reden zu müssen, stand jedoch gleichzeitig wie festgeschraubt am Fenster. Seine Augen blickten ins Leere. Er war wie paralysiert nach diesem Anruf. Und es würde noch schlimmer kommen. Bald würde Elke leibhaftig vor ihm stehen. Was dann?

Er konnte es sich nicht mehr leisten, nichts zu unternehmen. Elkes Vorwürfe malträtierten ihn und seine Seele weiter. Und wenn sie erst erfahren würde, dass er mit Friedrichs über Mäxchen gesprochen und ihn damit auf seine Spur gebracht hatte, dann ... Das wollte er sich gar nicht ausmalen. Sie würde ihn in der Luft zerreißen. Soweit durfte er es nicht kommen lassen. Zumal sie ja Friedrichs in der Mangel hatten. Es käme also nur darauf an, ihn zum Reden zu bringen.

Und schon hatte er einen Plan.

Er flitzte aus der Küche ins Wohnzimmer.

„Wer war das?“, fragte Jana.

„Elke. Sie ist am Flughafen und fliegt jetzt nach Frankfurt.“

„Sie macht sich natürlich Sorgen.“

„Wie wir alle. Und genau deshalb fahre ich jetzt ins Präsidium.“

„Andreas!“ Die Tonlage seiner Mutter verriet, dass sie über diesen Schritt nicht erfreut war. „Du hast wieder Hummeln im Arsch!“

„Schon immer gehabt ... Ich kann einfach nicht tatenlos hier rumsitzen ... Das macht mich verrückt ... Ich bin einfach so ...“

Er winkte ab, ging hinaus in den Flur und schnappte sich eine Jacke von der Garderobe.

Jana folgte ihm. „Soll ich dich begleiten?“

„Ich weiß nicht ... Was meinst du?“

„Ich auch nicht.“

„Und meine Eltern?"

„Ich bin nicht deren Kindermädchen", flüsterte sie.

„Es wäre sicher gut, wenn jemand bei ihnen bliebe. Ich meine, du müsstest ja nicht Händchenhalten und dich jede Sekunde um sie kümmern ..."

„Schon gut. Ich verstehe. Kein Problem für mich. Im Präsidium würde ich auch nur rumhocken. Außerdem bin ich dort kein gern gesehener Gast ..."

„Persona non grata, genau wie ich." Er lächelte. „Wieso ist es soweit gekommen?"

Sie zuckte die Achseln. „Keine Ahnung! Ist mir auch zu anstrengend, jetzt darüber nachzudenken."

„Okay." Er küsste sie lange auf den Mund. „Ich meld mich, sobald sich etwas tut."

„Mach das!" Als er sich umwandte, klopfte sie ihm zart auf den Po. „Versprich mir, dass das alles bald ein Ende haben wird. So ein stinknormales Leben, ohne dass immer was passiert ... Das wär doch auch mal schön."

„Ich versprech's!", sagte Rauscher. „Und danke, dass du für mich da bist."

„Dafür brauchst du dich weiß Gott nicht zu bedanken."

Er drückte sie noch einmal fest, küsste sie zum Abschied auf die Stirn und verschwand aus der Wohnung.

30

Ingo Thaler stand vor der Scheibe des Verhörzimmers und beobachtete von draußen, wie Jan Krause versuchte, Lennart Friedrichs unter Druck zu setzen. Bislang erfolglos. Schumanns Assistent hatte alles abgestritten, sowohl Mäxchens Entführung als auch den Mord an Schumann. Er sei nie im Keller in Nied gewesen, in dem Schumann festgehalten worden war. Er wisse überhaupt nichts von einem Keller. Und mit Mäxchens Entführung habe er schon gleich gar nichts zu tun. Friedrichs war ein gewiefter Hund, rhetorisch begabt, man konnte ihn nicht so leicht aufs Glatteis führen. Es würden harte und zähe Verhörstunden werden, befürchtete Thaler und seufzte. Und das Schlimmste: Der Ausgang war völlig offen. Wenn sie ihn nicht weichklopfen konnten und er weiterhin schweigen würde, hatten sie nichts gegen ihn in der Hand. Nicht den geringsten Beweis.

Außer Spesen nichts gewesen, dachte er gerade, als Andreas Rauscher um die Ecke gestürmt kam. Thalers Augen weiteten sich.

„Ehrlich gesagt, dich hab ich hier am wenigsten erwartet", sagte er und plusterte sich auf wie ein Pfau, als Rauscher unmittelbar vor ihm zum Stehen kam. „Was willst du?"

Trotz der miesen Gesamtlage und allem, was geschehen war, konnte sich Rauscher ein Grinsen nicht verkneifen. Thalers Habitus war zum Schreien komisch. „Hat Krause schon was aus ihm rausgeholt?"

Thaler schüttelte verlegen den Kopf, während seine Augen einen aggressiven Glanz annahmen. „Sonst wüsstest du es doch längst."

„Schau nicht so böse! Ich halt es zu Hause einfach nicht aus ... Ich musste herkommen, um mich über den Stand der Dinge zu informieren."

Rauscher wandte sich der Scheibe zu und beobachtete für einen Moment Krause und sein Gegenüber im Verhörzimmer. Der Dialog wurde per Mikro nach draußen übertragen. Beide Stimmen waren deutlich zu hören.

„Sie behaupten also immer noch, nicht zu wissen, wo sich Andreas Rauschers Sohn aufhält?", fragte Krause in diesem Augenblick.

Friedrichs seufzte tief. „Wie oft hatten wir das jetzt? Im Übrigen möchte ich jetzt sofort meinen Anwalt sprechen. Bisher war ich bereit, mit Ihnen zu kooperieren. Aber jetzt wird's mir zu bunt!“

„Gerne. Sie können ihn sofort anrufen. Ist er hier in Frankfurt?“

„Ja, es ist der Anwalt unserer Partei. Ich kenne ihn gut.“

„Okay, nur noch eine Frage zuvor ...“

Rauscher blickte Thaler wutentbrannt an. „Jan fasst dieses Schwein mit Samthandschuhen an, das geht doch so nicht ... Er muss mehr Druck machen, sonst sagt der nie was!“

„Andreas, genau das meine ich. Hektik ist kein guter Ratgeber. Warum lässt du uns nicht einfach unseren Job machen?“

Rauscher wollte gerade etwas entgegnen, entschied sich aber anders. Er preschte vor und wollte ins Verhörzimmer stürmen, doch Thaler witterte die Gefahr. Kurz bevor Rauscher die Türklinke erreicht hatte, drängte ihn Thaler ab, verstellte ihm den Weg und ließ ihn nicht passieren. Er hob die Arme und stieß ihn mit beiden Händen zurück.

„Lass mich durch!“, brüllte Rauscher.

„Keine Chance!“

„Herrgott, Ingo! Was ist dein Problem?“

„Ich hab keins, aber du, wenn du da rein gehst. Und deshalb werde ich dich dran hindern.“

„Du weißt genauso gut wie ich, dass dieses Arschloch da drin Mäxchen hat. Und ich werde es aus ihm rausprügeln.“

„Eben aus diesem Grund bleibst du schön hier draußen. Das kann ich nicht verantworten. Da gibt es keine Widerrede. Du kommst nicht mal in seine Nähe, es sei denn, du setzt mich außer Gefecht. Aber eins verspreche ich dir: Sobald du anfängst, Rabatz zu machen, lasse ich dich abführen.“

Rauscher schnaubte. „Ingo, auf welcher Seite stehst du eigentlich?“

„Das weißt du genau. Aber lass es lieber nicht drauf ankommen!“

In diesem Moment öffnete sich die Tür des Verhörzimmers und Krause trat heraus.

„Er telefoniert jetzt mit seinem Anwalt“, sagte der Kommissar und stutzte in der nächsten Sekunde, als er Rauscher sah. „Nanu?“

„Nix nanu!“, konterte Rauscher. In seinen Augen schimmerte die blanke Wut.

„Du hast uns gerade noch gefehlt!“

Friedrichs bekam den Tumult offensichtlich mit und rief: „Tür zu! Ich verstehe ja mein eigenes Wort nicht.“

Dieser eine Satz brachte Rauscher zur Weißglut. „Lasst mich endlich da rein. Ich muss ihn mir vorknöpfen.“

Krause beeilte sich, die Tür zu schließen, doch Rauschers letzte Worte waren bis zu Friedrichs gedrungen, der nicht zögerte zu erwidern: „Halten Sie mir bitte diesen Irren vom Leib! Was macht der eigentlich hier? Er ist doch suspendiert!“

„Ich bringe Sie um!“, plusterte sich Rauscher auf. „Das schwöre ich Ihnen! Wenn Mäxchen etwas passiert, sind Sie fällig.“

Krause stellte sich breitbeinig vor die geschlossene Tür. Er packte Rauscher grob am Oberarm und schob ihn schweigend vor sich her. „Bleib du bei Friedrichs“, rief er Thaler zu, der sofort nickte.

31

„Du hast es vermasselt!“, rief Krause voller Zorn, als er fünfzehn Minuten später sein Büro betrat, wo er Rauscher zwischenzeitlich geparkt hatte. Dieser wartete bereits ungeduldig auf ihn. „Friedrichs hat die Aussage auf Anraten seines Anwaltes komplett verweigert. Dabei war ich kurz davor, ihn dazu zu bewegen ...“

„Ich kann doch nicht so tun, als ginge mich die ganze Sache nichts an!“ Rauscher fegte mit der flachen rechten Hand ärgerlich über die

Schreibtischoberfläche und erwischte einige Papiere, die kurz darauf auf den Boden segelten.

„Einsicht ist echt ein Fremdwort für dich, ne!" Krause ließ sich auf einen Stuhl plumpsen und kratzte sich an der Glatze.

„Wenn es um deinen Sohn ginge, würdest du es doch auch auf eigene Faust probieren. Jedenfalls hättest du keine ruhige Sekunde mehr."

„Aber du musst doch endlich mal einsehen, dass du damit Mäxchens Leben gefährdest. Kapierst du das eigentlich nicht? Wenn Friedrichs – oder wer auch immer Mäxchen entführt hat – spitzkriegt, dass du weiter hier drinhängst und ermittelst, dann ..." Er sprach nicht weiter.

Alles war gesagt.

Rauscher stand auf. Er wirkte deprimiert. „Was schlägst du vor?"

Krause sah ihn an. „Wir werden ihn wieder laufen lassen müssen, weil wir bislang nichts Konkretes gegen ihn in der Hand haben ..." Rauscher wollte gerade protestieren, aber Krause vollendete seine Gedanken. „Aber dann werden wir ihn observieren. Vielleicht führt er uns zu Mäxchen. Das ist der Plan. Und du wirst mir versprechen, dich nicht wieder einzumischen."

„Versprochen", sagte Rauscher und klopfte Krause auf die Schulter.

Er wollte gerade das Büro verlassen, als die Tür aufflog. Thaler stand leicht außer Atem vor ihnen und verkündete die neuesten Entwicklungen. „Friedrichs hat einen solchen Alarm gemacht, dass sein Anwalt alle Hebel in Bewegung gesetzt hat. Das muss bis in höchste politische Kreise gegangen sein. Die haben sofort interveniert. In Kürze schlagen hier Staatsanwalt Konetzke und Polizeipräsident Zimmermann auf. Und natürlich Friedrichs Anwalt. Markowsky ist außer sich und wird sicher gleich ausflippen."

Krause kochte innerlich, hielt seine Gefühle jedoch im Zaum und versuchte nach außen hin cool zu wirken. „Danke für die Info, Ingo.

Ich komme gleich. Und du bleibst hier“, wandte er sich an Rauscher. „Ich will dich da draußen nicht sehen, wenn die Herren aufmarschieren. Kapiert?“

Rauscher ließ sich nicht so einfach abwimmeln. „Ja, ja, ja ... Aber verklickere denen, dass ich nicht gewillt bin, auch nur einen Millimeter nachzugeben. Wir müssen Friedrichs festnageln. Er hat Mäxchen entführt, daran kann es überhaupt keinen Zweifel geben.“

„Ja, ja, ja“, äffte Krause Rauscher nach. „Aber jetzt ist nicht der richtige Zeitpunkt, um eine Revolte anzuzetteln. Wir müssen klug und bedacht vorgehen, sonst geht uns Friedrichs durch die Lappen.“

„Du glaubst doch nicht, dass ich jetzt kusche, nur weil die hohen Herren hier auflaufen. Nee, nee, nee, da haben die sich geschnitten. So läuft das nicht. Wir müssen Druck machen!“

„Du machst gar nichts“, antwortete Krause, trat aus der Bürotür und zog sie hinter sich zu. Im nächsten Moment hörte Rauscher, wie sich ein Schlüssel drehte. Krause hatte ihn eingeschlossen.

„Ich glaub mein Schwein pfeift!“, rief Rauscher, aber statt wieder auf die Barrikaden zu gehen, versuchte er sich zusammenzureißen. Er ließ sich auf einen Stuhl fallen und atmete eine Weile tief durch.

Kurz darauf rieb er sich die Schläfen, denn er spürte einen Anflug von Kopfschmerz in seiner vorderen Schädelhälfte.

Krause hatte natürlich recht. Wenn er weiterhin stur bliebe, würde der Weg automatisch ins Verderben führen. Markowsky hatte ohnehin schon zugemacht. Konetzke und Zimmermann hatten noch nie die unbequemen Wege beschritten. So waren sie nicht geschnitzt. Stattdessen zogen sie stets die diplomatische Karte, setzten auf Verhandlungen und taktisches Vorgehen.

Was blieb Rauscher übrig? Warten. Hoffen. Geduld haben. Na bravo! Wieder einmal seine Lieblingsdisziplinen.

Er schnaufte durch und entdeckte auf Krauses Tisch eine Kaffeekanne. Bitte lass sie voll sein, dachte er. Er nahm sie hoch und schüttelte. Halbvoll. Zum Glück. Im Wandschrank fand er eine Tasse und schenkte sich ein. Schon der erste Schluck holte ihn etwas runter. Seine Wut verlosch. Stattdessen breitete sich Niedergeschlagenheit aus. Warum war der Fall so eskaliert? Hatten sie diese Misere seiner Eigenwilligkeit und Sturheit zu verdanken? War er zu weit gegangen?

Sein ganzes Leben lang war Rauscher immer pflichtbewusst gewesen. Er hatte seinen Job ordentlich und gewissenhaft gemacht. Und er hatte ihm alles andere untergeordnet. Auf der Strecke geblieben waren dabei seine privaten Belange: Beziehungen, Freunde und Familie. Der Kontakt zu seinen Eltern und besonders zu Mäxchen hatte gelitten. Seit er Jana kannte, hatte sich einiges geändert. Er setzte plötzlich andere Prioritäten. Das war nicht unbedingt förderlich für den Job. Er war sogar suspendiert worden. Was würde als Nächstes kommen?

Jetzt saß er hier, nachdenklich und irgendwie auch ausgelaugt. Die Sorge um Mäxchen schwappte wieder in sein Herz. Während die Sesselfurzer drüben im Verhörraum irgendeinen beschissenen Deal aushandelten – denn damit rechnete er fest – saß der kleine Rauscher an einem unbekannten Ort. Wie ging es ihm? Bei diesem Gedanken schien sein Herz zu zerreißen. Er sprang auf und lief durchs Zimmer. Als er am Fenster vorbeikam, fiel sein Blick in den Innenhof des Präsidiums. Die Sonne war hinter den Wolken herausgekommen, spiegelte sich in den gegenüberliegenden Fenstern und verwandelte die monotone Fassade des Gebäudes in ein bunt leuchtendes Mosaik.

Er erkannte eine kleine Menschentraube und mittendrin Krause. Der langaufgeschossene Kollege mit der Glatze war nicht zu übersehen. Nanu? Was machte er dort? Die Frage war jedoch überflüssig, denn neben ihm liefen Markowsky, Thaler, Zimmermann und Konetzke. Des Weiteren sah er einen Mann, den er nicht kannte, der seinen Stand jedoch durch seinen teuren Anzug verriet. Das musste Friedrichs Anwalt sein. Und tatsächlich: Jetzt sah Rauscher auch den EU-Politiker, der ohne Handschellen mit den anderen über den Hof spazierte.

Plötzlich begannen alle, sich die Hände zu schütteln. Ein breites Grinsen huschte dabei über Friedrichs Gesicht. Er wirkte sehr zufrieden. Ähnliche Gefühle strahlte der Anwalt aus, während die Polizeiriege eher betroffen dreinblickte. Die Mitglieder seines Teams machten den unglücklichsten Eindruck von allen. Markowsky ließ sich überhaupt nicht ins Herz schauen, sondern verkörperte die Besonnenheit in Person. Zimmermann und Konetzke schienen erfreut über die Entwicklung, die der Fall genommen hatte. Der Ausdruck ihrer Gesichter verriet, dass sie größerem Ärger noch einmal ausgewichen waren und dass sie genau das angestrebt hatten.

In diesem Moment zerbrach der letzte Anker in Rauscher. Etwas würde sich nicht mehr kitten lassen. Das spürte er genau. Seine Beine drohten wegzusacken. Er musste sich wieder setzen. Tief in seinem Inneren fühlte er einen brachialen Schmerz, der stetig zunahm. Die Szene draußen im Innenhof fühlte sich an wie ein Verrat, den er mit eigenen Augen beobachten musste. An ihm und vor allem an Mäxchen. Das konnte und würde er ihnen nicht durchgehen lassen.

Nein, das durfte nicht sein.

Statt klein beizugeben würde er nun zum Generalangriff übergehen. Klein beigeben wäre vielleicht früher mal eine Option gewesen, aber diese Zeiten waren vorbei.

All das war ihm jedoch in diesem Moment gleichgültig. In seinem Gehirn gab es nur noch Platz für einen Gedanken: Wie kriege ich Mäxchen zurück? Er musste die Zügel wieder selbst in die Hand nehmen. Er wollte nur noch eines: sein eigen Fleisch und Blut retten. Und niemand würde ihn davon abhalten.

Er ist am Leben, sagte er zu sich selbst. Das spüre ich!

Als sich einige Minuten später der Schlüssel im Schloss drehte, war er erfüllt von einem weiteren Gedanken: Im Leben gibt es nichts umsonst. Irgendwann bekommt jeder seine Rechnung präsentiert. Wessen Zahltag war nun gekommen?

Die Hoffnung, es möge die Richtigen erwischen, hielt ihn in der Spur. Er war wieder auf der Jagd.

Kapitel 3

Abrechnung

32

Wortlos und ohne Krause auch nur eines Blickes zu würdigen, verließ Rauscher das Büro. Der Kollege versuchte erst gar nicht, ihn aufzuhalten. Es wäre zwecklos gewesen. Den ersten Stopp legte er an seinem Wagen ein. Hier schnaufte er noch einmal tief durch. Er musste zu Hause anrufen, um Jana zu informieren.

„Andreas, endlich rufst du an“, meldete sie sich. „Wir haben es kaum mehr ausgehalten.“

„Ich ... ich wollte schon früher ...“

„Habt ihr was aus Friedrichs rausgekriegt?“

„Leider nein. Auf Druck seines Anwaltes haben sich Zimmermann und Konetzke eingeschaltet ... Sie mussten ihn laufen lassen. Fehlende Indizien, jedenfalls keine handfesten. Und somit keine Berechtigung, Friedrichs weiter festzuhalten.“

„Oh nein!“

„Oh doch!“

„Großer Mist!“

„Du sagst es.“

„Was hast du jetzt vor?“

„Ich hefte mich an seine Fersen. Das ist unsre einzige Chance ...“

„Aber sei vorsichtig!“

„Klar. Keine Sorge.“

„Brauchst du Hilfe?“

„Danke, aber ich glaube, momentan ist es besser, wenn ich erst mal allein weitermache. Falls doch, melde ich mich einfach.“

„Okay. Was schätzt du, wann Elke hier auftauchen wird?“

„Nicht vor morgen früh.“

„Wäre gut, wenn du dann hier wärst ...“

„Ich bemühe mich.“

„Hältst du mich auf dem Laufenden?“

„Klar. Ich melde mich jede Stunde, okay?“

„Versprich’s mir!“

„Versprochen!“

„Ich liebe dich!“

Das hatte sie noch nie zu ihm gesagt.

„Ich liebe dich auch!“, antwortete er, als sei es das Normalste auf der Welt, und klickte das Gespräch weg.

In seinem Herzen prallten so viele Gefühle auf einmal aufeinander. Es war zu klein, um alle zu verarbeiten. Er hatte den Eindruck, sein Brustkorb würde gleich explodieren.

Unweigerlich musste er wieder an seinen Sohn denken. Wenn Mäxchen etwas zustoßen würde, wäre die Hauptschuld bei ihm zu suchen. Ob er mit dieser Last zurechtkommen würde und ob er damit weiterleben konnte, wusste er nicht. Er fürchtete jedoch, dass es dann keine Erlösung geben würde. Das wäre das Ende. Aus und vorbei. Und niemand – nicht einmal Jana – wäre in der Lage, ihm dann noch zu helfen. Diese Einsicht schmerzte ihn so sehr, dass ihm schlecht wurde.

Er stieg in den Wagen, drehte den Zündschlüssel um und legte den Rückwärtsgang ein. Raus aus der Tiefgarage. Er musste versuchen, an DNA von Friedrichs und Frau Schumann heranzukommen.

Sein Ziel lag auf der Hand. Das Flughafen-Hotel.

Da er nur Friedrichs Zimmernummer im Steigenberger kannte – die 333 – musste er mit ihm beginnen. Auch auf die Gefahr hin, dass der Assistent ihn bemerken und die Kripo alarmieren würde.

Nur etwa 15 Minuten später betrat Rauscher erneut die Empfangshalle des Steigenbergers. Das Erste, was ihm auffiel, war die Leere. Außer jener Rezeptionistin, die ihn beim ersten Besuch empfangen hatte, war keine Menschenseele zu sehen. Das kam Rauscher nicht ungelegen. Je weniger Aufmerksamkeit er erregte, desto besser erschienen ihm seine Erfolgsaussichten. Zudem gab ihm die Ruhe das Gefühl, den richtigen Weg eingeschlagen zu haben. Gewusel hatte er noch nie gemocht.

Weder vorm Hotel noch in der Lobby entdeckte er Kollegen des MEK, die Friedrichs überwachten. Ein gutes Zeichen, denn es bedeutete, dass sich Schumanns Assistent mutmaßlich nicht im Hotel aufhielt. Rauscher war automatisch davon ausgegangen, dass Krause Friedrichs observieren lassen würde, sobald Friedrichs mit seinem Anwalt das Präsidium verließ. Also war das die Gelegenheit, in Friedrichs Zimmer einzudringen. Nur wie, wusste er noch nicht. Und viel Zeit konnte er sich auch nicht lassen. Früher oder später würde Friedrichs wieder hier auftauchen. Dann wäre es klug, nicht mehr vor Ort zu sein.

Rauscher nahm jeweils zwei Treppenstufen im Sprung und war im Nu im dritten Stock angelangt. Er schaute sich um. Auf dem Flur war niemand zu sehen. Doch in diesem Moment öffnete sich die Tür von Zimmer 311. Das Zimmermädchen kam heraus. Nanu? Um diese Uhrzeit? Es war schon reichlich spät. Aber vielleicht putzte sie noch die Zimmer der Gäste, die später ausgecheckt hatten.

Die südländisch aussehende Frau mit den langen schwarzen Haaren, die er auf Mitte dreißig schätzte, stellte einen Wagen mit Putzutensilien auf dem Gang ab. Anschließend schloss sie die Tür hinter sich, bevor sie sich dem nächsten Zimmer zuwandte. Rauscher beobachtete, wie sie eine Plastikkarte benutzte, sie durch den Schlitz zog und die Nummer 316 öffnete. Sie schob den Wagen ins Zimmer.

Scheiße, dachte Rauscher. Unbemerkt kam er wohl nicht in Zimmer 333. Doch Moment. Vielleicht war das Zimmermädchen sein Schlüssel zu Friedrichs Zimmer. Rauscher pirschte sich heran. Die Frau hatte den Wagen so in der Tür postiert, dass sie offen blieb. Aus dem Badezimmer hörte er ihren leisen Singsang.

Ein Blick genügte Rauscher, um zu erkennen, dass die Schlüsselkarte oben auf dem Wagen lag. Im Hintergrund erkannte er ein Zimmer der gehobenen Klasse. Kein Luxus, aber fein und modern. Oberes Preissegment. Das Bett war noch aufgeschlagen.

Er wandte sich um, schaute den Flur entlang, erst rechts, dann links. Niemand war zu sehen. Sein Herz pochte wie wild. Einen Schritt vor und er stand direkt vor dem Wagen.

Jetzt oder nie!

Spontan griff Rauscher zu, nahm die Schlüsselkarte an sich, wandte sich um, huschte wieder aus dem Zimmer und machte sich auf den Weg zu Zimmer 333.

Als er am Aufzug vorbeikam, hörte er das typische Fahrgeräusch. Einen Moment lang setzte sein Herzschlag aus, weil er Angst hatte, der Aufzug würde anhalten, die Türen würden sich öffnen und Friedrichs würde ihm direkt in die Augen blicken. Doch nichts dergleichen geschah. Der Aufzug fuhr leise summend weiter.

Er trippelte weiter, war angespannt. Der Teppich federte seine Schritte ab. Kein Geräusch war zu hören. Noch einmal um die Ecke, bis er endlich vor Zimmer 333 angelangt war. Letzte Blicke nach allen Seiten. Er war unbeobachtet. Hastig steckte er die Karte in den Schlitz und öffnete die Tür.

Kaum hatte sich die Tür hinter ihm geschlossen, atmete er kurz durch. Friedrichs war ausgeflogen, wie erwartet. Das Zimmer des Politikers war schon gemacht worden. Das Bettzeug sah glatt und sauber aus. Mist, dachte Rauscher sofort. Da wird sich kein Härchen finden lassen.

Also begann er seinen Schnupperkurs in Friedrichs Sachen. Bei der Schnüffelei kam er sich vor wie ein Detektiv. Keine Schublade, in die er nicht spähte. Keine Spalte, die er ausließ. Keine Schranktür, die er nicht öffnete. Aber was suchte er eigentlich? DNA! Was lag da näher als das Badezimmer? Ein Kamm, in dem noch Haare steckten. Ein benutztes Taschentuch im Mülleimer. Oder: der Rasierer.

Rauscher sah sofort den elektrischen Trockenrasierer neben der Kulturtasche. Glück gehabt! Er nahm ihn, entfernte mit einem Klick den Scherkopf und klopfte damit auf den Waschbeckenrand. Einige Bartstoppeln und Hautschuppen fielen heraus. Das musste für eine DNA-Analyse reichen. Er hatte ein Tempo einstecken, öffnete es, wischte Friedrichs Hinterlassenschaften mit einem Finger hinein, legte das Tempo wieder zusammen und verstaute es in seiner Hosentasche. Den Rasierer legte er wieder an die alte Stelle.

Besser hätte es nicht laufen können.

In dem großen Spiegel vor sich sah er seine Augen. Sie glänzten. Hatte er es tatsächlich geschafft, das Material zu beschaffen, das Friedrichs überführen würde? Wahrscheinlich waren die Beweise nicht verwertbar vor Gericht, weil sie auf illegalem Wege beschafft worden waren. Aber das war ihm in diesem Moment schnuppe. Denn wenn Friedrichs DNA bei einem Abgleich mit einer der Proben aus dem Nieder Keller übereinstimmen würde, wäre er geliefert. Das könnte er nicht erklären. Sie hätten die Möglichkeit, ihn massiv unter Druck zu setzen. Rauscher würde in diesem Fall sogar so weit gehen, die Presse einzuschalten und auf ihn zu hetzen. Friedrichs Karriere wäre zerstört. Sie hätten ihn dann in der Hand. Er hätte keine Wahl und würde auspacken müssen.

Rauscher wandte sich ab. Er hatte alles, was er brauchte. Hier gab es nichts mehr zu tun für ihn.

Da Rauscher Frau Schumanns Zimmernummer nicht kannte und auch nicht wusste, wie er an sie herankommen sollte, beschloss er, es dabei zu belassen.

Er blickte sich noch einmal kurz um. Genauso hatte es ausgesehen, als er vor fünf Minuten das Zimmer betreten hatte. Es wurde Zeit. An der Tür packte er die Klinke, öffnete vorsichtig, nur einen oder zwei Zentimeter, und lauschte.

Schritte. Zudem eine tiefe Männerstimme. Jemand sprach in ein Handy. Oh nein! Sein Herz begann wieder zu pochen. Lass es bloß nicht Friedrichs sein. Die Stimme konnte er nicht hundertprozentig zuordnen, aber es war auch nicht auszuschließen, dass es sich um den Assistenten handelte.

Rauscher schloss die Tür wieder. Wie in Zeitlupe. Legte sein Ohr an den Türspalt.

Die Männerstimme war gut zu hören. Es klang so, als spräche jemand unmittelbar vor dem Zimmer. Rauscher strengte sich an, genau hinzuhören. War es Friedrichs Stimme?

Himmel, Arsch und ...!

Ausgerechnet jetzt!

Rauscher sah sich um. Gab es ein Versteck? Der einzige Platz, der ihm einfiel, war unterm Bett. Der Zwischenraum betrug etwa dreißig oder fünfunddreißig Zentimeter. Passte er da rein?

Es käme auf einen Versuch an. Das war ohnehin sein einziger Ausweg. Seine letzte Chance vor der Entdeckung.

Er hechtete zum Bett, legte sich flach auf den Rücken, packte den Bettkasten und versuchte, nach links zu robben. Stück für Stück hangelte er sich weiter. Geschmeidig ging es nicht voran, eher ruckelnd. Er zog den Bauch ein. Es war verdammt eng, aber er schien es hinzubekommen.

Von der Tür hörte er Geräusche. Gefummel. Die Klinke wurde gedrückt. Sie öffnete sich. Ein, zwei Schritte. Tatsächlich, das musste Friedrichs sein.

So ein Pech!

Im allerletzten Moment schaffte er es unters Bett. Weder ein Bein noch eine Hand oder ein Fitzelchen Stoff schauten hervor.

Rauscher hielt den Atem an. Wie lange konnte er in dieser Position verharren?

Wenn Friedrichs ihn entdecken würde, wäre er endgültig geliefert. Eine Strafanzeige wäre die Folge. Dann konnte er alles abschreiben.

Er schloss die Augen, verließ sich auf seine Ohren.

Etwas wurde abgestellt, eine Tasche oder ein Koffer. Eine Schranktür wurde geöffnet.

Rauscher hatte das Gefühl fast zu platzen. Er bekam wenig Luft. Die Enge trieb ihm Schweißperlen auf die Stirn. Fünf bis sechs Kilo wollte – oder musste – er ohnehin abnehmen. Die Ebbelwoi-Diät war fällig. Das schwor er sich und kreuzte dabei Zeige- und Mittelfinger.

In diesem Moment fiel ihm sein Handy ein. Shit! Wenn es jetzt klingeln würde, flöge sein Versteck auf. Es steckte in seiner linken Hosentasche. Kam er da heran? Er musste es probieren, ohne Lärm zu machen. Aber durch die Enge konnte er sich kaum rühren. Er fuhr mit der Hand hinunter und erreichte irgendwann die Hosentasche. Jetzt käme es darauf an, wenigstens zwei Finger hinein zu bekommen.

Doch er schaffte es nicht, konnte das Handy nicht packen, so sehr er sich auch bemühte. Er ärgerte sich und wollte gerade einen neuen Versuch starten, da hielt er in der Bewegung inne.

„Dock! Dock!“

Was war das?

Wieder: „Dock! Dock!“

Es klopfte an der Tür.

Oh nein!

„Ich komme!“, sagte die Männerstimme.

Ja, jetzt war es deutlich. Der Mann war definitiv Friedrichs.

Er schien Besuch zu bekommen, ausgerechnet in einer der misslichsten Lagen, in der sich Rauscher je befunden hatte.

Schritte. Weitere Schritte. Die sich anders anhörten. Mehr klackten.

„Hey!“, sagte eine Frauenstimme. Rauscher schwante nichts Gutes.

Geschmatze. Noch mehr Geschmatze. Die beiden küssten sich.

„Alles klar bei dir?“, fragte Friedrichs nach einer Weile.

„Ja, aber ich hab nur ungefähr eine Stunde.“

Bingo! Die andere Stimme gehörte Frau Schumann. So gut funktionierte Rauschers Gehör noch.

„Dann muss ich zurück.“

„Wie geht's ihm?“

Sprachen die etwa von Mäxchen? Rauscher wäre am liebsten hervorgesprungen und Friedrichs an die Gurgel gegangen. Aber die Enge und seine Einsicht, alles nur noch schlimmer zu machen, verhinderten es. Stattdessen zog er wieder seinen Bauch ein, hielt den Atem an und versuchte noch einmal, sein Handy zu ertasten, was ihm beim ersten Versuch nicht gelungen war.

„Okay“, antwortete Frau Schumann. „Mach dir keine Sorgen! Ich kenne mich damit aus.“ Wovon zum Teufel sprach sie?

„Du hast gut reden!“, antwortete Friedrichs, dessen Stimme eine zunehmende Anspannung vermittelte.

„Komm, entspann dich!“

Während Rauscher die linke Hand so weit wie möglich nach unten streckte, um das Handy aus der Hosentasche zu ziehen, drehte er den

Kopf nach rechts und sah Schuhe, die sich gegenüber standen. Wieder Schmatzgeräusche, die aber rasch endeten.

„Du bist gut!“, brauste Friedrichs auf. „In dieser Situation. Wie soll das gehn?“

„Ich wüsste schon, wie“, hauchte sie ihm zu und hängte ein verführerisches Lachen an.

Mist, durchfuhr es Rauscher, die werden doch nicht jetzt – poppen! Auch noch im Bett? Doch seine schlimmsten Befürchtungen schienen sich zu bewahrheiten.

„Wann musst du denn los?“, fragte sie.

„In zwanzig Minuten.“

„Was hältst du von einem Quickie?“ Sie kicherte.

„Corinna! Mir ist nicht danach ... Kannst du das nicht verstehen?“

„Nein!“, platzte sie heraus. „Du lässt dich viel zu sehr ablenken von ... ach, von der Gesamtsituation. Aber glaub mir, wir haben alles im Griff!“

In diesem Moment spürte er endlich das Handygehäuse an der Fingerspitze und fingerte es hervor, doch es flutschte zu schnell raus und glitt ihm weg, ehe er es festhalten konnte.

„Plopp!“, machte es leise auf dem Teppichboden.

Verflucht, dachte Rauscher. Aber wahrscheinlich war das Geräusch nicht im ganzen Zimmer zu hören gewesen. Rauscher spreizte die Finger, tastete ringsherum, bekam das Handy zu fassen und nahm es in die Hand. Da kam ihm eine Idee. Statt es auszuschalten, gelänge es ihm vielleicht, den Dialog der beiden aufzuzeichnen. Es wäre genial, wenn sie sich mit irgendetwas verraten würden. Dann würden beide aus der Nummer nicht mehr herauskommen.

Rauscher klickte das Handy an. Durch die Helle im Zimmer fiel das Displaylicht oben nicht auf, zumal Rauscher es glücklicherweise in seiner linken Hand hielt und es sich somit ziemlich genau unter der Mitte des Bettes befand. Wie konnte er die Aufnahme starten? Er überlegte fieberhaft. Verflucht! Das hatte er doch schon zigmal gemacht.

Doch seine Gedanken wurden abgelenkt, denn in diesem Augenblick quetschte ihn etwas ein. Er kam sich vor wie in einem Schraubstock. Frau Schumann hatte sich aufs Bett gesetzt. Er hörte etwas, das nach Reißverschluss klang.

„Soll ich dir einen blasen?", fragte sie und schickte ein laszives Stöhnen hinterher, wie es eine Hure sicher nicht besser hinbekommen hätte.

Hölle, Hölle, dachte Rauscher. Wie war er nur auf die beschissene Idee gekommen, sich diesen Zwinger als Versteck auszusuchen?

„Corinna!", erklang es nicht erfreut aus Friedrichs Mund. „Dass du jetzt an so was denken kannst."

„Ein wenig relaxen könnte dir nicht schaden."

Wieder das Reißverschlussgeräusch. Aber es stoppte abrupt.

„Corinna, bitte lass das. Das bringt jetzt nichts." Friedrichs schien ihre Hand festzuhalten.

Plötzlich bekam Rauscher wieder mehr Luft. Frau Schumann war aufgestanden.

„Sonst bist du doch auch nicht so ...", sagte sie. „Und was hast du jetzt vor?"

„Ich denke, da kommt nichts mehr nach. Der Polizeipräsident steht ganz auf meiner Seite. Dieser Rauscher hat seine Lektion gelernt", sagte Friedrichs.

Jetzt sprachen sie von ihm! Aber Friedrichs kannte ihn verdammt schlecht.

„Die Sache ist bald vorbei", fuhr er fort. „Wir müssen nur noch die letzte Etappe durchstehen. Dauert noch ein Weilchen, dann sind wir frei und können tun und lassen, was wir wollen. Wir müssen nur Ruhe bewahren. Das ist das Wichtigste. In Ordnung?"

„Ja."

„Ich muss jetzt in den Römer. Abendsitzung. Danach noch ein Empfang, da komme ich nicht drum herum, ohne Verdacht zu erregen. Wir werden uns heute Abend wohl kaum sehen können. Und wenn es dumm läuft und wir keinen Beschluss fassen, schließt sich morgen Vormittag noch ein Arbeitsmeeting an. Ich hasse diese Hessen! Die zerreden alles. Lauter Bedenkenträger."

„Wie sind eigentlich die Gespräche bisher verlaufen?"

„Es steht fifty-fifty. Eine Prognose würde ich derzeit nicht wagen."

„Eigentlich kann es dir ja auch egal sein. Es war Hans-Georgs Baby, nicht deins."

„Schon. Aber wenn ich es durchboxen kann, könnte ich mich damit in Brüssel profilieren. Meine Karten auf ein wichtiges Amt stünden dann wirklich gut."

„Verstehe. Dein Ehrgeiz ist geweckt. Aber stehst du auch inhaltlich dahinter?"

„Wie man's nimmt. Diese Frankfurter Marotten sind mir eigentlich egal. Die mit ihrem Äppelwoi, oder wie sie den nennen." Seine Stimme ging beim Wort Äppelwoi hoch. „Immer dieses Gehabe. Alles Banausen. Wissen einen richtigen Wein nicht zu schätzen."

„Es ist immerhin ein wichtiges Kulturgut", gab Frau Schumann zu bedenken.

Friedrichs sah sie irritiert an. „Fällst du mir jetzt etwa in den Rücken?"

„Nein, aber du solltest dir schon überlegen, wie du vorgehst. Der Schuss könnte auch nach hinten losgehen."

„Wie meinst du das denn?"

„Wenn du es nicht schaffst, das Gesetz durchzuboxen, könnte es dir als große Blamage ausgelegt werden."

Rauscher horchte auf. Nanu? Die Frau wurde ihm ja beinahe sympathisch. Soweit käme es noch!

Friedrichs hielt eine Weile inne. Schließlich sagte er: „Die Chancen sind höher als die Risiken. Ich ziehe das Ding durch."

Rauscher konnte sich kaum noch zurückhalten. Er presste seinen Bauch zusammen und atmete nur noch, wenn es unbedingt nötig war. In einer solch vertrackten Lage hatte er sich während seiner Karriere selten, wenn überhaupt schon einmal, befunden. Er konnte nur abwarten und hoffen, dass sich die beiden schnellstmöglich verpissen würden, damit er aus seinem Bettgefängnis freikäme. Immerhin erschien der nächste Satz aus Friedrichs Mund einer Art Erlösung gleichzukommen. „Ich mache mich jetzt auf den Weg."

Fast wäre ein Jubelschrei über Rauschers Lippen gekommen. Gerade konnte er sich noch beherrschen. Er stellte sein Gehirn auf Autopilot und versuchte, jegliches weitere Denken abzustellen.

Zehn Sekunden später vernahm er Schritte. Dann die Türklinke. Er war geneigt, ein kurzes Gebet gen Himmel zu schicken.

Ein weiteres Geräusch. Etwas fiel ins Schloss. Das musste die Tür gewesen sein. Rauscher hörte nichts mehr. Er wartete noch, zählte von dreißig zurück auf null. Dann robbte er unter dem Bett hervor. Zunächst steckte er den Kopf heraus, bis er das halbe Zimmer in Augenschein nehmen konnte.

Die beiden schienen tatsächlich ausgeflogen zu sein. Er zog den Bauch ein und presste sich aus seinem Gefängnis heraus. Stand auf. Drückte den Rücken durch. Alles tat ihm weh. Morsche Knochen. Nie wieder so eine Enge. Wobei er weiteres Ungemach einkalkulieren musste. Wer wusste schon, was noch auf ihn zukommen würde?

Auf dem Flur war niemand zu sehen. Vor Zimmer 310 stand der Wagen der Putzfrau. Sie war zum Glück nicht zu sehen. Er legte die Karte gut sichtbar auf den Wagen, glitt fluchtartig in die offene Fahrstuhltür und fuhr nach unten. Falls die Putzfrau die Karte schon vermisst haben sollte, würde sie wahrscheinlich jetzt denken, sie habe sie übersehen. Aber das war Rauscher in diesem Moment völlig egal.

Im Foyer des Hotels war gerade eine neue Reisegruppe dabei einzuchecken. Gut, denn so achtete niemand auf ihn. Er verließ das Hotel und blieb hinter einer Säule stehen. Frau Schumann stand am Taxistand und rauchte. Herr Friedrichs war nicht zu sehen.

Als ein Taxi vorfuhr, ließ sie die Kippe fallen und trat sie mit ihrem rechten Pumps aus. Rauscher konnte sein Glück kaum fassen. Soll mich doch der Teufel holen, dachte Rauscher, wenn da keine DNA dran ist. Er wartete, bis Frau Schumann eingestiegen und das Taxi losgefahren war. Die ganze Zeit ließ er die Kippe nicht aus den Augen. Dann ging er hin und bückte sich. Ein weiteres Taxi fuhr vor. Der Taxifahrer beobachtete ihn. Rauscher kam sich vor wie ein Penner, der Zigarettenreste von der Straße aufsammelt, um sie zu Ende zu rauchen. Die Blicke des Taxifahrers bohrten sich in ihn. Arme Sau, schienen sie zu sagen. Aber das war Rauscher völlig schnuppe. Er zog das Tempo mit den Bartstoppeln aus der Hosentasche, legte vorsichtig die Kippe dazu und verstaute es wieder. Mit der Handinnenfläche schlug er mehrmals von außen auf die Hosentasche. Ein Grinsen flog über sein Gesicht. Mein Schatz, dachte er.

„War ja klar, dass ich dich hier treffe." Rauscher kam vom Boden hoch und drehte sich um. Krause stand vor ihm. „Was machst du denn da unten?"

Rauscher wägte ab. Sollte er ihm seine Funde zeigen und ihn um eine DNA-Analyse bitten? Er entschied sich für Thaler, denn er hatte keinen Bock auf eine weitere Moralpredigt. Thaler war loyaler. „Hab mir den Schuh gebunden."

„Du ... ich ... Also, du weißt schon, das mit Friedrichs war eine Finte. Wir haben ihn nur laufen lassen, um ihn in Sicherheit zu wiegen. Ein

Trick, um ihn unbemerkt beobachten zu können."

„Schon klar."

„Ich hoffe, dass du uns nicht wieder in die Quere kommst. Was machst du hier?"

„Nichts."

„Rauscher, ich ... Wir sind schon an Friedrichs dran. Er war bis vor fünf Minuten im Hotel. Sobald er sich Mäxchen nähert, schnappt die Falle zu. Frau Schumann haben wir allerdings noch nicht ausfindig machen können."

„Sie ist vor zwei Minuten mit einem Taxi weggefahren", erklärte Rauscher. „Da habt ihr sie wohl verpasst."

„Mist", erwiderte Krause. „Dann müssen wir hoffen, dass Friedrichs den entscheidenden Fehler begeht. Wir halten dich auf dem Laufenden." Er wandte sich zum Gehen, drehte sich jedoch noch einmal um. „Und du mach keinen Blödsinn!"

Rauscher nickte und blickte dem Kollegen hinterher, der zehn Meter weiter in seinen Wagen stieg. Kurz darauf fuhr er selbst zurück in die Stadt.

33

Über dem Abenteuerspielplatz in Frankfurt-Nied ging die Sonne unter. Es wimmelte nur so von Kindern, während es sich die Mütter etwas abseits auf drei Bänken gemütlich gemacht hatten. Die Kinder waren eingemummelt, denn es war frisch geworden. Unter den Jungs und Mädchen herrschte beim Versteckspielen eine ausgelassene Stimmung. Die kleine Nina mit ihren blonden Zöpfen und der Zahnspange war gerade dran, die anderen zu suchen. Sie hatte schon Leonie, Lukas und Kevin entdeckt. Nur Lars fehlte noch. Seit mittlerweile drei Minuten hielt sie vergeblich Ausschau nach ihm. Hatte alle möglichen Verstecke wie hinter den Bäumen, auf der Rutsche, hinterm Springbrunnen oder hinterm Toilettenhäuschen abgegrast. Von Lars keine Spur. Wo konnte er sich versteckt haben?

Nina spähte noch einmal in den Sandkasten, der an der einen Stelle etwas tiefer war. Nichts. In den Holzturm. Nichts. Am Rande des Spielplatzes lag noch ein Gebüsch. Aus den Augenwinkeln nahm sie dort eine Bewegung wahr. Vielleicht war Lars hineingeklettert und verbarg sich hinter einem Strauch?

Na warte, dachte sie!

Sie lief hin und spähte durch die dichten Blätter.

„Lars?“, rief sie. Es klang jedoch ängstlicher als beabsichtigt. Eher so, als erwarte sie ein Monster, das gleich aus dem Busch springen würde.

Doch nichts regte sich. Mit der rechten Hand bog sie einige Äste zur Seite, um einen besseren Blick ins Innere des Gebüschs zu haben.

Plötzlich sprang etwas auf sie zu, das sie nicht auf den ersten Blick identifizieren konnte. Aber es war dunkel.

Es war Lars. Er trug eine schwarze Sturmhaube über dem Kopf.

„Uaaaaaaaahhhhhhh“, rief er, rannte auf Nina zu und wollte sie mit seinen ausgebreiteten Armen umschlingen.

Augenblicklich fing Nina an zu schreien wie am Spieß. Sie hörte sich beinahe an wie ein Schwein vorm Schlachtfest und konnte sich nicht mehr beruhigen. Dann wandte sie sich ab, um so der auf sie zustürmenden Bestie zu entkommen.

Aufgeschreckt durch die hysterischen Schreie des Mädchens waren die Mütter aufmerksam geworden. Sie rannten zu den beiden Kindern.

Lars realisierte, dass sein Scherz mit der Maske wohl nach hinten losgegangen war und nahm flink die Sturmhaube vom Kopf. Darunter tauchte sein rotes Gesicht auf.

Ninas Mutter war bei den beiden angekommen, nahm ihre Tochter in die Arme und streichelte ihr über den Kopf. „Ist ja schon gut." Aber das Mädchen konnte sich nicht wieder einkriegen.

Eine zweite Mutter riss Lars das schwarze Ding aus der Hand und betrachtete es. „Eine Sturmhaube. Woher hast du die?"

„Von da!" Lars wandte sich um, hob den Arm und deutete auf einem grauen Mülleimer, der sein Dasein am Rande des Spielplatzes fristete. „Lag da drin. Ich hab sie rausgenommen."

Also hatte sie jemand dort entsorgt.

„Was macht man normalerweise damit?", erkundigte sich eine dritte Mutter.

„Die tragen Autonome auf Demos!", stellte eine vierte Mutter fest.

„In Frankfurt-Nied gibt's keine Autonomen."

„Oder beim Banküberfall", ergänzte eine fünfte Mutter. „Mehr fällt mir nicht ein."

„Vielleicht sollten wir damit zur Polizei gehen", meinte Ninas Mutter.

„Gute Idee", stimmten alle anderen zu.

Ninas Mutter ließ ihre Tochter los, die mittlerweile nur noch wild schniefte und die Nase hochzog. Dann zückte sie ihr Handy und wählte den Polizeiruf 110.

Lars stupste Nina an, rannte weg und rief: „Fang mich doch, Eierloch!"

Nina schien schon wieder die Alte zu sein und hechtete ihm sofort hinterher.

Eine der Mütter rief ihnen nach: „Nicht mehr so wild! Und Lars: Erschreck die anderen nicht so ... Das kann auch mal böse enden. Und außerdem gibt's bald Abendbrot."

Die beiden ließen sich jedoch davon nicht beirren und sahen zu, aus dem Dunstkreis der Mütter rauszukommen.

34

Als Rauscher in seine Bockenheimer Altbauwohnung zurückkam, fiel ihm Jana um den Hals. „Ich habe mir schon Sorgen gemacht“, raunte sie ihm mit dem Kopf an seiner Brust gelehnt entgegen.

„Ich musste noch zu Ingo, um ihm einige DNA-Spuren zur Prüfung zu geben.“

„Von Friedrichs und Frau Schumann?“ Jana löste sich von seiner Brust.

Er nickte.

„Woher hast du die?“

„Das willst du gar nicht wissen.“

„Okay, ich frag nicht mehr danach. Also heißt es jetzt beten.“

„Wenn du es so ausdrücken willst ...“

Gabriele Rauscher erschien in der Tür. „Entschuldigung, ich wollte nicht lauschen ...“

„Kein Problem, Mutter. Geht's dir besser?“

„Etwas ... Wie lange müssen wir auf das DNA-Ergebnis warten?“

„Mindestens einen Tag, es kann aber auch zwei Tage dauern. Je nachdem, was die vorher noch auf dem Tisch haben.“

„Ich hoffe, Herr Thaler macht da etwas Druck.“

„Hab ich ihm auch gesagt. Aber wir müssen vorsichtig sein, das läuft sozusagen ... inoffiziell.“

„Verstehe.“

„Wir müssen froh und dankbar sein, dass Thaler die DNA-Spuren überhaupt ohne den korrekten Weg analysieren lässt. Sonst würde es viel länger dauern, wenn wir überhaupt die Genehmigung dazu kriegen würden.“

„Verstehe einer die Polizei ...“

„Wenn du wüsstest, woher ich die Spuren habe, würdest du es auch

... Aber lassen wir das."

In diesem Moment trat Vater Rauscher mit einer Zeitung in der Hand hinzu.

„Den Artikel müsst ihr euch anhören."

„Worum geht's?"

„Um die EU. Jetzt sind die Pommes dran!" Vater Rauscher blickte in fragende Augen. „Die wollen in Brüssel vorschreiben, dass man Lebensmittel, die man brät, bäckt, frittiert oder röstet, nicht zu dunkel werden lassen darf."

„Wie jetzt?", fragte Jana nach. „Also auch Brot und Kaffee?"

„Exakt. Es geht ums Acrylamid, das beim Herstellen entsteht. Je dunkler, desto mehr davon."

„Ach so", sagte Mutter Rauscher. „Es geht ihnen um die Gesundheit der Bürger."

„Dann frage ich mich allerdings", warf Jana ein, „warum sie nicht Zigaretten sofort verbieten."

„Ganz einfach", bemerkte Rauscher. „Dann müsste man die Tabakbranche gleich dichtmachen und wir hätten bestimmt Zehntausende von Arbeitslosen auf der Straße."

„So schaut es aus", bestätigte Vater Rauscher. „Und genau deshalb sind jetzt die Pommes dran. Man könnte dazu auch Nebelkerze sagen. Oder Scheingefecht. Denn an die wirklich wichtigen Dinge gehn die nie ran."

„Was meinst du?", erkundigte sich Jana.

„Das führt jetzt zu weit. Mit ist nicht nach politischen Diskussionen."

„Mir auch nicht", erwiderte Rauscher. „Europa mochte ich eigentlich immer, aber diese EU-Bürokraten werden mir langsam unheimlich. Und jetzt brauch ich was zu trinken."

„Dreimal darf ich raten ...", flachste Jana.

„Na ja, muss ich noch mal ausnutzen, bevor die EU den Genuss des besten Getränks der Welt limitiert."

Ein Schmunzeln glitt über ihre Gesichter, was angesichts der angespannten Situation erstaunlich war. Aufgrund der Diskussion hatten sie die Entführung für einige Minuten verdrängen können, doch ein Klingeln holte sie schlagartig auf den Boden der Tatsachen zurück.

„Hier ist Jan", meldete sich die bekannte Stimme des Kollegen, als Rauscher den Anruf auf seinem Handy annahm.

„Hallo." Rauschers Stimme klang belegt; ganz so, als erwarte er eine schlimme Nachricht. Er räusperte sich. „Was gibt's de...?" Die Stimme versagte ihm.

Krause redete nicht lange um den heißen Brei herum. „Es geht nicht um Mäxchen, falls du das denkst ... Der Haftrichter hat Karl Wöhr freigelassen. Ihm sind die Indizien für eine Mordanklage zu dünn."

„Meine Rede!"

„Es läuft auf eine Anklage wegen Entführung und eventuell Körperverletzung hinaus. Und weil keine Fluchtgefahr besteht, haben sie Wöhr gegen Kaution auf freien Fuß gesetzt."

„Und nun?"

„Momentan können wir da nichts machen. Staatsanwalt Konetzke kümmert sich weiter um Wöhr. Wir bleiben an Friedrichs dran. Bei dir alles in Ordnung?"

„Geht so."

„Wenn's was Neues gibt, melde dich!"

„Okay."

„Und Rauscher: Bitte nicht überreagieren, das ist nicht förderlich zurzeit."

„Du hast gut reden!"

Beide klickten parallel das Gespräch weg. Rauscher starrte in die

Runde. „Das war Krause. Wöhr ist raus. Er steht nicht länger unter Mordverdacht."

„Wie du es vorausgesagt hast", erinnerte ihn Jana.

„Schon. Aber das macht mich derzeit auch nicht glücklicher."

„Aber es ist ein Anfang. Vielleicht konzentriert sich die Mordkommission jetzt voll auf Friedrichs."

„Besser spät als nie", meinte Rauscher und wollte sich schon abwenden, als sich sein Handy wieder meldete. Dieses Mal war es jedoch der Summton einer eingehenden SMS.

Als Rauscher erkannte, dass die Nummer unterdrückt war, bekam er sofort ein merkwürdiges Gefühl. „Das wird doch nicht ..." Er hob die Augenbrauen. „Ich glaube, die ist wieder vom Entführer."

„Was steht drin?", wagte Gabriele Rauscher zu fragen.

„Letzte Chance!", las Rauscher laut vor. „Hören Sie endlich auf!" Er stutzte. „Aber ... das ist noch nicht alles." Er zögerte. „Da ... da ist noch was. Ein Bild."

„Was für ein Bild?", schrie Jana fast hysterisch.

„Moment, ich hab's angeklickt, aber das dauert, bis es sich öffnet. Scheint eine große Datei zu sein." Rauscher starrte verbissen auf sein Display. Sein Körper stand kurz vorm Platzen vor Anspannung.

Alle drängten sich um ihn herum, um einen Blick auf das Foto zu erhaschen.

Als es sich öffnete, hielten sich alle die Hände vor den Mund. Sie schwankten zwischen blankem Entsetzen und Freude. Auf dem Bild war Mäxchen zu sehen. Also lebte er. Es schien ihm gut zu gehen. Er saß auf einem Stuhl und lächelte zart, zumindest kam der Schnappschuss so rüber. Aber er war immer noch in der Gewalt der Entführer und die Botschaft war unmissverständlich.

„Du musst sofort aufhören mit weiteren Ermittlungen", schluchzte

Gabriele Rauscher. „Du darfst nicht weitermachen, du gefährd..."

„Mutter!", schrie Rauscher. „Das weiß ich selber, aber das ist nicht so einfach. Denn dann werde ich verrückt. Verstehst du das?"

„Schon", erwiderte sie kleinlaut. „Aber versuch es. Für Mäxchen. Und für uns, in Ordnung?"

„Nichts ist in Ordnung", kommentierte er.

„Und was machen wir mit dem Bild?", fragte Jana.

„Wie meinst du das?"

„Ich würde es zur Spurensicherung geben. Vielleicht finden die was?"

„Du meinst ...?"

„Na ja, vielleicht können die rausfinden, wo das Bild aufgenommen wurde."

„Wir schauen es uns gleich mal vergrößert auf dem Laptop an."

„Willst du nicht antworten?", hakte Frau Rauscher nach.

„Geht nicht, die Nummer ist unterdrückt." Er mailte das Bild an seine Mailadresse, eilte in sein Arbeitszimmer, öffnete seinen Mailaccount und zog das Bild auf den Rechner.

Jana war ihm gefolgt. Beide betrachteten den Bildschirm. Ihre Augen scannten das Foto ab auf der Suche nach einem Hinweis, nach etwas Verwertbarem. Im Vordergrund war Mäxchen auf dem Stuhl zu sehen, vergrößert sah er fast glücklich aus. Er hielt eine Art Lolli in der Hand. Das war wohl der Grund.

„Die Wand im Hintergrund scheint nicht tapeziert zu sein," mutmaßte Rauscher. „Nur Mauerwerk."

„Vielleicht eine Garage."

„Oder eine stinknormale Wohnung, das soll ja modern sein heutzutage."

„Wohnung glaube ich nicht, das sieht doch aus wie ein Steinboden, auf dem der Stuhl steht."

„Könnte aber auch Linoleum sein."

„Ja, Mist. Und sonst?"

„Ich kann nichts mehr erkennen. Du?"

„Nö ... aber Moment. Woher kommt das Licht?"

„Was meinst du?"

„Ist das Tageslicht? Dann müsste irgendwo in der Nähe ein Fenster sein."

„Sieht eher nach einer Lichtquelle aus. Vielleicht eine Lampe. Irgendwas von schräg oben."

„Hmmm. Wir stochern im Nebel."

„Irgendwie erinnert mich das Bild an etwas", bemerkte Rauscher. Er drehte den Kopf nach rechts, als wolle er eine andere Perspektive einnehmen, um dem Geheimnis des Bildes näher zu kommen. „Aber ich weiß nicht, an was." Es klang resigniert.

„Schick das Bild an Wolfgang Andres. Vielleicht findet die Spurensicherung mehr raus."

„Wollen wir's hoffen."

35

Donnerstag, nachts

Rauscher, die Nervensäge!

Ingo Thaler saß spät in der Nacht zu Hause an seinem Schreibtisch und schüttelte den Kopf. Noch nie zuvor in seinem Berufsleben hatte er einen solch penetranten Kollegen erlebt wie Rauscher. Er ging ihm nicht nur auf den Geist, es war schlimmer. Er vereinnahmte ihn mit Haut und Haaren. Und das, obwohl er eigentlich suspendiert war.

Manchmal hätte er der Giftkröte am liebsten den Hals umgedreht.

Andererseits besaß Rauscher Eigenschaften, denen Thaler nicht widerstehen konnte: Rauschers Beharrlichkeit in vielen Dingen, sein Eintreten für eine Sache, wenn er von ihr zu hundert Prozent überzeugt war, sein bedingungsloses Pflichtbewusstsein – irgendwie imponierte das Thaler. Er hätte zwar auch von Anfang an Nein sagen können zu Rauschers Bitten, aber Thaler fühlte sich ein wenig mitverantwortlich für die Misere, in der sie alle steckten. Immerhin hatte er zu 100 Prozent auf Wöhr als Täter gesetzt.

Rauscher war sicher kein Vorbild im üblichen Sinne. Viel zu aufbrausend und unkontrolliert war er. Dieses „Über-die-Stränge-Schlagen“ in jeglicher Hinsicht war nicht Thalers Ding. Aber es verlangte ihm trotzdem Respekt ab. Er konnte sich nicht von dem Gefühl freimachen, für Rauscher da sein zu müssen, wenn dieser ihn brauchte.

So auch jetzt wieder.

Ingo Thaler hatte die DNA-Proben ins Labor geschleust, obwohl er sich bewusst war, dass es keine offiziellen Ermittlungen gegen Friedrichs mehr geben durfte. Somit riskierte er sogar seinen Job, falls dies öffentlich wurde. Aber er wollte und konnte Rauscher auch nicht hängen lassen.

Irgendetwas verriet ihm, dass Rauscher auf dem richtigen Weg war. Er war es, der Friedrichs von Anfang an im Visier gehabt hatte, während sie Karl Wöhr festgenommen hatten. Und jetzt stellte sich langsam aber sicher heraus, dass sie damit auf dem Holzweg gewesen waren. Aber noch gab es keine handfesten Indizien, geschweige denn Beweise.

Thaler war schon immer ein Mann der Zahlen, Daten und Fakten gewesen. Er war derjenige in Rauschers Team, der für die Recherchearbeit im Hintergrund zuständig war, während sich die anderen vorne an der Front teils blutige Nasen holten. Thaler konnte sich dafür in die – für die meisten Kollegen – etwas dröge Ermittlungsarbeit am Computer oder Telefon hineinbeißen. Darin lagen seine Stärken: Genau hinschauen. Dort hinschauen, wo kein anderer hinschaute. Dort weiter schnüffeln, wo andere schon lange aufgesteckt hatten.

So auch jetzt, nach Feierabend. Aber was hieß das in seinem Job schon? Das Wort existierte quasi nicht in seinem Wortschatz. Der Fall ließ ihm einfach keine Ruhe mehr.

Während er auf die Ergebnisse der DNA-Analyse wartete, was sicher noch bis mindestens morgen Vormittag dauern würde, hatte er Zeit und Muße, um sich nochmals dem Schumann-Fall zu widmen. Er kämmte die Akte von vorne bis hinten durch und notierte sich einige Stichpunkte, von denen er wusste, dass er sich ihnen noch nicht oder bisher nur halbherzig gewidmet hatte, weil sie ihm wenig bedeutend vorgekommen waren. Zum Beispiel die Überweisungen an Schumanns Tochter. Thaler stieß auf eine Zahlung von 700 Euro, die monatlich auf Nicole Schumanns Konto einging. Er prüfte ihren Status und stellte fest, dass sie Studentin war. Sie war an der Uni Köln eingeschrieben und studierte dort Wirtschaftswissenschaften. Und weil er schon einmal dabei war, prüfte er noch weitere Abbuchungen von Schumanns Konto und fand eine regelmäßige Zahlung über 200 Euro, die mit „Hausgeld

Eigentümergemeinschaft Schwedenpfad" deklariert war. Schwedenpfad, der Name kam ihm bekannt vor. Er googelte ihn sofort. Als er seine Suche im Internet abgeschlossen hatte, staunte er nicht schlecht. Der Schwedenpfad war eine Straße im Frankfurter Stadtteil Höchst. Das klang so, als besäße Hans-Georg Schumann dort eine Eigentumswohnung. Aber warum? Und wofür? Und vor allem: Wenn er in Frankfurt gewesen war, war er doch immer im Hotel abgestiegen. Das ergab wenig Sinn.

Thaler stutzte. Es sei denn, dachte er, Schumann hatte die Wohnung vermietet und betrachtete sie als Geldanlage. Irgendwie konnte er sich trotzdem keinen Reim darauf machen. Er beschloss, morgen früh noch vor Dienstbeginn hinzufahren, um der Sache auf den Grund zu gehen. Er wollte bei einem Nachbarn im Schwedenpfad klingeln, um mehr in Erfahrung zu bringen. Und da er keinen Staub aufwirbeln wollte, behielt er die Sache vorerst für sich.

Was dieser Rauscher alles auslöste in ihm! Er schüttelte den Kopf, schloss seinen Laptop, gähnte, fiel auf sein Bett und war im Nu eingeschlafen.

36

Es war inzwischen weit nach Mitternacht und nichts rührte sich. Rauscher hatte Andres das Bild mit der Botschaft gesendet und sich seitdem nicht vom Telefon wegbewegt, denn der Kollege hatte versprochen, sich unverzüglich zu melden, sobald neue Erkenntnisse vorliegen würden.

Doch es war still geblieben.

Vor Kurzem noch wäre jedes Klingeln wie ein Schock gewesen, weil die Angst tief saß. Jetzt käme ein Klingeln einer Art Erlösung gleich.

Verflixt still.

Was hätte er für ein Klingeln gegeben! Eigentlich hasste er jede Art von Telefonklingeln. Jetzt sehnte er sich danach.

Doch nichts passierte.

Seine Eltern waren schon vor zwei Stunden heimgefahren. Sie wollten sich frisch machen und versuchen, etwas zu schlafen. Wobei beide nicht so richtig an Schlaf glauben konnten.

Jana kam zu ihm. Ihr sorgenvoller Blick verriet, dass sie mitzitterte. Sie legte ihre Hand auf seine kurzen schwarzen Haare, glitt einmal hindurch und küsste ihn.

Sie brauchte nichts zu sagen. Ihr Gesichtsausdruck sprach Bände. Und Rauscher war ihr dankbar. Er hatte keine Lust zu reden. Alles war gesagt. Es gab nichts mehr hinzuzufügen.

Sie warteten gemeinsam auf das Klingeln des Telefons, doch es blieb aus. Und langsam brach sich die Erkenntnis Bahn, dass es bis zum nächsten Morgen so bleiben würde. Mit einer neuen Nachricht war nicht mehr zu rechnen.

„Ich halt es nicht mehr aus“, sagte er eine Weile später.

„Du hältst noch viel mehr aus.“

„Du irrst dich.“ Er schüttelte den Kopf. „Ich kann das nicht mehr länger ertragen. Es tut so weh!“

37

Freitag

Rauschers Kopf zuckte. Er schreckte hoch. Wo war er? Auf der Couch. Neben ihm lag Jana. Sie mussten tatsächlich eingeschlafen sein. Das schrille Geräusch, das ihn geweckt hatte, durchschnitt wieder die Stille: „Griiiiiiiing!“

Jana räkelte sich. „Hmmm?“, sagte sie. „Was ... was ist ...?“

Beide starrten das Handy an, bis sie registrierten, dass es kein Telefonklingeln war.

„War das an der Tür?“, fragte Jana.

„Vielleicht ist es Krause, der uns was mitteilen will.“

Rauscher sprang auf und rannte hinaus. Als er die Wohnungstür öffnete, hatte er ein Déjà-vu.

Elke stand vor ihm.

Die hatte er total vergessen!

„Du bist schon da?“, war alles, was ihm einfiel. Reglos stand er vor ihr.

„Danke für die nette Begrüßung.“ Sie schubste ihn beiseite und betrat die Wohnung. „Wir hatten Rückenwind. Außerdem ist es schon fast sieben.“

Rauscher fuhr sich durch die Haare. Ach herrje! Dann hatten sie also tatsächlich einige Stunden geschlafen. Tief und fest. Er drehte sich um und ging ihr nach, bis sie sich ihm zuwandte. Ihre Augen waren gerötet.

Vom vielen Heulen?, fragte er sich.

Ihr Blick wirkte ausgehungert. Sie schmachtete nach Mäxchen, das war ihm klar. Wahrscheinlich hätte sie ihn bei lebendigem Leib verschlungen, wäre er hier gewesen.

War er aber nicht.

Die Stille schlug Rauscher aufs Gemüt. Er überlegte, ob er ihr das SMS-Bild gleich zeigen sollte. Irgendetwas musste er tun. Wach werden war keine schlechte Idee. Aber dazu brauchte er mindestens zwei Kaffee mit doppelt Koffein. Es war ihm unangenehm, mit Elke in der Wohnung zu sein. Noch unangenehmer als Elkes Tiraden am Telefon. Er wusste nicht, was er sagen sollte. Aber er wusste nur zu gut, wenn er ein falsches Wort sagte, dann würde Elke Feuer spucken wie ein Vulkan.

Es galt, besonnen zu bleiben. Nicht unbedingt eine seiner Stärken. Dass er so dachte, war offenbar Janas Einfluss. Aber warum kamen ihm diese Gedanken ausgerechnet jetzt?

In diesem Moment trat Jana in den Flur. „Wie war's auf Kuba?", fragte sie, als sie vor Elke stand. Aber kaum hatte sie die Frage ausgesprochen, hätte sie sie am liebsten wieder zurückgezogen. Sie war ihr peinlich.

„Bis zu unserem Telefonat war es schön", antwortete Elke ruhig, brach jedoch zwei Sekunden später in Tränen aus. Sie wischte sie mit einem Pulloverärmel ab und wandte sich wieder Rauscher zu.

Es lag dieser inbrünstige Wunsch in ihren Augen, Mäxchen möge doch wieder aufgetaucht und im Kreise der Familie sein. Sie wollte nur diese eine Antwort hören. Keine andere wäre zulässig gewesen.

Aber damit konnte Rauscher nicht dienen.

Ihre durchdringenden Blicke taten ihm weh. In diesem Moment vereinnahmte Elke nicht nur den Flur, sondern alles. Die Wohnung. Sein Leben. Mäxchens Zukunft. Oder Nichtzukunft.

Am liebsten wäre er in eine andere Haut geschlüpft oder auf der Stelle im Erdboden versunken. Sich jetzt unsichtbar zu machen, erschien ihm die verlockendste Vorstellung aller Zeiten zu sein.

Die Spannung im Flur wurde immer extremer und war kaum noch auszuhalten.

Schweigend betrachtete er Elkes Gesicht, das von der Sonne gebräunt war. Sie trug einen enganliegenden Pulli, der ihre Figur betonte, dazu Jeans.

Noch hatte niemand weder Mäxchens Namen noch das Wort Entführung in den Mund nehmen wollen. Noch scheuten sich alle davor, die bittere Wahrheit zu offenbaren: dass sie nichts in der Hand hatten.

Oder doch?

Eigentlich hatte Rauscher gerade noch das Gefühl gehabt, es sei das Beste für alle Beteiligten, wenn er die Füße für eine Weile stillhalten würde. Aber durch Elkes überraschend frühe Ankunft hatte sich die Lage geändert. Nun musste er die Zügel wieder in die Hand nehmen. Nur wie? Plötzlich schien es Rauscher, als sei das Foto die einzige Möglichkeit. Alles Zaudern half nichts. Je mehr Zeit verging, desto schlimmer würde Elke explodieren.

Er holte sein Handy, öffnete die SMS und zeigte Elke das Bild mit Mäxchen auf dem Stuhl.

„Das habe ich gestern Nacht bekommen. Mäxchen geht es gut ... also, den Umständen entsprechend."

Niemand wagte es, einen Pieps von sich zu geben.

Elke schossen erneut die Tränen in die Augen. „Du hast nicht den Mumm, dich auch nur mal ein paar Tage um deinen Sohn zu kümmern und ihn zu beschützen", platzte sie heraus. „Hol ihn zurück!"

Rauscher hatte das Gefühl, das bisschen Gleichgewicht, das ihm noch geblieben war, vollends zu verlieren. Aber ein Stelldichein mit den eigenen Gefühlen durfte er jetzt keinesfalls zulassen, sonst würde er im Nu zusammenbrechen.

Zu seiner Überraschung trat Jana zwei Schritte vor. „Bevor es hier eskaliert, womit niemandem geholfen wäre in dieser ... Situation ..." Sie schritt auf Elke zu, umarmte sie lieb und drückte sie fest an ihre Brust.

„Ich bin zwar keine Mutter, aber ich kann mir ungefähr vorstellen, was in dir vorgeht."

Elke wirkte zunächst etwas irritiert, aber dann schien ihr die Umarmung gut zu tun. In dieser Stellung verharrten die beiden eine Minute.

„Kannst du nicht", sagte Elke kurz darauf in einem eher sachlichen Tonfall, den Rauscher ihr gar nicht zugetraut hätte.

„Kann niemand", fuhr Elke fort. „Aber danke für deine Anteilnahme. Ich weiß sie zu schätzen." Sie wandte den Kopf Richtung Rauscher. „Kann ich vielleicht einen Kaffee bekommen? Wir sollten uns mal zusammensetzen und bereden, ob wir was tun können."

Etwa zehn Minuten später war der Kaffee fertig und alle saßen reihum am Küchentisch. Um seine aufkeimende Ungeduld einzudämmen, hatte sich Rauscher für einen doppelten Espresso entschieden.

Rauscher prüfte gerade sein Handy nach eingegangenen Nachrichten von Thaler oder Andres. Nichts. Das versetzte ihm schon früh am Morgen einen Schlag.

„Wie ist das überhaupt passiert?", fragte Elke und trank einen Schluck Kaffee, schwarz.

„Ist das so wichtig jetzt?", erwiderte er.

„Für mich schon. Ich brauche Informationen, kapierst du das nicht? Sonst komme ich um. Ich verstehe das alles nicht."

Sie blickte in die Runde, erntete jedoch Schweigen. „Rafft ihr das nicht? Das ist ja kaum auszuhalten!"

„Wenn wir uns hier die Köppe einschlagen, bringt das Mäxchen auch nicht wieder zurück", übernahm Jana, die Angst hatte, dass sich die beiden an die Gurgel gehen würden. Beide nickten. Jana erzählte daraufhin Elke, was genau am Donnerstag passiert war. Sie schilderte sämtliche Details, die ihnen bekannt waren, damit sich Elke alles vorstellen konnte.

Elke saß gebannt da und lauschte. Saugte jedes Wort auf wie eine

Verdurstende. „Aber warum?“, fragte sie, als Jana geendet hatte. „Warum das alles?“

Rauscher trank seinen Kaffee aus und versuchte Elke die Hintergründe zu erklären. „Da ist dieser Fall. Das Opfer ist Hans-Georg Schumann, ein hochrangiger EU-Politiker ...“

In den nächsten Minuten klärte Rauscher Elke über die Ereignisse seit Schumanns Ermordung und die Ermittlungen der letzten Tage auf. Er erzählte auch von seiner Suspendierung und seinen Schuldgefühlen.

Elke hörte gespannt zu, wollte hier und da etwas sagen, hielt sich aber zurück.

„Du kannst mir jetzt jeden Vorwurf der Welt machen, sicher. Ich hab's verdient. Aber das hilft uns nicht weiter. Leider kann ich nichts rückgängig machen“, schloss er.

„Und nun?“, wollte Elke wissen. „Gibt es denn überhaupt keinen Ansatzpunkt?“

„Doch. Es gibt die DNA-Spuren von Friedrichs und Frau Schumann.“

„Die Lösung des Falles interessiert mich nicht“, antwortete Elke harsch. „Ich will Mäxchen zurück. Nur das zählt.“

„Und es gibt das Bild von Mäxchen auf dem Stuhl. Es wird gerade von der Spusi unter die Lupe genommen. Hoffe ich jedenfalls.“

Stummes Nicken. Endlose Stille, die wie eine schwere Bürde über der Küche lag. Alle spürten die Verantwortung, die sie zwar hatten, die ihnen aber aus den Händen geglitten war. Wie sie da saßen, fühlten sie sich allesamt machtlos. Das war vielleicht das Schlimmste von allem: zur Hilflosigkeit verdammt zu sein. Die zarte Hand des Sensenmannes streichelte ihre Gemüter. Es war schwer, das Undenkbare auszublenden.

Rauschers Handyklingeln hörte sich viel lauter an als gewohnt und ließ alle zusammenzucken.

Er blickte aufs Display. „Jan Krause.“ Er nahm an. „So früh schon im Büro. Was gibt's?“

„Andreas, wir haben eine Sturmhaube auf den Tisch bekommen.“

„Eine Sturmhaube?“ Rauschers Stimme hörte sich aufgebracht an.

„Sie wurde gestern gefunden und ist am Abend noch im Präsidium eingegangen. Ein Kollege, der mitdenkt, hat alle Fälle der letzten Zeit rausgesucht, in denen eine Sturmhaube eine Rolle gespielt hat, und so ist sie bei mir auf dem Schreibtisch gelandet. Ich schick dir gleich ein Bild von ihr. Zeig es deinen Eltern! Vielleicht können sie die identifizieren als jene, die Mäxchens Entführer getragen hat?“

„Identifizieren? Die sehen doch alle gleich aus?“

„Trotzdem! Vielleicht gibt es ja ein Detail oder irgendetwas, an dem sie festmachen können, ob ja oder nein.“

„In Ordnung. Her mit dem Foto. Ich schicke es weiter, kontaktiere meinen Vater und melde mich dann sofort wieder bei dir.“

Während er das Gespräch wegklickte, erklärte er Jana und Elke, was Krause gesagt hatte. Wenige Sekunden später tippte er zwei-, dreimal auf sein Handy und sendete das Bild weiter. Danach rief er bei seinen Eltern an. Es dauerte eine Weile, bis seine Mutter ans Telefon ging. Sie hörte sich verschlafen an. Ihre Stimme klang angsterfüllt.

„Ist was passiert?“, fragte sie.

„Nein, aber ich hab Vater ein Foto gesendet. Schaut es euch an. Es ist eine Sturmhaube. Schaut sie euch genau an und ruft mich zurück.“

„Ah, in Ordnung. Bis gleich.“

Etwa zwei Minuten später kam der Anruf. „Ist das die Sturmhaube, die der Entführer aufhatte?“, fragte Rauscher sogleich.

„Sieht aus wie jede andere auch ...“, bemerkte Frau Rauscher. „Wir können sie nicht ...“

Herr Rauscher nahm ihr das Telefon aus der Hand. „Könnte schon sein“, sagte er. „Kann aber auch nicht sein.“

„Okay, das bringt nichts. Danke trotzdem. Ich muss Jan informieren.“ Er klickte das Gespräch weg und wählte Krauses Nummer. Der Kollege ging sofort ran. Ohne Begrüßung sagte er: „Sie können sie nicht eindeutig identifizieren.“

„Mist!“

„Woher habt ihr das Ding überhaupt?“

„Wie meinst du das?“

„Wo wurde die Sturmhaube gefunden?“, antwortete er in einem nervösen Tonfall.

„Wie, wo?“

„Na, wo! Ist das so schwer zu verstehen?“

„Auf einem Spielplatz in einem Abfallkorb.“

„Und auf welchem Spielplatz?“

„Das war ein Abenteuerspielplatz in Nied.“

Rauscher stutzte und überlegte eine Weile. „Sagtest du Nied?“

„Ja, wieso?“

„Nied, an was erinnert dich das?“

„Du meinst ... den Keller?“

„Richtig. Los, fahren wir hin!“ Es kam ihm wie eine Erleuchtung vor. Endlich eine Spur!

„Ich informiere das SEK. Sicher ist sicher.“

Rauscher nahm das Handy vom Ohr, stieß seinen Stuhl nach hinten weg und sprang auf. „Ich glaube, wir haben eine konkrete Spur“, rief er Jana und Elke zu. Die beiden Frauen sprangen auf und fielen sich in die Arme. In der Küche gab es niemanden, dessen Augen nicht auf der Stelle feucht wurden ob der aufkeimenden Hoffnung.

38

Die direkte Nachbarin im Schwedenpfad hieß Margarete Thoma. Ihre Wohnung lag im gleichen Stock. Ingo Thaler wollte bei ihr sein Glück versuchen. Er war für seine Verhältnisse früh auf den Beinen, was normalerweise nicht sein Ding war. Aber hier musste er eine Ausnahme machen. Das war er Rauscher schuldig. Irgendwie demoralisierte ihn die Tatsache, dass sie mit Wöhr aller Voraussicht nach danebengelegen hatten. Manchmal greift man eben in die Grütze, sagte er sich, ließ sich aber davon nicht entmutigen. Im Gegenteil, es verlieh ihm die nötige Motivation, um nun auf den richtigen Pfad zu kommen.

In der besseren Wohngegend im Frankfurter Stadtteil Höchst standen hauptsächlich hell getünchte Mehrfamilienhäuser. Viele von ihnen waren vierstöckig und hatten bunte Blumenkästen auf den Balkonen.

Thaler stand vor einem nicht mehr ganz taufrischen Haus, dessen Fassade jedoch neu gemacht zu sein schien. Er blickte auf einen weinroten Rauputz ohne Graffitis. Lediglich die alten Briefkästen und die Klingelschilder verrieten das wahre Alter des Hauses.

Energetisch saniert, also gedämmt, dachte er, wie das auf Neudeutsch hieß, damit sich die Vermieter von den Mietern per Gesetz einen Teil der Sanierungskosten zurückholen konnten. Das war inzwischen in ganz Frankfurt die Regel. Und weil sich einige Mieter das nicht leisten konnten, fand auf diese Weise eine Art Entmietung statt. Thaler erinnerte sich an den Abgerippt-Fall, der ihm schwer an die Nieren gegangen war. Aber nun ging es um etwas anderes. Er versuchte sich zu konzentrieren.

Nachdem er geklingelt und sich als Kommissar der Frankfurter Mordkommission vorgestellt hatte, erklang der Summer. Er öffnete die Haustür und begab sich in den ersten Stock. Auf dieser Etage gab es lediglich zwei Wohnungen. Links die Schumann-Wohnung, was Thaler dem Klingelschild entnahm, rechts die Thoma-Wohnung.

Die Tür ging einen Spalt auf, eine Kette war vorgelegt. Thaler zückte sofort seinen Dienstausweis, den Frau Thoma inspizierte, bevor sie die Tür öffnete und Thaler einließ.

Frau Thoma war ein etwa fünfundsechzigjähriges Hausmütterchen. Sie empfing ihn in einer bunten Kittelschürze.

„Früh auf den Beinen, junger Mann", sagte Frau Thoma, während Thaler die Wohnung betrat. „Muss ja verdammt wichtig sein."

„Kann man wohl sagen."

„Sie sind bestimmt wegen Herrn Schumann hier, hab ich recht?", fragte Frau Thoma, führte ihn in eine geräumige Wohnküche und bot ihm einen Platz am runden Küchentisch an, den Thaler gerne annahm.

„Haben Sie schon gefrühstückt? Möchten Sie ein Stück Kuchen? Frisch gebacken."

„Nein danke", antwortete Thaler. „Aber, wenn ich fragen darf: Wie kommen Sie darauf, dass ich wegen Herrn Schumann hier bin?"

„Hab's in der Zeitung gelesen. Von dem Mord, meine ich. Schlimm, schlimm! Und weil ihm ja die Wohnung nebenan gehört, dachte ich ..."

„Kannten Sie Herrn Schumann persönlich?"

Sie winkte ab. „Nur aus der Zeitung. Er war ja so gut wie nie hier. Man hat aber öfter mal was über ihn gelesen. Und das hat mich natürlich immer interessiert, wenn jemand so Prominentes neben einem die Wohnung hat. Sie verstehen?"

„Sicher. Aber sagen Sie: Wenn Schumann nie hier war, wer wohnt denn dort drüben?"

„Niemand. Jedenfalls im Moment nicht."

„Aha. Die Wohnung steht also leer und wird nicht benutzt?"

„Bis vor einem halben Jahr hat ja die Nicole dort gewohnt. Ein ganz liebes Mädchen, sag ich Ihnen."

„Sie reden von Nicole Schumann, seiner Tochter?"

„Ja, die Wohnung war ihre Studentenbude. Eine Ein-Zimmer-Wohnung mit Einbauküche, wissen Sie ..."

„Moment: Nicole Schumann studiert doch in Köln?"

„Jetzt schon, aber bis etwa vor einem halben Jahr hat sie noch in Frankfurt studiert und nebenan gewohnt ... Möchten Sie vielleicht eine Tasse Kaffee? Ich setze gern einen auf. Oder einen Tee? Hab schwarzen und Kräutertee. So netten Besuch hat man ja nicht alle Tage."

Thaler schmunzelte. „Schrecklich lieb von Ihnen, aber ich möchte jetzt nichts ... außer noch ein paar Informationen. Das ist nämlich alles sehr interessant, was Sie da sagen."

„Finden Sie?"

„Und ob!" Thaler grinste. „Also: Nicole Schumann hat bis vor etwa einem halben Jahr nebenan gewohnt. Und seitdem steht die Wohnung leer?"

„Na ja, leer steht sie schon. Aber ich höre manchmal, also nicht oft, Geräusche."

„Geräusche?"

„Ja, Geräusche."

„Können Sie die näher beschreiben?"

„Na, als wenn jemand in der Wohnung ist."

„Vielleicht ein Untermieter?"

„Nein. Dafür ist es zu selten. Es kommt nur alle paar Wochen vor."

„Also nutzt jemand nur alle paar Wochen die Wohnung?"

„So scheint es zu sein."

„Und es war nicht Herr Schumann?"

„Ich weiß nicht, wer es ist."

„Und Sie haben auch keine Idee, wer es sein könnte?"

„Nein."

Thaler überlegte eine Weile, doch Frau Thoma störte ihn dabei.

„Warum interessiert Sie das eigentlich?"

„Routineermittlungen."

„Spannend!", rief Frau Thoma und weitete die Augen. „Das kennt man ja aus dem Tatort." Sie grinste. „Aber so in der Wirklichkeit ..."

Thaler musste ebenfalls grinsen. „Moment!" Er nahm sein Tablet aus der Jackeninnentasche, ging auf den Kripo-Server, rief den Fall Schumann auf und öffnete ein Bild von Frau Schumann. „Kennen Sie diese Frau?" Er hielt Frau Thoma das Tablet hin.

„Nein." Sie schüttelte energisch den Kopf.

„Das ist Corinna Schumann. Herrn Schumanns Ehefrau. Sie haben sie noch nie gesehen?"

„Noch nie."

„Corinna Schumann war also noch nie hier, nebenan in der Wohnung, meine ich natürlich."

„Nicht, dass ich wüsste."

Thaler nahm das Tablet, klickte das Bild weg und öffnete ein Bild von Lennart Friedrichs. „Kennen Sie diesen Mann?"

Frau Thoma schaute etwas gequält auf das Display und begann langsam aber sicher den Kopf zu schütteln. „Nö. Auch nicht. Wer soll das sein?"

„Nicht so wichtig ..." Thaler grübelte, wie es nun weitergehen sollte. „Haben Sie Nicole Schumann die letzten Tage gesehen? Vielleicht drüben in der Wohnung?"

„Nein, sie war ganz bestimmt nicht hier."

„Wie können Sie da so sicher sein?"

„Weil sie bei mir geklingelt hätte, um Hallo zu sagen. Wir haben oft hier bei mir gesessen, ein Likörchen getrunken und Lindenstraße zusammen geguckt. Sie verstehen?"

„Äh ... ja ... Nicole Schumann und Sie?" Thaler war etwas verwundert, versuchte aber, sich nichts anmerken zu lassen.

„Ja, Nicole und ich, wir hatten viel Spaß ..." Sie lächelte. „Manchmal habe ich auch für sie gekocht. Sie mochte am liebsten meine Grüne Soße mit Eiern. Die kann niemand so gut wie ich, hat sie immer gesagt. Und in meine Linsensuppe war sie auch ganz vernarrt. Die hat vielleicht Portionen verdrückt, sag ich Ihnen, das kleine Persönchen."

„Das hört sich ja wirklich lecker an ..."

„Ich hab noch einen Rest Sauerkraut und Rippchen im Kühlschrank, möchten Sie?"

„Klingt mehr als verlockend, Frau Thoma, aber so früh am Morgen, und außerdem muss ich wieder ..."

„Schade. Das Plaudern mit Ihnen macht Spaß ..."

„Mir auch, Frau Thoma, mir auch. Aber die Pflicht ruft!"

Er stand auf und verabschiedete sich von der Nachbarin, die in der Wohnungstür stand und ihm hinterher winkte, während er die Treppenstufen nach unten nahm.

Auf dem Weg zur Haustür arbeitete sein Kopf auf Hochtouren. Leere Schumann-Wohnung, in der ab und zu undefinierbare Geräusche zu vernehmen waren. Hmmm. Er rief sich die Lage der Wohnung in Erinnerung. Lag hier um die Ecke nicht jener Abenteuer-Spielplatz, auf dem die Sturmhaube gefunden worden war? Thaler zückte erneut sein Tablet, öffnete den Frankfurter Stadtplan und fand seine Vermutung bestätigt. Richtig, der befand sich nur zwei Querstraßen weiter. Der Stadtteil Höchst grenzte an den Stadtteil Nied, wo ja auch der Keller lag, in dem Schumann kurzfristig festgehalten worden war.

Konnte das alles Zufall sein? Nein! Das konnte er sich nicht vorstellen. Dazu war er zu sehr Kopfmensch. Es musste irgendeinen Zusammenhang geben. Und genau den würde er nun aufdecken.

39

Die Scheune in Nied lag am Ende eines langgezogenen, rechteckigen Innenhofes. Rechts und links des Hofes standen Mietshäuser mit jeweils vier Wohnungen. Die Scheune war wohl weit über hundert Jahre alt. Sie stand etwas windschief vor der anrückenden Kripo und dem SEK. An der Fachwerkfassade blätterten die letzten Farbreste von den Holzbalken ab. Unter dem Putz der gemauerten Zwischenräume kamen rote Sandsteine zum Vorschein. Das Scheunentor vermittelte den Eindruck, als würde es ein erneutes Öffnen nicht überstehen.

Es hatte nur etwas mehr als eine Stunde gedauert, bis die Einsatzgruppe zusammengetrommelt und einsatzbereit war. Während sich der Trupp in gebührendem Abstand außerhalb des Innenhofes verschanzte und auf den Einsatzbefehl wartete, robbte ein SEK-Mann in Zivil an eines der Fenster heran, um die Lage im Inneren der Scheune zu sondieren.

Von außen konnte man durch zwei tiefe, schmale Fenster, oberhalb des Bodens, in den Keller schauen. Er musste die Nase dicht an die Scheibe pressen, um etwas im Halbdunkel zu erkennen. Der Raum sah wie ein stinknormales Lager aus. Er erkannte einige Fässer und eine Gerätschaft aus Holz und Metall, die er für eine Kelter hielt. Es gab einige Regale an den Wänden, einen runden Holztisch und etliche Stühle. Personen Fehlanzeige. Und es rührte sich auch nichts. Allerdings gab es zwei Türen, die in weitere Räume führten, die er nicht einsehen konnte. Und Stufen, die in einen Keller zu führen schienen.

Er robbte zurück, verließ den Innenhof und ging zu Einsatzleiter Homberger, um ihm Bericht zu erstatten. Neben Homberger standen Rauscher und Krause. Rauscher hörte sich alles an und schien äußerlich ganz ruhig zu sein.

Aber das schien nur so.

In seinem Inneren tobte ein Orkan. Sein Pulsschlag donnerte ihm bis zum Hals. Sein Kopf dampfte. Ihm war heiß; er hatte das Gefühl zu verglühen. Aber er versuchte, sich auf das zu konzentrieren, was ihn im Inneren der Scheune erwarten würde. Er durfte jetzt keinen Fehler machen. Keinen verdammten Fehler!

Rauscher fiel es verdammt schwer, seine Gedanken und Gefühle zu kontrollieren. Vielleicht ist Mäxchen da drin. Muss zu ihm. Muss ihn aus der Gewalt seiner Entführer befreien!

Am liebsten hätte er laut geschrien, aber er musste sich zwingen, leise zu sein, um den Einsatz – und damit Mäxchens Leben – nicht zu gefährden. Wann gaben Einsatzleiter Homberger und Kollege Krause endlich den Befehl, da reinzugehen? Es waren vielleicht die schlimmsten Sekunden seines Lebens. Warten. Bangen. Es zerriss ihn innerlich. Es war ein Rausch der Gefühle, der ihn übermannte, gleichzeitig jedoch umzubringen drohte. Doch diesen Tod starb er gerne, solange er Mäxchen wiederbekommen würde. Sollte er allein vorstürmen und die Scheune entern? Er konnte fast nicht mehr abwarten. Nein. Nein. Nein. Einmal besonnen bleiben. Nur einmal. Zum Glück hatte er seine Dienstwaffe nicht dabei. Sonst hätte er vielleicht Friedrichs erschossen, falls er ihn mit Mäxchen im Keller finden würde.

Nach einer kurzen Beratung ging es los. Das SEK rückte mit etwa zehn Mann in schwarzer Kampfmontur vor. Die vier vorderen Beamten trugen HK MP5-Maschinenpistolen. Die anderen hielten ihre Walther P99 im Anschlag. Einzeln huschten die Beamten in den Innenhof, postierten sich rechts und links vom Scheunentor. Krause und Homberger folgten.

„Du bleibst hier draußen!“, erklang Krauses Stimme, genau wie Rauscher es befürchtet hatte. Er nickte und diesmal hielt er sich an den Befehl. Obwohl er jetzt Steine kauen könnte. Oder auf irgendetwas anderes beißen. Hauptsache irgendetwas tun.

Er hielt es nicht lange aus.

Konnte nicht mehr nur abwarten. Immerhin ging es hier um das Leben seines Sohnes. Etwa eine Minute, nachdem der letzte Beamte im Innenhof verschwunden war, pirschte er sich ebenfalls hinein. Hielt sich am Rande, schlich am rechten Mietshaus vorbei und tastete sich langsam Richtung Scheune vor. Unbemerkt vom SEK-Trupp, denn alle waren auf das Scheunentor konzentriert.

Und dann ging es hinein. Einer der SEK-Leute öffnete das unverschlossene Scheunentor. Es dauerte maximal eine halbe Minute, bis alle darin verschwunden waren. Auch Homberger und Krause folgten ihnen.

Rauscher legte einen Sprint hin, der ihn etwas außer Atem brachte, und landete rechterhand des Scheunentors. Er spähte hinein, konnte aber niemanden sehen. Was bedeutete, dass die SEK-Leute bereits in einen der Nebenräume oder in den Keller vorgedrungen waren.

Als er die Scheune betrat, war es düster. Seine Augen mussten sich erst an die Dunkelheit gewöhnen. Er hörte Stimmen und orientierte sich an ihnen: „Sauber!“ Sie kamen wohl aus dem Keller. Auch einige Schreie waren zu vernehmen, er konnte aber nicht identifizieren, von wem sie stammten, bis Jan Krause brüllte.

„Stopp! Einsatz beendet!“

Rauscher traute seinen Ohren kaum. Was war da los? Er flitzte die Kellertreppe hinab und stieß auf einige SEK-Beamte, die bereits wieder am Gehen waren.

Jan Krause stand in der Mitte eines großen Raumes und blickte Rauscher an. „War ja klar ... Du solltest doch draußen ... Ach, ist ja jetzt auch egal.“

„Was ist passiert?“, keuchte Rauscher, der immer noch außer Atem war.

Kollege Krause deutete auf einen älteren Mann, der etwa drei Meter vor ihnen stand. „Das ist Hans Wöhr, Karl Wöhrs Bruder.“

Hans Wöhr rührte sich nicht und hatte immer noch die Hände erhoben. Seine Augen waren weit aufgerissenen und er schnappte fischartig nach Luft. Er schien sichtlich geschockt zu sein aufgrund des Polizeieinsatzes. So viele Beamte auf einmal hatte er noch nie zuvor gesehen. Und schon gar nicht so dicht vor ihm und mit auf ihn zielenden Waffen.

„Und Mäxchen?“, rief Rauscher.

„Auf den ersten Blick keine Spur. Jedenfalls keine offensichtliche.“

Rauscher stürmte vor und packte Wöhr am Kragen: „Wissen Sie, wo mein Sohn ist? Raus mit der Sprache!“

Krause schritt im Nu ein und befreite Wöhr aus Rauschers Klammergriff. „Das bringt doch nichts. Beruhig dich!“

Wöhr war nun völlig konsterniert. Er schwitzte stark. Seine Beine fingen an zu zittern.

Krause nahm ihn beiseite, als Rauscher sich wieder halbwegs im Griff hatte, und sprach den verdatterten Taxiunternehmer an. „Was machen Sie hier?“

Wöhr schluckte. Öffnete leicht die Lippen, aber es schien ihm schwerzufallen, etwas zu sagen. Er setzte an, aber es kam nur heiße Luft. Nach einer Weile brachte er schließlich die Worte „Mein Bruder Karl …“ hervor, bevor er wieder verstummte und die Polizisten weiter ängstlich anstarrte.

„Was ist mit Ihrem Bruder?“, fragte Krause nach. Als Wöhr nicht gleich antwortete, wurde er fuchsteufelswild. „Na wird’s bald! Muss ich Ihnen alles aus der Nase ziehen?“

Rauscher wunderte sich über den Kollegen. Das wäre eigentlich sein Part gewesen. Die Situation schien ihm mächtig zuzusetzen. Aber nicht nur Krause, auch Rauscher wurde mit jeder Sekunde hibbeliger.

Als Wöhr immer noch nichts antworten wollte, ging Krause einen Schritt auf ihn zu und blickte ihn böse an: „Ich frage Sie jetzt direkt: Haben Sie Herrn Rauschers Sohn Max entführt? Und wenn ja, wo befindet er sich jetzt? Wenn Sie nicht reden, schwöre ich Ihnen bei Gott, dass wir es aus Ihnen rausholen werden. Bei solchen Dingen kennen wir kein Pardon!“ Die Holzhammermethode, fand Rauscher, war jetzt angemessen: Wöhr war labil, sie mussten ihn unter Druck setzen.

Der eingeschüchterte Wöhr fuhr sich durchs rot angelaufene Gesicht und schwitzte immer mehr. „Mein Bruder hat mich angerufen und gesagt, ich soll hier mal nach dem Rechten sehn und so. Und das hab ich gemacht ... bevor Sie hier reingestürmt sind.“

„Nach dem Rechten sehen“, wiederholte Krause. „Was hat er damit gemeint?“

Wöhr zuckte die Achseln. „Keine Ahnung. Frag ich mich auch die ganze Zeit.“

„Und was ist mit Mäxchen? Haben Sie ihn hier im Keller gesehen?“

„Häh? Von wem reden Sie?“

„Ich rede von Max, dem kleinen Sohn von Kommissar Rauscher, der entführt worden ist.“

„Aber nicht von mir. Damit habe ich nichts zu tun.“

„Und Ihr Bruder?“

„Der war doch bis vor Kurzem in U-Haft.“

„Vielleicht hat er von da aus die Entführung ...?“

Rauscher packte Krause an der Schulter. „Jan, lass es gut sein! Die Wöhrs haben damit nichts zu tun. Es war Friedrichs, glaub mir. Das sagt mir mein Instinkt.“

Krause fuhr herum. „Ja, ja, ist ja schon gut. Aber du musst zugeben, dass es schon etwas merkwürdig ist, ihn hier im Keller zu erwischen.“

„Vielleicht gibt es dafür ja wirklich eine einfache Erklärung.“

„Vielleicht, vielleicht, vielleicht.“ Er wandte sich wieder an Wöhr. „Wir nehmen Sie vorerst mit aufs Präsidium. Wir sind noch nicht durch mit Ihnen. Und jetzt rufe ich die Spusi an. Die müssen hier jeden Quadratzentimeter umdrehen und nach Spuren von Mäxchen suchen, damit wir wissen, ob er überhaupt hier gefangen gehalten wurde."

„Mach das!", sagte Rauscher und verschwand nach oben. Er brauchte dringend Frischluft.

40

Abteilung Attacke!, dachte Thaler und musste lächeln. Nee, das war er ganz und gar nicht. Eher der gemütliche Typ. Aber jetzt stand er hier vor der kleinen Eigentumswohnung im Schwedenpfad, die Hans-Georg Schumann gehörte, und sein Magen signalisierte ihm, dass er hinter dieser Tür – mit etwas Glück – Mäxchen finden würde. Das durfte es nicht versieben. Auch wenn er wenig Erfahrung mit solchen Vor-Ort-Einsätzen hatte, wäre es die Möglichkeit, als Held dazustehen, nachdem sie bei Wöhrs Festnahme kein gutes Bild abgegeben hatten. Er hätte Mäxchen das Leben gerettet und Rauscher wäre ihm zu ewigem Dank verpflichtet.

Nur: Wie sollte er nun vorgehen?

Er könnte klingeln und sich vorstellen. Aber ob Frau Schumann öffnen würde – vorausgesetzt, sie befände sich tatsächlich in der Wohnung – wenn sie merkte, dass die Kripo vor der Tür stand? Wohl kaum. Also kein guter Plan. Er wollte aber unbedingt hinein, um nachzusehen, ob Mäxchen da war.

Spontan entschied er sich, den Mainova-Mann zu geben. Das zog immer.

Er legte das rechte Ohr an die Tür und horchte. Nichts. Kein Geräusch drang nach außen. Also drückte er den Klingelknopf an der Tür. Zum Glück gab es keinen Spion.

Es dauerte nicht lange, bis er Schritte vernahm. Sehr gut, es war jemand da. Dann hörte er eine Stimme. Weiblich. Es klang, als spräche jemand in die Gegensprechanlage. „Ja, bitte? Wer ist denn da?"

Thaler klopfte an die Tür. „Die Mainova. Bin schon vor Ihrer Tür. Ich muss den Gaszähler ablesen."

„Ach so ... herrje! Einen Moment bitte!" Schritte entfernten sich.

Könnte die Schumann sein, dachte Thaler. Der Stimme nach. Ein Bild von ihr hatte er im Kopf. Er würde sie spielend erkennen.

Schritte kamen zurück. Die Tür ging langsam auf.

Thaler stellte sofort einen Fuß in die Wohnung. In der Zwischenzeit hatte er seinen Dienstausweis hervorgeholt und hielt ihn der Person dicht vor die Augen. Gleichzeitig trat er einen weiteren Schritt vor und stellte seinen Fuß so, dass sie unmöglich die Tür wieder zumachen konnte. „Kripo Frankfurt", sagt er. „Mein Name ist Ingo Thaler."

Er schaute einer verdutzt dreinblickenden Corinna Schumann ins Gesicht. Sie war es. Zu hundert Prozent. Er jubilierte innerlich, was ihm zusätzlichen Schwung verlieh.

Frau Schumann trug ein beiges Jäckchen und eine Jeans. Ihre Haare waren streng nach hinten gekämmt und hochgesteckt. Sie wich automatisch einen Schritt zurück, weil er ihr zu nahe gekommen war. Wahrscheinlich konnte sie es nicht ab, wenn ihr jemand Fremdes auf die Pelle rückte. „Äh ... wie darf ich das verstehen?"

Thaler kannte kein Pardon und drückte mit Wucht die Tür ganz auf, sodass Frau Schumann beinahe am Kopf getroffen worden wäre, hätte sie nicht geistesgegenwärtig den Oberkörper zurückgezogen.

„Was soll das?", schrie sie ihn an. „Was machen Sie? Das dürfen Sie nicht!"

„Ach nee!", rief Thaler. „Kinder entführen darf man auch nicht!"

„Verlassen Sie auf der Stelle meine Woh...", erboste sich Frau Schumann, kam aber nicht weiter, denn Thaler stürmte an ihr vorbei ins Innere der Wohnung. Der Flur war etwa vier Meter lang. Von ihm zweigten drei Türen ab. Geradeaus lag wohl das Wohnzimmer, aber bis dahin kam er nicht. Frau Schumann packte ihn nämlich an der Schulter und versuchte ihn festzuhalten, was ihn leicht taumeln ließ. Da er sich davon aber nur für Sekundenbruchteile aufhalten ließ, schrie sie ihn weiter wie eine Furie an. „Stopp! Sie dürfen hier nicht ..."

Doch ein Handstreich nach hinten rechts ließ sie verstummen und wehrte ihren Arm ab.

„Und ob ich das darf", rief Thaler. „Bei Gefahr in Verzug darf man viel mehr, als Sie denken!" Er wandte sich wieder ab und steuerte erneut auf die vor ihm liegende Tür zu.

Frau Schumann nutzte die Gelegenheit. Sie sprang ihm von hinten ins Genick und krallte sich mit beiden Armen um seinen Hals. Darauf war Thaler nicht vorbereitet gewesen. Er verlor das Gleichgewicht und beide gingen zu Boden. Thaler fiel auf den Rücken und begrub die Frau halb unter sich.

Wie ein Rottweiler sein Gebiss nicht öffnet, wenn er seine Beute einmal in seinen Fangzähnen hat, schnürte Frau Schumann ihre Arme immer fester um Thalers Hals, als wolle sie ihn nie wieder loslassen. Die beiden drehten auf dem Boden einige Pirouetten, erst nach links, dann wälzten sie sich wieder nach rechts.

Thaler bemühte sich, die Fangarme zu lösen, weil er kaum noch Luft bekam, hatte aber Corinna Schumanns Hartnäckigkeit unterschätzt. Sie nötigte ihm Respekt ab. Er begann zu schwitzen; sie auch. Die Anstrengung stand beiden ins Gesicht geschrieben.

„Seien Sie doch vernünftig!", appellierte er an ihren Verstand. „Aus der Nummer ... kommen ... Sie ... nicht ... mehr ... raus." Er japste nur noch.

Aber Frau Schumann ließ nicht locker und nahm ihn immer mehr in den Schwitzkasten.

„Verschwinden Sie endlich!“, schrie sie aus Leibeskräften. Ihre Haare, die sich mittlerweile geöffnet hatten, flogen wild in der Luft herum.

„Ich denk nicht dran!“, gab er prompt zurück.

Beide trugen etliche Schrammen davon, als sie gegen die Flurwände und eine Schrankkante donnerten. Thaler wandte alle Kräfte auf, um nicht zu ersticken. Und vor allem kam jetzt das Unvermeidliche: Er musste ihr wehtun. Verdammt weh! Die einzige Chance, diese Klette loszuwerden. Er lag unten, sie auf ihm. Eine weitere Drehung würde er nicht schaffen. Also schnappte er ein paar Deziliter Luft, ballte die Fäuste, spannte sämtliche Muskeln in seinem Körper an, griff über den Kopf, bekam etwas zu packen, was sich nach einem Ohr und einem Kinn anfühlte und riss es mit einem kraftvollen Ruck nach vorne zu sich.

Ein ohrenbetäubender Schrei durchflutete den Flur. Parallel dazu merkte er, wie sich die Schraubzwinge um seinen Hals lockerte und Sauerstoff in seine Lungen strömte. Mit einem brachialen Gegenschrei ließ er Frau Schumann wieder los, drehte seinen nicht gerade hageren, dafür aber erstaunlich wendigen Körper blitzschnell, was man ihm gar nicht zugetraut hätte, und versuchte die frei gewordenen Arme seiner Ringkampfpartnerin zu erwischen, um möglichen Hieben zuvorzukommen. Es gelang ihm, sie zu fassen zu bekommen und dicht an sich zu drücken, sodass es keinen Millimeter Spielraum mehr gab. Frau Schumann bäumte sich zwar auf, brüllte und fluchte wie ein Rohrspatz, verplemperte dabei jedoch so viel Energie, dass ihre Kräfte schnell schwanden und sie bald erschöpft in sich zusammensackte. Sie verlor ihre Körperspannung, woran Thaler erkannte, dass er sie besiegt hatte.

Er schnaufte durch und wartete noch eine Weile ab, um endgültig wieder zu Atem zu kommen. Dann stand er rasch auf. Frau Schumann wand sich noch gebrochen auf dem Boden. Das Ganze hatte weniger als drei

Minuten gedauert, kam ihm aber vor wie eine Ewigkeit. Und genauso viel Kraft hatte es auch gekostet. Aus seinem Innensakko holte er die Handschellen hervor, die er immer bei sich trug – sicher war sicher – legte sie Frau Schumann an, griff ihr unter die Achseln und stellte sie auf die Füße.

„Das werden Sie noch bereuen!“, keuchte sie und pustete sich einige Haare aus dem Gesicht.

„Abwarten“, antwortete er keck. „Wollen doch mal sehen, was wir hier haben.“ Er schob die Frau vor sich her. Sie stolperte etwas, war noch nicht wieder ganz sicher auf den Beinen. Zusammen gingen sie den Flur entlang. Durch die rechte Tür erkannte er das Bad. Die linke Tür führte in die Küche. Er ging, mit Frau Schumann vor sich, weiter und geradeaus durch die Tür. Dort gelangten sie in einen etwa zwanzig Quadratmeter großen Raum, der als Schlaf- und Wohnraum genutzt wurde. In der rechten hinteren Ecke, durch ein Regal abgetrennt, stand ein Bett, vorne links ein Tisch, an der rechten vorderen Wand eine Couch.

Und direkt davor lagen mehrere große Legosteine und Matchboxautos.

Thaler glitt ein Lächeln übers Gesicht. Leider sah er die Hauptperson nicht. Wo steckte Mäxchen?

41

Also doch Wöhr?

Hatte sich Rauscher getäuscht und der Mann aus Nied war doch der Täter? Rauscher haderte mit sich und zweifelte seine eigene Theorie an, nachdem sich die Brüder Wöhr selbst wieder ins Zwielicht gebracht hatten. Aber wie sollte das abgelaufen sein? Rauscher konnte es sich beim besten Willen nicht vorstellen. War Hans Wöhr von Anfang an Karl Wöhrs Komplize gewesen? Dann hätten die beiden die Kripo aber ganz schön hinters Licht geführt. Und das würde ja auch bedeuten, dass Lennart Friedrichs und seine Loverin Corinna Schumann unschuldig waren. Nein und nochmals nein! Dieses Szenario konnte und wollte sich Rauscher nicht ausmalen. Dennoch musste er zugeben, dass er schon zu viel gesehen und erlebt hatte, um nicht auch die abstrusesten Möglichkeiten zumindest in Betracht zu ziehen.

Rauscher stand im Flur des Präsidiums, hatte Jana an der Strippe und brachte sie auf den neuesten Stand.

„Unfug!“, kommentierte Jana wie aus der Pistole geschossen. „Nie und nimmer glaub ich, dass die Wöhrs dahinter stecken. Nicht nach all dem, was wir wissen.“

„Ich ja auch nicht. Aber das eben im Keller steckt mir ganz schön quer. Wir müssen abwarten, ob die Spusi Spuren findet, die darauf hinweisen, dass Mäxchen da unten war.“

„Okay. Und wie geht’s jetzt weiter?“

„Krause wird Hans Wöhr noch mal verhören. Ich bleib so lange hier, bis dabei was rauskommt. Oder eben nicht. Kannst du das bitte auch Elke ausrichten?“

„Klar. Und pass auf dich auf!“

„Mach ich. Bis später ... und Jana: Ich bin echt froh, dass ich dich hab.“

„Einer muss ja auf dich aufpassen“, platzte sie raus und er ahnte, dass sie dabei lächelte. Doch bevor Rauscher etwas erwidern konnte, drückte sie das Gespräch weg.

Na warte, Frau Kommissarin, dachte Rauscher, wurde aber vom Ernst der Lage sogleich wieder überrannt, denn Krause bog mit Hans Wöhr um die Ecke.

„Kann losgehen!“, sagte er und öffnete die Tür zum Verhörraum. „Aber du bleibst hier draußen.“

„Ja, ja, ist ja schon gut.“

Rauscher fügte sich, obwohl er jedes Recht gehabt hätte, das Verhör mit Krause gemeinsam zu führen oder zumindest dabei zu sein. Schließlich ging es hier um seinen Sohn. Aber er wollte Krause nicht in die Parade fahren und vor allem jeglichen Krach vermeiden. Denn den konnten sie jetzt absolut nicht gebrauchen. Die Lage war verfahren genug. Eine weitere Eskalation musste unbedingt vermieden werden.

Krause wies Wöhr seinen Platz zu und schloss hinter sich die Tür. Rauscher beobachtete die beiden durch die Scheibe und hörte ihnen aufmerksam zu.

Die ersten Minuten drehten sich um den Keller, Wöhrs Anwesenheit dort unten, Karl Wöhrs Aufforderung, im Keller nach dem Rechten zu sehen, aber die Fragen beförderten nichts Neues zutage. Lediglich einige Vermutungen. Hans Wöhr mutmaßte, sein Bruder habe ihn zum Aufräumen in den Keller geschickt, weil dieser erst einmal Abstand brauchte. Die Erinnerungen an Schumann, die Entführung und die U-Haft waren noch zu präsent. Krause gab sich mit der Erklärung zufrieden, bemerkte jedoch, dass sie sich dies von Karl Wöhr bestätigen lassen würden.

Rauscher hatte das Gefühl, sie drehten sich im Kreis und ließen sich von Wöhr vorführen. Wenn er den Taxifahrer so ansah, konnte er ohnehin nicht an dessen Schuld glauben. Bei Karl Wöhr war es ihm schon ähnlich ergangen.

Was Krause auch fragte, Wöhr hatte eine passende oder zumindest halbwegs plausible Antwort parat. Krause ließ zwar nicht locker, aber es war mehr der letzte Versuch, doch noch etwas aus Wöhr herauszuholen. Auch Krause schien nicht mehr an ein Schuldeingeständnis zu glauben.

Gerade wollte er zum letzten Gefecht ausholen, als sein Handy klingelte. Er sah Kollege Thalers Nummer auf seinem Display aufleuchten und stutzte.

„Einen Moment bitte", sagte er zu Hans Wöhr, nahm das Handy und ging hinaus. „Ingo ruft mich an“, sagte er, als er draußen vor Rauscher stand.

Er nahm den Anruf entgegen. „Hallo Ingo, was gibt's?“

„Jan, du musst sofort in den Schwedenpfad kommen, hörst du?“

„Äh, wie bitte? Wovon redest du?“

„Ich hab keine Zeit für lange Erklärungen. Lass alles stehen und liegen und komm in den Schwedenpfad. Stadtteil Höchst, grenzt an Nied. Kapiert!“

Diese rabiate Art kannte er gar nicht von Thaler. Er wunderte sich. Allerdings klingelten ihm die Ohren bei dem Wort „Nied“. Es musste um etwas Ernstes gehen. „Ich bin im Präsidium und Rauscher steht neben mir. Willst du mir nicht erst mal erzählen, um was es geht?“

„Das ist gut. Bring Rauscher unbedingt mit. Ich kann jetzt nicht länger telefonieren. Schwingt endlich die Hufe hierher! Hausnummer 122.“

Klick. Thaler hatte das Gespräch beendet.

Nachdem Krause Rauscher über das leicht konfuse Gespräch informiert hatte, gab er einem Sicherheitsbeamten die Anweisung, dieser möge Hans Wöhr in seine Verwahrzelle zurückbringen. Danach setzten sich die beiden Kommissare in Bewegung. Auf dem gesamten Weg nach Höchst debattierten sie Thalers Verhalten am Telefon, aber es blieb ihnen ein Rätsel. Was hatte ihn denn in den Schwedenpfad verschlagen? Und auf was mochte er gestoßen sein?

42

Diese Hessen können echt nerven!

Lennart Friedrichs war aufgebracht, als er gegen halb zehn Uhr aus dem Sitzungssaal des Römers trat. Der Oberbürgermeister hatte fünf

Minuten zuvor die Gespräche endgültig für beendet erklärt, nachdem auch am gestrigen Abend keine Einigung hatte erzielt werden können. Beide Parteien waren auch nach zähen Verhandlungen keinen Millimeter aufeinander zugegangen.

Was Friedrichs erzürnte, war die Ankündigung der Gegenpartei, dass im Falle der Einführung des neuen Gesetzes umgehend eine Klage vor dem Europäischen Gerichtshof angestrebt werden würde. Die Chancen, in einem solchen Fall das Apfelwein-Gesetz wieder zu kippen, konnte er zwar nicht einschätzen, aber die Formalitäten im Vorfeld wären sicher immens.

Da der Oberbürgermeister und der Innenminister dermaßen massiv interveniert und ihren Standpunkt gegen das Gesetz vertreten hatten, beließ es Friedrichs dabei. Das Gesetz war für ihn tot. Wie sein Erfinder und Initiator Hans-Georg Schumann. Es war seine Idee gewesen, sein Baby. In Brüssel gab es niemanden mehr, der das Gesetz mit Herzblut weiterverfolgen würde. Außerdem würde schon morgen oder übermorgen die nächste Sau durchs Dorf getrieben werden und kein Hahn würde mehr danach krähen. Das stand für Friedrichs außer Frage. Und er selbst konnte auch nur halbherzig dahinter stehen. Zwar hätte er sich mit der Durchsetzung des Gesetzes profilieren können, aber – wenn er ehrlich zu sich selbst war – war es von Anfang an eine Schnapsidee gewesen. Punktum!

Friedrichs hatte aufgrund der Gemengelage schlechte Laune und wusste nicht, wohin damit. Luft schnappen, zur Ruhe kommen. Hier konnte er ohnehin nichts mehr ausrichten. Er verließ das Frankfurter Rathaus und winkte auf der Bethmannstraße zwischen Paulskirche und Römer einem Taxi, auch wenn das seinem Chef schlecht bekommen war.

„Zum Steigenberger Airport-Hotel", sagte er beim Einsteigen. Der Fahrer – wohl pakistanischer Herkunft – trug eine Art Turban. Er nickte und fuhr direkt los.

Friedrichs zückte sein Handy. Er musste seinen Frust loswerden und seiner Geliebten von dem Misserfolg erzählen. Sonst kannte er in der Stadt niemanden; jedenfalls nicht näher.

Er ließ es eine Weile klingeln, bis die Mailbox ansprang.

Nanu, warum ging sie nicht ran?

Er wählte erneut und wartete wieder ab, doch dann kam die mechanisch klingende Frauenstimme, die ihm mitteilte, er könne nach dem Piepston etwas aufs Band sprechen.

Wo steckte Corinna? Das war noch nie vorgekommen, dass sie seinen Anruf nicht annahm. Und verhindert konnte sie eigentlich gar nicht sein. Eigentlich wusste er ganz genau, wo sie war. Oder jedenfalls hätte sein müssen.

Er wurde skeptisch und probierte es ein drittes Mal, doch auch dieses Mal vergebens. Spontan disponierte er um.

„Planänderung", rief er nach vorne. „Fahren Sie mich bitte in den Schwedenpfad, das ist eine Straße in Frankfurt-Höchst ..."

Der pakistanische Fahrer schaute ihn im Rückspiegel an und sagte geduldig mit hoher Stimme: „Wie Sie möchte."

Friedrichs seufzte. Änderungen am festgelegten Ablauf waren überhaupt nicht seins. Dennoch musste er wissen, was mit Corinna los war. Und wenn er sie gefunden hatte, galt es, so schnell wie möglich diese vermaledeite Stadt zu verlassen. Diese Hessen, die gingen ihm gehörig auf die Nerven!

43

Die Fahrt in den Schwedenpfad dauerte eine gute halbe Stunde, weil der Verkehr so dicht war. Die Nervosität der beiden Beamten war mittlerweile mit Händen zu greifen. Sie schauten sich an. Hatte sich Thaler etwa einen Scherz mit ihnen erlaubt? Oder hatte er tatsächlich eine wichtige Entdeckung gemacht?

Sie klingelten. Nach knapp zehn Sekunden ertönte der Summer und sie rannten die wenigen Stufen in den ersten Stock hoch. Die linke Wohnungstür war nur angelehnt, also wählten sie diese, klopften kurz und traten ein.

Krause vorneweg. „Hallo. Ist da jemand? Ingo, bist du hier?“, rief er mit lauter Stimme.

„Einfach durchgehen“, ertönte es von weiter hinten in der Wohnung. Die Stimme kam ihnen bekannt vor.

Rauschers Geduldfaden riss endgültig. Er sprintete an Krause vorbei durch den Flur und weiter durch die Tür geradeaus, die in einen größeren Raum führte. Was er dort erblickte, ließ ihm zunächst den Atem stocken. Dann riss er die Augen auf. Ein Strahlen erschien auf seinem Gesicht.

„Was ist denn hier ...?“, rief Rauscher, doch die Worte stockten in seinem Hals.

Er stürzte vorwärts.

Links saß Frau Schumann auf einem Stuhl. Soweit er das erkennen konnte, war sie mit Handschellen an die rückseitige Lehne gefesselt.

Rechts stand eine Couch. Darauf saß Ingo Thaler, der die beiden Kommissare freudestrahlend anblickte.

Auf seinen rechten Oberschenkel hatte er Mäxchen postiert. Dieser hielt einen großen Legostein in seinen Händen, lächelte putzmunter und spielte damit. Er registrierte gar nicht, dass sein Vater, den er seit vielen Stunden nicht mehr gesehen hatte, gerade eingetreten war.

Rauscher hätte die ganze Welt umarmen können.

Er preschte vor, schnappte sich Mäxchen von Thalers Oberschenkel, warf ihn in die Luft, fing ihn auf, drückte ihn fest an sich, wirbelte ihn erneut durch die Luft, wobei ihm das Bauklötzchen aus der Hand fiel und herzte ihn wieder. Der kleine Rauscher wusste gar nicht, wie ihm geschah.

Kollege Krause beobachtete die Szene und freute sich ein Bein ab, dass sie Mäxchen gefunden hatten. Und das Wichtigste: Der Rauscher-Nachwuchs schien wohlbehalten zu sein.

Er griff Rauscher an die Schulter. „Du bringst ihn ja um, wenn du ihn zu fest drückst, ne!"

„Quatsch, das kann er ab! Gell, mein Großer." Er küsste ihn auf die Stirn, bis es Mäxchen zu bunt wurde und er anfing zu schreien.

Thaler drückte ihm schnell wieder das Bauklötzchen in die Hand, was ihn schlagartig besänftigte.

„Wie hast du ...?", fragte Rauscher.

„Ich hab ein bisschen recherchiert", unterbrach ihn Thaler.

„Das werd ich dir nie vergessen. Hörst du! Nie!" Er nahm den Kollegen in den Arm, ohne Mäxchen loszulassen.

„Wo sind wir hier?", fragte Krause.

„In Hans-Georg Schumanns Eigentumswohnung", antwortete Thaler.

„Aha, langsam dämmert's mir." Krause wandte sich um. „Sieh mal einer an, die Frau Schumann, ne!"

Die Gefesselte schaute ihn stumm an. Wenn Blicke töten könnten, wäre Krause auf der Stelle umgefallen.

„Nimmst du ihn mir mal ab?", fragte Rauscher und übergab Mäxchen an Thaler. „Ich muss Elke und Jana Bescheid sagen."

Er ging in die Küche, hockte sich an den Tisch und rief Jana an.

„Hey, was gibt's?", fragte Jana sogleich.

„Mäxchen ... Er ist hier bei uns", antwortete er. Eine kleine Träne verließ sein rechtes Auge und tropfte auf den Boden.

„Echt? Das ist ja ... Geht's ihm gut?"

„Ja, ja, alles gut." Er konnte Tonnen von Janas Herz plumpsen hören. „Ich erzähl dir später alles, okay?"

„Okay, okay! ... Mach's gut. Und ... lass uns nicht zu lange warten, ja?"

„In Ordnung. Ich beeil mich." Er klickte das Gespräch weg und schnaufte einmal tief durch. In diesem Moment fiel die enorme Belastung von ihm ab. Erst jetzt begann er zu spüren, wie stark ihm das alles zugesetzt hatte. Er fühlte sich um Jahre gealtert und trotzdem unendlich erleichtert.

Er entdeckte eine schmale Tür, die von der Küche abging. Dahinter lag ein kleiner Abstellraum mit einem Oberlichtfenster, untapezierten Wänden und Linoleumboden. Hier also war das Bild von Mäxchen gemacht worden.

Nach einer Weile, in der er vehement den Kopf geschüttelt hatte, begab er sich wieder hinüber zu den anderen. Krause hörte Thaler zu, der erklärte, wie die ganze Sache im Detail abgelaufen war. Rauscher war das für den Moment schnuppe. Hauptsache, Mäxchen war gesund und munter zurück. Er nahm ihn wieder auf den Arm und eine neue Kuschelrunde begann.

„Ich hab dann ..." Ein Klingelton unterbrach Thalers Erzählung.

„Ist das deins?", erkundigte sich Rauscher.

„Nö", antwortete Thaler. „Ist das Handy von Frau Schumann. Es liegt da hinten auf der Kommode und hat schon öfter geklingelt in der letzten halben Stunde."

„Willst du nicht rangehen?"

„Nö."

„Und warum?"

„Das wirst du gleich sehen. Oder besser gesagt: hören!"

Rauschers Blick sprach Bände. Er mochte es nicht, auf die Folter gespannt zu werden.

„Können Sie mich endlich losmachen?“, schrie Frau Schumann in die Runde. Sie schien es nur schwer zu ertragen, hilflos auf einen Stuhl gefesselt zu sein.

„Alles zu seiner Zeit“, entgegnete Ingo Thaler. „Ein bisschen Geduld bitte.“

„Auf was warten wir denn?“, erkundigte sich Krause.

„Wenn mich mein Polizei-Instinkt nicht ganz verlassen hat“, gab Thaler selbstbewusst zurück, „dann ...“

In diesem Moment wurde er unterbrochen, denn es klingelte an der Haustür. Rauscher zuckte zusammen. Krause wandte sich um. Thaler hob die Hand: „Ich übernehme das, Kollegen.“

Er ging an die Wohnungstür und betätigte den Öffner. Knappe zehn Sekunden später klingelte es an der Wohnungstür, die Thaler blitzschnell aufriss.

Er blickte in fragende Augen. „Was zum Teufel soll d...?“

„Sie sind festgenommen!“, unterbrach er Lennart Friedrichs Satz. Der Politiker war so überrascht von Thalers Anwesenheit in der Wohnung, dass er dastand wie zur Salzsäule erstarrt. Er beäugte Thaler prüfend, als sei er ein Gespenst. „Wegen der Entführung von Max Rauscher. Den Mord an Hans-Georg Schumann werden wir Ihnen auch noch nachweisen.“

Thaler ging zwei Schritte nach vorne, nahm Friedrichs am Arm und führte ihn in die Wohnung.

Rauscher und Krause erschienen im Flur. „Gib mir mal deine Handschellen!“, rief Thaler Krause zu.

„Das übernehme ich gerne.“ Krause legte Friedrichs die Handschellen an und lächelte dabei süffisant. „Sie haben das Recht zu schweigen!“

Friedrichs hob die Augenbrauen. „Das werden Sie bereuen! Bereuen werden Sie das!“

Aus dem hinteren Bereich der Wohnung erklang Frau Schumanns

Stimme: „Lennart? Bist du das, Lennart?“ Doch der Politiker antwortete nicht und senkte den Kopf.

Rauscher stupste Thaler an. „Woher wusstest du, dass Friedrichs …?“

„Ich hab die Nummer auf Frau Schumanns Display erkannt“, erwiderte Thaler. „Also hab ich eins und eins zusammengezählt und darauf gesetzt, dass er sich flugs auf den Weg hierher machen würde.“

„Diese Politiker sind eben leicht zu durchschauen“, merkte Rauscher an.

„Aber so was von!“

Beide fingen herzhaft an zu lachen.

44

„Ich mach Sie alle, das schwöre ich Ihnen“, brüllte Lennart Friedrichs. „Wenn Sie mich und Frau Schumann nicht augenblicklich gehen lassen, nutze ich meine Kontakte in die höchste hessische Politik und Sie werden nie wieder einen Fuß auf den Boden bekommen. Ich mache Sie gnadenlos fertig für den Rest Ihres mickrigen, miesen Scheißlebens. Ich vernichte Sie für alle Zeiten, darauf können Sie sich verlassen!“

Krause, Thaler und Rauscher saßen im Verhörraum des Präsidiums Lennart Friedrichs gegenüber. Sie hörten sich die Tirade des Politikers in Ruhe an. Sein Krakeelen erfüllte den gesamten Raum.

Rauscher lächelte und dachte sich seinen Teil. Die Ankündigungen waren lächerlich. Sie hatten Friedrichs an den Eiern und sie würden ihn sicher nicht mehr entkommen lassen.

Hätte er sich nicht im Griff gehabt, wäre Rauscher Friedrichs freilich an die Gurgel gegangen. Aber die Freude, Mäxchen unversehrt wiederbekommen zu haben, überdeckte momentan alles andere. Sie verlieh ihm eine innere Ruhe, die er lange nicht mehr verspürt und die die schönsten Vatergefühle ausgelöst hatte. Schöner, als er sie je empfunden hatte.

Je mehr sich Friedrichs aufplusterte, desto mehr schmerzten Rauschers Ohren. Irgendwann war er das Gesülze leid und pfiff laut auf zwei Fingern, sodass ihn alle Anwesenden im Raum ansahen.

Friedrichs Lamento brach abrupt ab.

Rauscher lächelte. „Hoffentlich kommt Markowsky bald." Er seufzte. Dass er diesen Satz einmal über die Lippen bringen würde.

Als der Chef eintrat, blickte er niemanden an außer Rauscher: „Ich muss Sie bitten ..." Er wies zur Tür.

„Aber ..."

Markowsky fiel ihm flugs ins Wort. „Bevor Sie sich echauffieren ... Sie wissen genau, dass Sie noch suspendiert sind. Also ..."

Rauscher stand missmutig auf und verließ wie ein begossener Pudel den Raum.

Arschgeige, dachte er, war jedoch zu gespannt auf das Verhör, um das Präsidium zu verlassen. Er positionierte sich wieder draußen vor dem Spiegel. Langsam gewöhnte er sich an seinen Stammplatz. Er war nicht wütend, höchstens ein bisschen angesäuert. Vielleicht hatte er einfach gedacht, alles sei wieder beim Alten und Markowsky könnte die letzten Entgleisungen vergessen. Doch der Chef hatte ihn, schneller als ihm lieb war, auf den Boden der Tatsachen zurückgeholt.

„Endlich ein vernünftiger Mensch!", platzte drinnen Friedrichs hervor.

„Darauf würde ich nicht wetten", entgegnete Markowsky. „Herr Krause, Sie können loslegen."

Friedrichs verstummte. Er sackte etwas in sich zusammen. Sein einstiger Fürsprecher Markowsky schien von ihm abgerückt zu sein, was ihm ganz und gar nicht in den Kram passte.

Krause wandte sich unverzüglich an Friedrichs. „Sie stehen unter Verdacht, Hans-Georg Schumann getötet und Max, den Sohn von Elke Erb und Andreas Rauscher, entführt zu haben. Bekennen Sie sich schuldig?"

„Ich habe damit nichts zu tun!", schleuderte er dem Kommissar entgegen. „Und ich möchte hinzufügen: Frau Schumann ebenso wenig."

„Und wie erklären Sie sich dann, dass Max in der Wohnung im Schwedenpfad zusammen mit Frau Schumann aufgefunden wurde?"

„Bin ich die Polizei? Sie müssen schon selber herausfinden, wie er dorthin gelangt ist."

Krause schwoll der Kamm angesichts solcher Dreistigkeit. Er sah Markowsky und Thaler an. Der Chef nickte. Krause griff in eine Kiste und beförderte eine durchsichtige Plastikhülle ans Licht. Er hielt sie vor Friedrichs. „Hier drin ist Beweisstück A. Es handelt sich um eine Sturmhaube, die mutmaßlich einer der Entführer von Max benutzt hat. Und jetzt dürfen Sie dreimal raten, wo wir sie gefunden haben?"

„Woher soll ich das wissen?"

„In einem Abfallkorb auf einem Spielplatz. Aber nicht auf irgendeinem Spielplatz, sondern auf einem, der nur zwei Straßen vom Schwedenpfad entfernt liegt."

„Na und? Was soll das beweisen?"

„Wir haben DNA daran gefunden, die wir gerade testen lassen."

Friedrichs sackte etwas im Stuhl zusammen. „Ich ... äh ... ich weiß überhaupt nicht, wovon Sie reden."

„Vielleicht sagt Ihnen ja dieses Bild etwas? Es handelt sich um Beweisstück B."

Krause zeigte Friedrichs das Bild von Mäxchen, das in der Abstellkammer neben der Küche in Schumanns Wohnung aufgenommen worden war.

„Nö! Sollte es?"

„Obwohl Sie oder Frau Schumann es selbst gemacht haben?"

„Das ist absurd! Eine Verschwörung gegen meine Person. Und gegen Frau Schumann. Aber damit werden Sie nicht durchkommen. Vor Gericht sicher nicht“, tönte Friedrichs, aber es wollte ihm niemand so recht zuhören.

„Ich bin gespannt, ob der Richter das auch so sieht oder ob er das Foto als glasklares Beweisstück gegen Sie zulassen wird. Meiner Meinung nach ist das keine Frage. Die Beweislast ist damit erdrückend. Weiteres Leugnen ist zwecklos.“

Friedrichs brachte gerade noch ein armseliges „Paahhh“ hervor, aber es hörte sich bereits saft- und kraftlos an. Seine Fassade bröckelte.

„Herr Friedrichs, jetzt wäre die beste Gelegenheit für ein Geständnis“, schaltete sich Markowsky ein. „Die Schlinge liegt schon so eng um Ihren Hals. Die Entführung können Sie nicht mehr abstreiten, zumal wir ja Max in Herrn Schumanns Wohnung im Beisein von Frau Schumann aufgefunden haben. Da kommen Sie nie und nimmer wieder raus.“

Rauscher musste schmunzeln. Sein Respekt war Markowsky sicher.

„Sie wollen mir die Entführung anhängen und den Mord an Schumann. Aber dazu reicht es nicht. Geben Sie es zu! Sie haben nicht den geringsten Beweis gegen mich in der Hand. Nichts!“

„Zu dem Mord kommen wir später. Jetzt sollten wir zunächst die Entführung abhandeln ... Sagen Sie mir doch bitte, wer Mäxchen Ihrer Meinung nach entführt haben sollte? Wer hatte noch Zugang zu Herrn Schumanns Wohnung, um Max dort hinzubringen? Wieso hat Frau Schumann nicht sofort die Polizei verständigt, als sie Max entdeckt hat? Ich könnte jetzt noch lange so weiterfragen, Herr Friedrichs, aber Fakt ist: Die Schlinge ist festgezurrt. Gestehen Sie endlich!“

„Ich gestehe überhaupt nichts!“, brüllte Friedrichs Markowsky an und schlug mit der Faust auf den Tisch.

Bevor Markowsky etwas erwidern konnte, wurde er unterbrochen, denn in diesem Augenblick klingelte Thalers Handy. Rauschers Kollege stand auf, ging hinaus, nahm den Anruf entgegen, sagte dreimal hintereinander ‚Ja' und ging wieder in den Verhörraum zurück.

Thaler beugte sich kurz zu Markowsky hinunter und flüsterte ihm einen Satz ins Ohr.

Nachdem Thaler geendet hatte, atmete Markowsky sichtlich erleichtert aus. „So, Herr Friedrichs, Ihr Lügengebäude ist nun endgültig eingestürzt. Es wird Zeit, dass wir Tacheles reden."

„Was ...? Wieso ...? Ich verstehe nicht ... also ...", stotterte der angeschlagen wirkende Politiker vor sich hin.

„Im Keller in Nied", begann Markowsky und es hörte sich nicht nur selbstsicher, sondern schon fast erhaben an, als er weitersprach, „in dem Hans-Georg Schumann in jener Todesnacht am Samstag festgehalten wurde, bevor er nach Mitternacht einem Gewaltverbrechen zum Opfer fiel, und von dem Sie behauptet haben, nie dort gewesen zu sein, haben wir Ihre DNA-Spuren nachweisen können. Und nicht nur das: Auch DNA-Spuren von Frau Schumann konnten einwandfrei nachgewiesen werden. Jetzt verraten Sie mir doch bitte, wie die dort hinkommen, wenn Sie nicht selbst dort gewesen sind!"

Friedrichs stützte sich auf beide Ellenbogen. Anschließend fuhr er sich durch die Haare und übers Gesicht. „Das frage ich mich auch! DNA? Wir waren doch vorsich..." Er stockte, als habe er sich verraten.

„Tja, Herr Friedrichs. Wir alle verlieren Haare oder Hautschuppen, wenn wir uns mal durchs Haar oder Gesicht streichen. Oder auch schon allein durch Bewegung ..."

Friedrichs schaute ihn missmutig an. Sein Gesichtsausdruck spiegelte Hoffnungslosigkeit wider. Alle im Raum spürten, dass er kurz vorm Aufgeben stand. Es fehlte vielleicht noch ein kleines Fünkchen, dann würde er auspacken.

„Herr Friedrichs“, nahm Markowsky wieder den Faden auf, „geben Sie auf! Es macht keinen Sinn mehr. Wir werden Sie garantiert nicht mehr vom Haken lassen. Denn auch das letzte Mosaiksteinchen kann ich Ihnen sogleich offenbaren. Die DNA an der Sturmhaube stammt ...“

Weiter kam der Chef nicht, denn Friedrichs fiel ihm ins Wort: „Ist ja gut! Ist ja schon gut!“ Er schaute von einem zum anderen. Der Mann war gebrochen. Er öffnete den Mund, ließ noch etwas Zeit verstreichen, doch dann legte er los. „Ich wollte Schumann am Samstag nicht töten. Es war nicht geplant.“

„Und warum haben Sie es doch getan?“

„Weil ich plötzlich die Möglichkeit dazu hatte.“ Er seufzte tief.

Markowsky hob die Augenbrauen. „Das müssen Sie mir erklären.“

„Es war so: Ich und Corinna, also Frau Schumann, hatten das Wochenende auserkoren, um uns in Frankfurt zu treffen. Sie wissen ja bereits über unsere Affäre Bescheid, nehme ich an.“

„Ja. Fahren Sie fort.“

„Frankfurt hatten wir schon des Öfteren ausgewählt, weil uns die Wohnung im Schwedenpfad zur freien Verfügung steht und die Verkehrsanbindung durch das Flughafendrehkreuz so günstig ist. Zudem war es dort viel anonymer, als sich im Hotel zu treffen, wo es zu viele Augen und Ohren gibt.“ Er schnaufte kurz durch. „An jenem Samstag hab ich natürlich von Schumanns Termin im Römer gewusst und bin zum Marriott gefahren, weil ich zuvor noch ein paar warme Worte mit ihm über das bevorstehende Meeting wechseln wollte. Doch Corinna hat mich aufgehalten, wenn Sie verstehen, was ich meine, und ich bin just in jenem Moment vor dem Hotel angekommen ...“ Friedrichs stockte und sah plötzlich aus, als fiele ihm etwas Wichtiges ein. „Ach so, ja“, ergänzte er. „Also, wenn ich in Frankfurt mit Corinna verabredet bin, nehme ich mir manchmal einen Mietwagen, um unabhängiger zu sein.

So auch letzten Samstag ... Und nun weiter: Ich hab also Schumann noch gesehen, als er am Marriott ins Taxi gestiegen ist. Also bin ich ihm hinterher gefahren und wollte ihn vorm Römer abpassen. Doch schon nach dreihundert Metern ist das Taxi in eine für meinen Geschmack merkwürdige Richtung abgebogen. Ich kenne mich zwar nicht so gut aus in Frankfurt, aber mir war klar, dass es nicht der Weg zum Römer war, denn es ist rechts in die Mainzer Landstraße reingefahren und dann in den Stadtteil Nied. Ich konnte es mir nicht erklären, was der Schumann da wollte, aber ich bin sehr neugierig geworden. Vielleicht hatte er auch eine Affäre oder was anderes am Laufen, wovon niemand wusste? Ich hab mich gewaltig geirrt." Er räusperte sich, bevor er fortfuhr. „Das Taxi ist in einen Innenhof gefahren, eine Art alter Bauernhof. Ich hab so geparkt, dass ich alles mitansehen konnte. Als der Fahrer ausgestiegen ist, hat er Schumann hinten rausgezerrt und ihn in eine alte Scheune bugsiert. Ich bin den beiden mit etwas Abstand gefolgt und hab durch ein tiefliegendes Fenster gesehen, wie im Keller Licht angegangen ist. Meine Gedanken fingen an, Amok zu laufen. Ich hab Corinna angerufen und ihr gesagt, dass sie sich unbedingt sofort in ein Taxi setzen und dorthin kommen soll. Ich hab derweil vor dem Kellerfenster meinen Beobachtungsposten bezogen. Zum Glück war in dem Innenhof keine Menschenseele zu sehen. Es war ja auch schon dunkel, mich hätte sowieso niemand wahrgenommen. Der Typ hat Schumann an Händen und Füßen an einen Stuhl gefesselt und mit ihm gesprochen. Irgendwann hat er ihm eine Spritze in den Hals gedrückt. Es wurde immer unglaublicher. Irgendwann ist Corinna gekommen. Langsam haben wir verstanden, dass Schumann entführt worden ist. Wir wussten nicht, was wir machen sollten. Einschreiten und ihn da rausholen? Nein! Wir haben gemerkt, dass wir die Situation für uns nutzen können. Es hat etwa zwei Stunden gedauert, bis der Fahrer mit Schumann wieder rausgekommen ist. Dann hat er ihn ins Taxi geladen. Schumanns Mund war zugeklebt. Er hat schlecht ausgesehen. Wir haben gedacht, das Zeug, das der Fahrer ihm gespritzt hat, war irgendeine Droge oder so. Die Fahrt ist dann in ein Waldstück gegangen. Wir haben unseren Wagen abgestellt und sind dem Taxi in die Dunkelheit gefolgt. An einem Brunnen hat der Fahrer Schumann ausgeladen. Da war sie, unsere Chance, ihn für immer loszuwerden und vor allem: den Verdacht auf den Fahrer zu lenken. Das war praktisch wie ein Geschenk für uns."

„Und wie haben Sie ihn ...?"

„Als sich der Fahrer mit dem Taxi aus dem Staub gemacht hat, ja, das war ein ... wie soll ich es ausdrücken ... das war ein besonderer Moment. Schumann war ja ein echtes Ekelpaket als Chef – und auch als Ehemann – und als er da am Selzerbrunnen wieder zu sich gekommen ist und uns gesehen hat, da war ihm das blanke Entsetzen ins Gesicht geschrieben. Die Entführung, der Keller, die Spritze, die Ohnmacht, seine Hände waren gefesselt ... das alles konnte er nicht begreifen. Ach, tat das gut, ihn so leiden zu sehen! Ich hab das Klebeband entfernt. Ich sterbe, hat er gesagt, dieser Mann hat mir Gift gespritzt. Du stirbst, sagte ich, aber nicht so, wie du denkst. Ich hab seinen Mund wieder zugeklebt und wir haben ihn in den Kofferraum verfrachtet, das war ein Leichtes. Durch die mit den Kabelbindern gefesselten Hände konnte er sich ja nicht wehren. Wir sind zurück zum Keller gefahren, haben alles durchsucht und das Seil geholt, mit dem er gefesselt gewesen war. Bei der Kälte hatte ich zum Glück Handschuhe dabei, sodass ich keine Fingerabdrücke hinterlassen musste. Corinna hat nichts angefasst. Gleichzeitig hab ich diese Holzlatten entdeckt, die ich mit einem Hammer wie ein Kreuz zusammengenagelt hab. Ich hatte den Plan, den Mord wie einen Ritualmord aussehen zu lassen. Wir haben ihm im Kofferraum das Seil um den Hals gelegt, fest gezogen und ihm die Luft abgeschnürt. Gemeinsam! Für uns! Schumann hat noch eine Weile gezappelt, aber es hat gar nicht so lange gedauert … Eigentlich war es ganz einfach. Die Dunkelheit hat uns geholfen. Und als wir fertig waren, haben wir uns in den Arm genommen und geschworen, immer füreinander da zu sein und uns beizustehen, komme was wolle." Er blickte starr vor sich hin, als durchlebe er diese Szene noch einmal.

„Und warum diese Inszenierung auf dem Bären?"

„Pure Ablenkung", platzte er hervor und war im Nu wieder im Hier und Jetzt. „Um die Polizei auf eine falsche Fährte zu locken. Ich wusste ja, warum Schumann in Frankfurt war und dass die Kripo früher oder später darauf stoßen würde. Also konnten wir es so aussehen lassen, als habe ein fanatischer Apfelweinfreak Schumann um die Ecke gebracht. Wir wollten, dass die Polizei an einen irren Serien- oder Ritualmörder glaubt und nicht damit anfängt, das Umfeld und die Familie unter die Lupe zu nehmen, denn dann wäre früher oder später ja unser Verhältnis herausgekommen. Zudem haben wir ja die Spritze, die dieser Taxifahrer benutzt hat und die ich in Schumanns Jackentasche gefunden habe, dazugelegt. Im Prinzip ist unser Plan mit dem Verdächtigen Wöhr auch voll und ganz aufgegangen … bis … ja, bis dieser Rauscher dazwischengefunkt hat."

„Warum hat denn eigentlich Frau Schumann Herrn Schumann nicht einfach verlassen, wenn sie mit Ihnen zusammen sein wollte?"

„Verlassen? Tse!" Er schüttelte vehement den Kopf. „Da kennen Sie ihn aber schlecht. Wie er als Politiker war, herrisch und selbstsüchtig, so war er auch privat. Er hätte ihr das Leben zur Hölle gemacht. Und mich hätte er gnadenlos abserviert, in Stücke gerissen und den Polithunden zum Fraß vorgeworfen. Ich hätte als Politiker keinen Fuß mehr auf den Boden gekriegt. Aber ich bin jung und will Karriere machen … Also mussten wir anders vorgehen. Und da sich in jener verhängnisvollen Samstagnacht die Gelegenheit ergeben hat, wie aus dem Nichts, haben wir zugegriffen. Etwas unüberlegt, das gebe ich zu, aber es hätte beinahe funktioniert."

Bei den Kripobeamten machte sich etwas wie Erleichterung breit. Aber alle dachten auch daran, dass sie sich mit Wöhr mächtig blamiert hatten und Rauscher recht gehabt hatte. Er hatte den Fall neu aufgerollt und quasi im Alleingang gelöst, auch wenn seine Methoden haarsträubend gewesen waren.

„Und wieso dann die Entführung des kleinen Rauschers?", hakte Krause nach.

„Es sollte eine Warnung sein. Ich wollte Rauscher zur Räson bringen. Pardon, aber er schien mir tatsächlich der Einzige zu sein, der uns noch gefährlich werden konnte. In der Entführung habe ich die einzige Chance gesehen, ihn endgültig auszubremsen, damit er endlich mit seinen beschissenen Nachforschungen aufhört ..." Er blickte in skeptische Gesichter.

„Und wie sind Sie an Mäxchen herangekommen?"

„Ganz einfach ... Rauscher selbst hat ihn mir auf dem Präsentierteller serviert. Ich hab nämlich ein Foto auf seinem Handy gesehen. Und dann hat er mir auch noch von seinem Sohn erzählt, voller Vaterstolz." Die Beamten schauten sich gegenseitig deprimiert an. „Ich habe sofort gespürt, dass ich ihn damit treffen kann. Der Rest war ein Kinderspiel." Friedrichs stockte kurz. „Sie glauben mir nicht?"

„Hmmm!"

„Fragen Sie ihn!"

Markowsky nickte. „Und die Sturmhaube?"

„Ach, die! Na ja, Corinna war mit Mäxchen meist allein in der Wohnung, weil ich ja Schumanns Gespräche fortführen musste. Irgendwann hielt sie es nicht mehr aus und wollte mal mit ihm rausgehen. Sie hatte einen Spielplatz entdeckt und dachte, wenn sie dorthin mit Mäxchen ginge, würde es kein bisschen auffallen. Mutter mit Kind, da achtet ja niemand drauf, ist ja das Normalste von der Welt. Als sie loswollte, ist ihr wieder diese Sturmhaube in den Blick geraten, die noch in der Wohnung herumlag. Sie konnte das Ding nicht mehr sehen und wollte es entsorgen. Also hat sie es mitgenommen und in die Jackentasche gesteckt. Und während Mäxchen friedlich im Sand spielte, hat sie es unbemerkt im erstbesten Abfallkorb verschwinden lassen, ohne sich was dabei zu denken."

„Dumm gelaufen für Sie beide", bemerkte Krause.

„Wir konnten das Mistding ja schlecht behalten. Wenn die Kripo es bei uns entdeckt hätte, wären wir sofort geliefert gewesen. Also war es besser, es zu entsorgen. Leider hat sich Corinna den falschen Abfalleimer ausgesucht. Aber sie konnte ja auch nicht ahnen, dass so ein Scheißgör sie findet und damit Amoklaufen spielt."

„Wofür Kinder alles gut sind ...", kommentierte Thaler.

Als die drei Beamten den Verhörraum verließen, wartete Rauscher noch draußen vor dem Spiegel.

Unerwartet sprach Markowsky Rauscher an und damit etwas aus, das vielleicht alle dachten, aber das niemand so erwartet hatte: „Danke!" Es hörte sich ziemlich kleinlaut an.

Rauscher war perplex und fühlte sich mit einem Male besser. Leider fügte Markowsky noch eine Kleinigkeit hinzu, die ihn wieder erdete: „Das heißt aber noch lange nicht, dass damit Ihr Verhalten die letzte Zeit entschuldigt oder gar vergessen wäre. Nur damit wir uns verstehen! Sie hören von mir."

Rauscher verzichtete auf eine Erwiderung. Markowsky drehte sich um und ging.

Krause klopfte Rauscher mit der Hand auf die Schulter und überspielte Markowskys Bemerkung nonchalant mit einem Lächeln. Thaler gab ihm die Hand und verabschiedete sich. Rauscher erwiderte mit einem herzerwärmenden: „Wie kann ich das jemals wieder gutmachen?“

„Werd einfach wieder normal!“

„Wie meinst du das?“

„So wie früher.“ Thaler wandte sich ab, ohne eine Antwort abzuwarten. Beide folgten Markowsky, ohne ein weiteres Wort zu verlieren und ließen Rauscher stehen, der eine Weile brauchte, um die letzten Worte zu verdauen.

45

Als Rauscher nach Hause kam, saßen alle rund um den Couchtisch im Wohnzimmer und eine Hessenschau-Sondersendung lief. Auf dem Tisch stand eine leere Flasche Prosecco. Jana saß neben Elke, die etwas trank, das aussah wie Süßgespritzter. Rauscher schüttelte es.

Im Fernsehen wurde gerade das Bild eines Bembels eingeblendet, neben dem ein volles Geripptes stand. Darunter stand geschrieben: ‚Angriff auf den Apfelwein‘. Die Moderatorin sprach soeben über das neue Gesetz. „Der Frankfurter Oberbürgermeister und der hessische Innenminister haben nach zähen Verhandlungen die Gespräche im Römer abgebrochen. Sie wollen alle juristischen Mittel ausschöpfen und notfalls bis vor den Europäischen Gerichtshof gehen, um gegen das neue Apfelwein-Gesetz zu klagen. Experten räumen dem neuen Gesetz deshalb wenig Chancen ein, dass es auf absehbare Zeit installiert werden könnte. Der Oberbürgermeister und der hessische Innenminister zeigten sich über den Verlauf der Gespräche hocherfreut. In einem ersten Statement bezeichneten sie es als einen Sieg für Frankfurt und ein Zeichen dafür, dass die hessische Apfelweinkultur auch in Zukunft kraftvoll verteidigt und geschützt werde. Der Initiator des neuen Gesetzes, der deutsche EU-Politiker Hans-Georg Schumann, war am letzten Wochenende einem Gewaltverbrechen zum Opfer gefallen. Doch wie sich jetzt herausstellte, gab es keinen Zusammenhang mit dem neuen Gesetz, sondern ein Familiendrama bildete den Hintergrund für den Mord. Wie die Hessenschau-Redaktion soeben in Erfahrung bringen konnte, wurden in diesem Zusammenhang Schumanns Ehefrau Corinna und ihr mutmaßlicher Liebhaber, Schumanns Assistent Lennart Friedrichs, festgenommen. Zurzeit werden beide von der Frankfurter Mordkommission verhört ..."

Gabriele Rauscher nahm die Fernbedienung und schaltete den Fernseher aus. „Ich hab genug davon!"

„Ich kann es auch nicht mehr hören", stimmte ihr Rauscher bei.

Drei Stunden zuvor war Rauscher mit Mäxchen vom Schwedenpfad nach Bockenheim gefahren und hatte ihn bei Elke abgeliefert. Er konnte sich zwar nur schwer wieder von seinem Sohn trennen, aber noch schwerer konnte er ihn seiner Mutter länger vorenthalten. Und als er ihn ihr in den Arm drückte – Mäxchen war eingeschlafen – fing Elke sofort wieder an zu heulen. Sie schaute ihn aus Augen an, die zu sagen schienen: „Ich kann dich zwar nicht mehr leiden, aber ich danke dir trotzdem von Herzen, dass du ihn mir zurückgebracht hast."

„Und, wie ist es im Präsidium gelaufen?", fragte Jana jetzt, nachdem ihr Rauscher einen Begrüßungskuss gegeben hatte.

„Friedrichs hat gestanden. Frau Schumann auch."

„Na also!"

„Darauf stoßen wir an!", sagte Frau Rauscher. „Auf dass sie ewig schmoren mögen."

„Habt ihr noch ein Glas für mich?"

„Klar doch!", sagte Karl-Heinz Rauscher und schenkte seinem Sohn einen Sauergespritzten ein. Jana erhob ihr Gerippte, die anderen taten es ihr nach. Sie ließen die Gläser klirren.

„Wo ist Mäxchen?“, fragte Rauscher.

„Schläft schon“, antwortete Elke.

„Apropos“, warf Jana ein. „Elke schläft heute auf deiner Schlafcouch im Arbeitszimmer.“

Aha, dachte Rauscher. Das war ihm fast schon zu heimelig. Wurden die beiden jetzt etwa beste Freundinnen, oder was?

Er wurde abgelenkt von einem Trinkspruch seines Vaters. „Der Käs is gegesse! Hopp, hopp, hopp, Schoppe in de Kopp! Aufs Mäxche!“ Sie stießen erneut an.

„Prost!“, sagte Rauscher. „Das heilt alles. Egal, woran du leidest.“

„Auch alte Wunden?“, fragte Jana.

„Die noch viel mehr!“

Aus einem Glas wurden schnell mehrere Gläser. Sie mussten ja auch noch darauf anstoßen, dass das neue Gesetz so gut wie abgeschmettert war.

Für eine Weile war alles wie vor der Entführung. Gerippte, Stöffche, kein neues Ebbelwoi-Gesetz und Mäxchen nebenan. Doch Rauscher wusste nur zu gut, dass es nie mehr so sein würde, wie es einmal war. Sie hatten sozusagen ihre Unschuld verloren. Und sie würden sie nicht zurückgewinnen.

„Und wann trittst du deinen Dienst wieder an?“, fragte Karl-Heinz Rauscher.

„Schlechtes Thema“, antwortete Rauscher.

„Wieso?“

„Weil ich es nicht weiß. Markowsky ist ein harter Knochen, diesmal rückt er keinen Millimeter von seinem Standpunkt ab. Er hat schon eine Warnung in der Richtung abgegeben.“

„Aber du hast doch den Fall quasi im Alleingang gelöst!“, echauffierte sich Frau Rauscher. „Wenn du nicht drangeblieben wärst …"

„Aber auch auf unbefugte Art und Weise. Damit kann ich sicher nicht punkten. Sonst kommt alles wie ein Bumerang auf mich zurück."

Nachdem sie einige weitere Flaschen geleert hatten, pries Rauscher seinen Apfelwein an wie ein Marktschreier, doch alle hatten nun genug und niemand wollte mehr von seinem heißgeliebten Getränk. Herr und Frau Rauscher ließen ein Taxi kommen. Elke und Jana gingen schlafen. Also musste er die letzte Flasche allein leeren. Doch danach fiel auch er wohlbeschwingt ins Bett.

Bevor er einschlief, passierten gleich drei Dinge: Erstens leistete er einen frommen Schwur, künftig mit weniger Anpöbeleien auszukommen und sein Rebellendasein innerhalb der Mordkommission weniger ausgeprägt zu gestalten. Zweitens notierte er sich im Hinterstübchen, unbedingt seinen Ebbelwoi-Proviant aufzufüllen, denn es bereitete ihm körperliches Unwohlsein, wenn er wusste, dass er kein Stöffche mehr im Kühlschrank hatte. Dann fühlte er sich stets etwas verloren. Und drittens überkam ihn ein merkwürdiges Gefühl: Plötzlich hatte er Angst vorm Aufwachen. Der morgige Tag mit Elke konnte unangenehm werden.

Epilog

Ein Zipfel Himmel formte sich vorm Fenster und schien die dicke Wolkenschicht verdrängen zu wollen. Zaghaft zeigte die Sonne ein erstes Lächeln. Was die morgendliche Laune allerdings nicht zu heben vermochte, denn Elke stand mit gepackten Koffern im Flur. Sie versäumte keine Sekunde, um so schnell wie möglich mit Mäxchen nach Hamburg zurückzukehren. Eine Aussprache hatte weder stattgefunden noch war eine anberaumt worden. Darauf schien sie auch keinerlei Wert zu legen.

Als Rauscher mit Mäxchen auf dem Arm zu seiner abreisebereiten Ex stieß, umarmten sich Jana und Elke gerade liebevoll und sagten sich Lebewohl. Die beiden hatten sich tatsächlich angefreundet seit Elkes Rückkehr aus Kuba.

Rauscher legte ein Lächeln auf, denn er wollte nicht allzu miesepetrig rüberkommen in den letzten Minuten mit Mäxchen. Und wer wusste schon, wie lange er ihn nicht zu Gesicht bekommen würde?

In Zukunft würde er ein Auge drauf haben. Die Besuchszeiten genau einhalten, und wenn nötig etwas Druck auf Elke ausüben. Er konnte es kaum ertragen, schon wieder von Mäxchen getrennt zu werden.

Ein letztes Mal drückte er seinen Sohn an sich und murmelte, sodass es niemand hören konnte: „Ich werd dich nicht vergessen, keine Sorge, kleiner Rauscher. Ich muss erst ein paar Sachen auf die Reihe kriegen, dann besuche ich dich.“ Er zwinkerte ihm zu. Mit einem Seitenblick auf Elke fügte er hinzu: „Und ... nicht unterkriegen lassen, gell!“

Jana und Elke herzten sich immer noch zum Abschied. „Und komm uns bald wieder besuchen, ja?“, hörte er Jana sagen, bevor er Mäxchen Elke übergab.

„Natürlich! Nimmst du die Koffer?“, fragte sie Rauscher.

Er nickte und ging hinter ihr aus der Wohnung und die Treppen hinab, während Jana hinter ihnen herwinkte.

Unten wartete schon das Taxi.

War Elkes Verabschiedung von Jana noch herzlich gewesen, fiel die von Rauscher umso kühler aus. „Du hörst von mir."

Das klang schon fast wie eine Drohung.

Ihm schwante Böses. Dementsprechend zurückhaltend verhielt er sich. Vor allem wollte er sie in dieser Situation nicht kompromittieren und zu einer übereilten Aussage verlocken. Also fragte er lieber nicht nach dem ersten Besuchstermin in Hamburg. Er konnte das auch per Telefon oder Mail nachholen.

Sie stieg hinten ein und nahm Mäxchen auf den Schoß. Rauscher verstaute die Koffer.

Als das Taxi davonfuhr, grummelte es in Rauschers Magen. Immerhin nahm Elke Mäxchens rechte Hand und winkte ihm damit zu.

Er blickte in ihr Gesicht. „Das alles wirst du noch bereuen", las er von ihren Lippen ab. Oder täuschte er sich? Sah er schon Gespenster?

Der Wagen bog um die nächste Ecke. Wie er so dastand und dem Taxi hinterher sah, schwebten seine Gedanken wieder einmal davon wie ein vom Wind erfasster Luftballon. Was würde die Zukunft für sie bringen? Was würde mit Mäxchen sein? Durfte er ihn weiterhin besuchen oder würde Elke einen Riegel vorschieben? Was würde nach seiner Suspendierung folgen, die Kündigung? Bei Jana vielleicht auch? Was würden sie dann mit ihrem Leben anfangen? In Rauscher rumorte es.

„Was ist los?", wollte Jana wissen, als er wieder in die Wohnung kam. Sie schritt auf ihn zu und umarmte ihn.

„Ich mache mir echt Gedanken ..."

„Worüber?"

„Ich hab das Gefühl, ich ziehe dich mit runter ... Also, nicht nur dich, alle. Wie in einen Abwärtssog, meine ich. Meine Unbeherrschtheit ...

Ich komm irgendwie nicht klar damit ..."

„Jetzt übertreibst du aber."

„Doch", sagte er im Brustton der Überzeugung. „Das denke ich wirklich. Ich tue meinem Umfeld nicht gut."

„Jetzt hör aber auf. Das ist doch Humbug." Sie drückte ihn fester und legte ihren Kopf auf seine Brust. „Wir müssen erst mal abwarten, wie das bei uns beiden weitergeht. Ich meine jobmäßig."

„Die nächsten Wochen werden sicher heftig werden, bis feststeht, wie dein Diszi ausgeht und wie es bei mir nach der Suspendierung weitergehen wird." Er dachte kurz nach. „Ach, vielleicht sage ich der Kripo sowieso bald auf Nimmerwiedersehen."

„Dein Ernst?"

„Mein voller. Jedenfalls denk ich drüber nach."

„Und was willst du dann machen?"

„Vielleicht drücke ich noch mal die Schulbank. Die höhere Schule fürs Ebbelwoitrinken hier in Bockenheim soll ganz fantastisch sein ..." Er grinste.

Jana kniff ihn in die Seite. „Quatschkopp!"

„Aua", sagte er. „Du weißt schon, dass ich da sehr empfindlich bin."

„Stell dich nicht so an!"

„Und was machen wir jetzt?"

„Das Eintracht-Spiel ist erst heute Abend, also haben wir viel, viel Zeit."

„Und das heißt?"

Jana küsste ihn. Bevor er reagieren konnte, nahm sie ihn an der Hand und zog ihn ins Schlafzimmer.

Alle „Rauscher"-Krimis im Überblick

Der erste Rauscher: „Mord auf Bali" – Trouble im Urlaubsparadies

Ein exotisches Urlaubsparadies. Ein Frankfurter Kommissar. Eine geheimnisvolle Mordserie.
Der Frankfurter Kommissar Andreas Rauscher gerät in seinem Urlaub auf Bali unter Mordverdacht und hat alle Hände voll zu tun, gemeinsam mit seinem balinesischen Kollegen Padang, einen skrupellosen Mörder zu überführen. Im Laufe der Ermittlungen wird Rauscher hineingezogen in einen Strudel aus Mythen und Aberglauben, Tradition und Moderne, Prostitution und gnadenlose Geschäftemacherei.

ISBN 978-3-9813571-1-0 – 220 Seiten – 10 € (Neuauflage 2011)

Der zweite Rauscher: „Lauf in den Tod" – Für Lauffreunde und Krimifans

Angst und Entsetzen im Frankfurter Niddatalpark. Ein toter Läufer liegt am Ufer der Nidda. Andreas Rauscher, Kommissar und Apfelweinliebhaber, macht sich auf die Jagd nach dem Joggermörder. Er taucht ein in die Welt der Kilometerfresser, Bestzeiten und Endorphine. Die heile Läuferwelt beginnt zu bröckeln und der Fall entwickelt sich zu einem Wettrennen auf Leben und Tod.

ISBN 978-3-9813571-0-3 – 215 Seiten – 10 €

Der dritte Rauscher: „Der Mann mit den zarten Händen" – Magische Hände

Ein einsames Leben. Eine außergewöhnliche Gabe. Ein tödliches Schäferstündchen.
In einem Bornheimer Mietshaus wird Marie-Luisa Bonner, 46, unter seltsamen Umständen getötet. In seinem dritten Fall stößt Andreas Rauscher, Frankfurter Kommissar und Apfelweinliebhaber, zunächst nur auf mysteriöse Blutergüsse, ein blondes Haar und viele offene Fragen. Es entwickelt sich ein mitreißender Krimi, der von einsamen Herzen, unerfüllten Sehnsüchten und schuldigen Händen handelt.

ISBN 978-3-9813571-1-0 – 265 Seiten – 10 €

Der vierte Rauscher: „Robin Tod" – Rätsel um zwei tote Investmentbanker

Als in Frankfurt zwei Investmentbanker tot aufgefunden werden – jeweils mit einem Pfeil in der Brust – rechnet Markowsky, Leiter der Mordkommission, mit einem Serientäter, der die Straßen unsicher macht. Kommissar Andreas Rauscher unterbricht seinen Urlaub, obwohl seine ganze Aufmerksamkeit der bevorstehenden Geburt seines ersten Kindes gilt. Während der Geburtstermin immer näher rückt, nimmt der Fall „Robin" eine unerwartete Wendung und endet in einem fulminanten Showdown.

ISBN 978-3-9813571-3-4 – 248 Seiten – 10 €

Der fünfte Rauscher: „Paukersterben" – Mobbing in der Schule

Frankfurt-Bockenheim. An der Novalis-Schule herrscht Chaos. Der Frankfurter Kommissar und Apfelweinliebhaber Andreas Rauscher ermittelt im Mordfall Ralf Kramer, allseits beliebter Lehrer der Schule. Er stößt dabei auf eine Schulleiterin, die kurz vorm Herzinfarkt steht, eine Lehrerin, die ihre Liebe nicht in den Griff bekommt, auf Eltern, die sich betrügen, Schüler, die sich mobben und auf ein Video, das Abgründe offenbart.

ISBN 978-3-9813571-8-9 – 275 Seiten – 10 €

Der sechste Rauscher: „Fliegeralarm" – Fluglärm-Krimi

Kommissar Andreas Rauscher heiratet. Jedenfalls hatte er das vor, bevor ihm – wie immer – etwas dazwischen kommt. Rasch wird klar, dass es in diesem temporeichen Krimi um den Flughafen und den Fluglärm über Frankfurt-Sachsenhausen geht. Die Geschichte hat im Jahre 1987 an der Startbahn West ihren Ausgangspunkt und verfolgt zudem die brisante Frage, wie weit Bürger gehen würden, wenn sie den Lärm nicht mehr ertragen können und sich gegen die Macht der Wirtschaft und der Politik wehren wollen.

ISBN 978-3-9441240-4-9 – 243 Seiten – 10 €

Der siebte Rauscher: „Abgerippt" – Mietpreisexplosion in Frankfurt

Der Frankfurter Kommissar Andreas Rauscher ist wie vor den Kopf gestoßen. Sein Onkel fliegt aus der Wohnung, seine Freundin (oder Ex?) will nicht mehr mit ihm reden, ein Hausmeister entpuppt sich als Privatdetektiv und wird kurz darauf auch noch tot aufgefunden. Die Kripo ermittelt in einem Mietshaus in Sachsenhausen und Rauscher wird schnell klar, dass sich zwischen den Mietern des Hauses und ihrer neuen Hausbesitzerin eine hochexplosive Stimmung entwickelt hat. Rauscher taucht ein in eine Welt aus Wut und Zukunftsängsten.

ISBN 978-3-9441247-5-9 – 242 Seiten – 10 €

Der achte Rauscher: „Einzige Liebe" – Der Eintracht-Frankfurt-Krimi

Die Eintracht, ihre Fans, Siege und Niederlagen, Triumphe und Skandale. Euphorie und Verzweiflung liegen oft dicht beieinander. Doch als Björn Schlicht, Eintracht-Fan mit Leib und Seele, tot aufgefunden wird – ausgerechnet auf dem Stadiongelände – ist das Entsetzen riesengroß. Die Frankfurter Kripo ermittelt. Und dann kommt auch noch die Liebe ins Spiel. Kommissar Rauscher hat neben seiner Liebe zum Apfelwein eine neue gefunden: Kommissarin Jana Kern, Eintracht-Fan von Kindesbeinen an. Ihr macht der Fall besonders zu schaffen und sie beginnt daher, auf eigene Faust zu ermitteln ... Schießt sie damit ein Eigentor? Während der Ermittlungen kristallisiert sich zunehmend eine Frage heraus: Kann die Liebe zum Verein zu diesem Verbrechen geführt haben? Und dann kommt auch noch Lajos Detari ins Spiel ...

ISBN 978-3-946413-48-6 – 246 Seiten – 10 €